青 少 年 的 成 功 指 南
父 母 教 导 孩 子 成 才 的 实 用 宝 典

影响孩子一生的
成才故事
（外国卷）

Ying xiang hai zi yi sheng de cheng cai
gu shi(Wai guo juan)

高 格 编著

光明日报出版社

图书在版编目（ＣＩＰ）数据

影响孩子一生的成才故事．外国卷／高格编著．－－北京：光明日报出版社，

2011.6（2025.4 重印）

ISBN 978-7-5112-1124-8

Ⅰ．①影… Ⅱ．①高… Ⅲ．①儿童文学—故事—作品集—外国 Ⅳ．① I18

中国国家版本馆 CIP 数据核字 (2011) 第 066435 号

影响孩子一生的成才故事（外国卷）

YINGXIANG HAIZI YISHENG DE CHENGCAI GUSHI WAIGUOJUAN

编　著：高　格		
责任编辑：李　娟	责任校对：华　胜	
封面设计：玥婷设计	责任印制：曹　净	

出版发行：光明日报出版社

地　　址：北京市西城区永安路 106 号，100050

电　　话：010-63169890（咨询），010-63131930（邮购）

传　　真：010-63131930

网　　址：http://book.gmw.cn

E － mail：gmrbcbs@gmw.cn

法律顾问：北京市兰台律师事务所龚柳方律师

印　　刷：三河市嵩川印刷有限公司

装　　订：三河市嵩川印刷有限公司

本书如有破损、缺页、装订错误，请与本社联系调换，电话：010-63131930

开　　本：　170mm×240mm

字　　数：205 千字　　　　　　　印　张：15

版　　次：2011 年 6 月第 1 版　　　印　次：2025 年 4 月第 3 次印刷

书　　号：ISBN 978-7-5112-1124-8-02

定　　价：49.80 元

PREFACE

前　言

在世界历史长河中，曾涌现出无数杰出的人物，他们的成才经验给后人带来很多的思考和启迪，而他们的成才经历更是影响着一代又一代的人们。

本书选择世界历史上最富影响力和借鉴意义的成才故事，详细讲述成才经历，剖析成才典范，揭示成才奥秘，解读成功经验，从而引导青少年走上成才之路，帮助家长树立正确的成才观和教育思想，为孩子设计科学的成才之路，并以正确的方法促进孩子成长、成才。

为了帮助读者提高阅读效率，全书采用图文结合的编排方式，深入浅出的文字配以300余幅精美图片，打造出一部艺术性与知识性相融合的全文化作品，为读者提供一个立体的、极具文化魅力的阅读空间。

同时，书中还设立了名人小档案、名人简介、名人名言、成才启示以及相关链接等多个栏目，"名人小档案"方便读者直观获得名人信息；"名人简介"介绍名人的生平经历、成才过程及主要成就；"名人名言"均为名人的经典语录，给读者提供更广阔的思想启迪；"成才启示"概述名人成才经验，总结成才秘诀，明确指导读者应努力的方向；"相关链接"介绍名人成才的相关背景及事迹，旨在拓展知识面。这些栏目或纵向深入，或横向延展，帮助读者全方位、多角度了解名人成才历程。

科学简明的体例、丰富精美的图片、极具艺术美感的版式设计，多种视觉要素有机结合，使读者在全方位接近名人、深层次品读成才智慧的同时，获得更多的审美享受、想象空间和文化熏陶。

C ONTENTS
目 录

阿基米德，古希腊数学家、物理学家、发明家。公元前271年，到埃及亚历山大里亚学习。公元前240年，回叙拉古做赫农王的顾问。主要著作有：《论球和圆柱》、《论劈锥曲面体与球体》、《抛物线求积》、《论螺线》、《论平板的平衡》、《论浮体》、《论杠杆》、《论重心》等。

名人小档案

■ 姓　　名：阿基米德
■ 生 卒 年：公元前287年～公元前212年
■ 出 生 地：西西里岛的叙拉古
　　　　　　（今意大利锡拉库萨）

阿基米德

——凭借一个支点就能撬动地球

◆阿基米德像
这是拜占庭壁画中的一部分。

> 给我一个支点，我就能撬起地球。
> ——阿基米德

阿基米德生于西西里岛的叙拉古。他出身于贵族家庭，与叙拉古的赫农王有亲戚关系。阿基米德的父亲，是当时叙拉古有名的天文学家兼数学家。小时候，阿基米德喜欢看父亲算数学题。那些圆的、方的几何图形对于阿基米德来说有着无穷的魅力，他总是围着父亲问个不停："爸爸，这是干什么用的啊？""那个圆和方框套在一起是什么意思啊？""那个由三条线画成的东西是什么啊？"……父亲总是耐心地给他解释。父亲学识渊博、为人谦逊，人们一有问题便来请教他。父亲总是能轻而易举地将人们的疑

传说阿基米德为了弄清赫农王的皇冠是否为纯金所铸，苦思冥想，毫无头绪。一天，他到公共浴池洗澡，当坐进浴盆时，他发现池水往上升起并溢出盆外，猛然受到了启发：如果王冠放入水中后，排出的水量不等于同等重量的金子排出的水量，那肯定是掺了别的金属。这就是著名的浮力定律，即浸在液体中的物体受到向上的浮力，其大小等于物体排出液体的重量。

问解开，每个来请教的人都会满意而归。每当这时候，小阿基米德总是特别羡慕："爸爸，我长大了也要像你一样，能为人们解答各种难题。"

稍大一些时，阿基米德开始向父亲学习基础的数学知识。他非常勤奋。那个年代书写工具很少，阿基米德总是到海滩上去演算题。他一做起题来就什么都忘记了，经常在海滩上从早待到晚。一次，表哥来做客，家里不见阿基米德的影子，父亲知道他肯定是去了海滩，便让仆人到那里找他。仆人来到海滩时，阿基米德刚找出一道几何题的思路。"亲爱的克里托，有什么事吗？"他一边算题一边问。"您最亲爱的表哥多查林来看您了。"阿基米德一听是表哥来了，非常高兴，丢下手中算题用的树枝便往家里跑。可是到要吃饭的时候，阿基米德又不见了。表哥感到非常奇怪，于是他让仆人带路来到沙滩上。果然，阿基米德正蹲在地上，只见他一会眉头紧锁、一会满意地点点头，手拿树枝在地上不停地划着。从那以后，亲戚中间便留下了一个话柄，大家提起阿基米德都会说："他在沙滩上呢。"

阿基米德 11 岁的时候，借助与王室的关系，他被送到埃及亚历山大里亚城

阿基米德凭借自己设计制造的一套杠杆滑轮系统，单手拉动大海船并使之靠岸。

中的一所贵族学校学习。亚历山大里亚城位于尼罗河口，这里有雄伟的博物馆、图书馆，而且人才荟萃，被世人誉为"智慧之都"。在这里，阿基米德学习十分刻苦。他每天上完课后，便到城内的图书馆去看书。在读了大量东方和希腊自然科学的书之后，阿基米德整体知识水平有了很大的提高。休息的时候，阿基米德便去拜访城内的学者，虚心向他们请教问题。几年以后，阿基米德以优异的成绩完成了学业，那时候他已经成长为一个知识

爱国者阿基米德

阿基米德晚年时，罗马军队入侵叙拉古，阿基米德指导叙拉古人制造了很多攻击和防御的武器。他制造的铁爪式起重机，将敌船提起并倒转，抛至大海深处。他设计的投石机，使得罗马军在战争中寸步难行。传说他还带领同胞们制作了一面大凹面镜，将阳光聚焦在靠近的敌船上，使它们焚烧起来。罗马侵略军首领马塞勒塞曾多次派人说服阿基米德投降，并以巨金和高官引诱他，但都被他拒绝了。

渊博的年轻学者了。

毕业后，阿基米德回到了叙拉古，做了赫农王的顾问，帮助国王解决生产实践、军事技术以及日常生活中的各种科学技术问题。

这年，国王为了在祭神节穿得漂亮一点，让工匠给他做了一顶纯金的新王冠。王冠送来后，国王疑心工匠在金冠中掺了银子。但这顶金冠确与当初交给金匠的纯金一样重，到底工匠有没有捣鬼呢？后来，国王将检测王冠的任务交给了阿基米德。既要检验真假，又不能破坏王冠。这个问题让阿基米德大伤脑筋。他想了许多办法都行不通。朋友劝他："别再想了，阿基米德，根本不可能有什么法子。重量都是一样的，你能想出什么办法？干脆去跟国王说吧。"阿基米德倒觉得这是个科学问题，非要弄明白不可。

一天去澡堂洗澡，他一边坐进澡盆里，一边思索着王冠的事。这时阿基米德突然注意到一个问题：随着自己身体的不断下浸，盆里的水也在不断地往外溢。这一幕顿时激起了阿基米德的灵感。"我知道了，我知道了！"他赶忙从盆里跳出来，穿好衣服，向王宫跑去。原来他由洗澡想到，如果将王冠放入水中后，排出的水量不等于同等重量的金子排出的水量，那肯定是掺了别的金属。后来根据这个道理，经过实验，阿基米德推断出了王冠里掺了比金子轻的银子。国王奖励了阿基米德，但对于阿基米德来说，这并不重要，重要的是他得出了浮力定律，即浸在液体中的物体受到向上的浮力，其大小等于物体所排出液体的重量。

阿基米德因此成了叙拉古家喻户晓的人物。

阿基米德一生潜心研究自然科学，在数学、物理学、天文学等研究上都有重大贡献。他除了发现浮力定律外，最为突出的成就之一是发现了杠杆原理，并利用这一原理设计制造了许多机械。阿基米德曾说："给我一个支点，我就能撬起地球。"这句话反映了阿基米德的科学成就，也道出了他向未知的科学世界挑战的决心。

成才启示

成功不是一朝一夕的事，它是一个不断积累的过程。
养成善问的习惯，是孩子踏上成才之路的第一步。
与有成就的人交往，能使人受益匪浅。

苏格拉底，古希腊哲学家和教育家。自幼随父学艺，后来当过兵，曾经三次参战。大约在40岁左右因讲学出名，并进入五百人会议。大约公元前399年，苏格拉底以"不敬国家所奉的神，并且宣传其他的新神，败坏青年"的罪名被判死罪。收监期间，他的朋友买通了狱卒，劝他逃走，但他决定为自己的哲学献身，拒不逃走。后在狱中服毒受死，终年70岁。

苏格拉底

名人小档案

■ 姓　　名：苏格拉底

■ 生 卒 年：公元前469年～公元前399年

■ 出 生 地：古希腊雅典

——以身作则的哲学家

我所知道的是：我始终一无所知。

——苏格拉底

苏格拉底生于雅典一个平民家中，父亲是个铁匠，母亲是个接生婆，一家人过得十分贫困。

苏格拉底从小就是个认真负责的孩子。由于家里穷，他从懂事起便开始到铁匠铺里帮着父亲干活。父亲每次打出铁器便让苏格拉底给人家送去。而苏格拉底不管刮风下雨总是能按时送到。一个风雪交加的冬日，苏格拉底要出门送铁器。母亲看着窗外一直在下的雪，又看看儿子身上单薄的衣服，不忍心让儿子出门："孩子，雪太大了，别人在这种天气也用不上它，等天气好了再说吧。""妈妈，我必须得去，我和爸爸已经答应人家今天送去了。"于是，苏格拉底便顶着大雪将打好的几件铁器送到了人家手里。

村里人都非常喜欢这个踏实可靠的孩子。每当他去送铁器，人们都愿意拿出好吃的招待他。然而苏格拉底对这

◆苏格拉底像

5

些美酒佳肴并不感兴趣。一次，他将一件急用铁器送到了村里一位很有学问的老人手里。老人感激地对他说："孩子，莝想要我送你些什么东西呢？"苏格拉底看了看老人满屋的书："爷爷，你能教我认字吗？我想读书。"老人看这个孩子还很上进，高兴地说："当然可以，你要想学的话，每天干完活后，可以来找我。"苏格拉底高兴极了，从这回以后，每天晚上从父亲的铁匠铺出来，他便到老人家里去学习。

他学得非常用心，每天晚上学了字，第二天他就利用干活的空暇在地上练习。很快，苏格拉底便认识了许多字，能独立阅读了。后来，老人允许他将书带回家去读。这样，苏格拉底又可以利用晚上时间来读书。书对于苏格拉底来说有着无穷的魅力。他经常一看起书来就忘了睡觉。就这样，通过不断学习，苏格拉底逐渐成了一个知识渊博的人。

苏格拉底生活在雅典由盛到衰的过程，雅典人在经历过一段繁荣富足的生活后，开始变得奢侈淫逸、道德败坏。雅典开始和周边城市发生战争。19岁时，苏格拉底第一次参加保卫雅典的战争。苏格拉底在战场上表现得十分英勇，他曾三次冒死

◆**苏格拉底之死**

雅典当权者指责苏格拉底轻视传统神祇、鼓励年轻人怀疑传统信仰与思想而使他们道德败坏，判处他在放逐与死亡之间任选其一。苏格拉底神色安然，拒绝出逃，并坦然喝下毒酒，为自己的信念献出了生命。

救出他的战友。和他一起作战的战友都说，与苏格拉底在一起就会感到安全。从战场上回来后，苏格拉底开始对雅典城的状况进行深入的思考。苏格拉底认为要想改变雅典的衰颓现状，就必须先提高雅典人的道德水平、培养治国人才。于是苏格拉底决定研究哲学并从事教育工作。

苏格拉底与他的"教育事业"

苏格拉底终生以教育为事业，具有丰富的教育经验并有自己独特的教育思想。不过苏格拉底并没有创办过学校，他的施教场所非常随意：庙宇、街头、广场、作坊、商店、体育馆等等，都是他施教的场所。农民、手艺人、贵族，都是他的施教对象，不论是谁，只要向他求教，他都热情传授知识。当时雅典的其他教师——智者，以当教师作为赚钱的手段，他们收取的学费很昂贵。而苏格拉底教人从未收取过学费，他甘作义务教师，为城邦利益而教人。因此苏格拉底一生都很清贫。

为了提高自己的学识，苏格拉底开始潜心读书，他读遍希腊的政治、历史书籍，眼界变得十分开阔了。不过苏格拉底并不满足于书本上的知识，他觉得要想从整体上提高自己，还得不断吸取别人的思想。于是他四处去拜访当时有名的学者，还不断地请别人到自己家中来谈天。当时的苏格拉底已经娶妻生子了。由于他整天总是忙着做学问，没有时间帮妻子做家务、照看孩子，这使得整天忙碌的妻子对他十分不满。

一次，妻子正在洗衣服，刚会走路的儿子因没人照看正在一边大哭。妻子便大声喊正在和两个学者交流学问的苏格拉底去看一下。结果苏格拉底谈到了兴头上，根本听不见妻子叫他。暴躁的妻子控制不住心中的怒火，便将一盆洗衣水向苏格拉底泼去。客人感觉非常尴尬，然而浑身湿淋淋的苏格拉底却幽默地对客人说："没事，雷声过后，必有大雨嘛！"接着他抖抖身上的水，继续刚才的话题。

经过不懈的努力，苏格拉底后来终于成了一个大哲学家和大教育家，他使哲学真正在人们生活中发挥了作用，为欧洲哲学研究开创了一个新的领域。他终生从事教育，他的教育思想对后世影响很大；他培养出许多有成就的人，如柏拉图、赞诺芬等著名的哲学家。

成才启示

天才是由于对事业的热爱而发展起来的。
只有从事一项伟大事业的时候，人才会变得伟大。
读书补天然之不足，经验补读书之不足。

哥伦布，意大利航海家。从小爱读《马可·波罗游记》，并梦想到达东方。1471年，首次出航。1492年，得到了西班牙女王伊莎贝拉的支持，带领舰队开始了人类历史上首次横渡大西洋的航行，并发现美洲大陆。1493年、1498年和1502年，又进行了三次航行，发现了中美洲和南美洲。

哥伦布

名人小档案
■ 姓　　名：费迪南·哥伦布
■ 生 卒 年：1451年～1506年
■ 出 生 地：意大利热那亚

——决不偏离航向

我们处于什么方向不要紧，要紧的是我们正向什么方向移动。

——哥伦布

1451年8月13日，哥伦布出生于意大利海滨城市热那亚。父亲是个小手工业者，但酷爱读书，家中有许多藏书。哥伦布很小的时候，父亲便开始教他和弟弟认字。受父亲的影响，小哥伦布特别爱读书。7岁的时候，他便能自己读完一本很厚的书了，这让大人们感到非常吃惊。哥伦布总爱在父亲的书柜中找书看。一次，他无意中在书柜中发现了一本《马可·波罗游记》，这本书深深吸引了哥伦布，他一有时间便一遍遍地翻看。

◆哥伦布像

8

新航路开辟的意义

新航路开辟后，世界贸易中心从地中海转移到大西洋沿岸。世界上原本相互隔绝的地区联系起来，欧洲同美洲、亚洲之间的贸易日益发展，世界市场扩大了。新航路的开辟，使西方开始走出了中世纪的黑暗，欧洲各国资本主义经济迅速发展起来。一种全新的工业文明逐渐成为世界经济发展的主流。然而新航线的开辟，也给美洲、非洲、亚洲人民带来了巨大的灾难，从此欧洲人开始了世界范围的殖民活动。

小哥伦布非常羡慕马可·波罗，他也希望自己有一天能到神秘的东方去旅行。他下决心要做一名伟大的旅行家，于是便总是想方设法找来与旅行相关的书籍看。哥伦布看书十分投入，他经常在屋里一钻就是半天，小伙伴们看他读书那么辛苦，经常喊他去玩，但任别人怎么喊他根本就听不到。由于家里穷，哥伦布只上过几年学，通过自学，他掌握了大量的地理、海洋、天文方面的知识。

19岁的时候，父亲的朋友帮他找了一份轻松而且工资不低的文职工作。但哥伦布一心想做个旅行家，于是他不顾家人的反对，回绝了父亲的朋友，到商船上去当了一名水手。为了掌握熟练的航海技术，哥伦布工作起来十分卖力。他不愿失去任何一次锻炼的机会，每次远程的航海他都抢着参加。他还总是虚心向老水手请教航海知识。很快，哥伦布就掌握了航海方面的许多技术，成了一个出色的水手。

哥伦布一直念念不忘自己想去东方的梦想。1471年，20岁的哥伦布自己筹资买了三艘大的商船，召集了一些喜欢航海的朋友，踏上了东方的行程。但是当时去东方的道路一直被一些海上强国控制着，一般的商船很难通过。哥伦布的航行因此遇到了很大困难。一天，他驾驶的商船突然遭到了法国舰队的袭击，双方进行了激烈的战斗，结果哥伦布的三艘商船都被击沉了。哥伦布在这次战斗中也负轻伤而落水。幸运的是，他不久就被海浪推到了葡萄牙的海滩上。航行中遇到的巨大困难没有吓倒哥伦布，他下决心不管遇到什么困难都要完成自己的航行计划。

后来他到了葡萄牙的首都里斯本。一个偶然的机会，他遇到了一位地理学家，二人聊得十分投机。哥伦布向这位地理学家说起了自己的航海计划以及途中的困难。当时欧洲已经有人提出了"地球是圆的"这一观点，地理学家将这个最新的观点告诉了哥伦布，并告诉他想要到达东方，也可以向西航行，没有必要非走那条被严格控制的航线。这些话给了哥伦布很大的启发，经过再三考虑，哥伦布决定改变航向，开辟一条新的航线。为了筹到航行的资金，哥伦布先后找到葡萄牙、西班牙、英、法等国政府请求援助。但是当时的人们都认为哥伦布的想法是天方夜谭，没有人理解他的做法。哥伦布一次次被拒绝了，但他没有气馁，继续着自己的游说，他相信只要坚持下去，一定能成功。1492年，哥伦布终于得到了西班牙女王伊莎贝拉的支持。这年的8月3日，哥伦布率领由三艘大船组成的舰队，从西班牙的巴罗斯港出发，开始了人类历史上首次横渡大西洋的航行。

然而，这样的航行实在是太艰难了，谁都不知道哪一天能到达目的地。时间一天天过去了，希望中的陆地一直没有出现，人们逐渐没有了耐心。许多船员都开始责备哥伦布：

"我看我们是没有希望看到任何陆地了，只能葬身大海了。"

◆哥伦布的荣誉徽章
其中铁锚代表了他的称号："海军大将"。

"还不如趁早回去。"

"这样走下去，我们只有死路一条。"

面对巨大的压力，哥伦布没有退缩。他翻阅了大量的资料，知道不久就会有陆地出现。他用坚定的语言，稳定了船员们的情绪，并向大家保证三天见不到陆地就返航。

1492年10月12日，哥伦布的船终于在黎明到来时靠近了大陆。哥伦布以为自己到达了东方的印度，就把这里的居民称为印第安人。虽然，他没有看到马可·波罗描述中的东西，却发现了这里独特的景象。首次航行成功了，哥伦布受到了西班牙女王的奖励。后来，哥伦布又进行了三次远航。哥伦布的几次航行虽然都没能找到传说中的东方，但却对美洲大陆进行了深入的探索，发现了中美洲和南美洲。哥伦布也因此而成为世界航海史上的传奇人物。

成才启示

勇气所到之处就有希望。

决心要成功的人，已经成功了一半。

志之所趋，无远勿届，穷山距海，不能限也。志之所向，锐兵精甲，不能御也。

达·芬奇，意大利文艺复兴时期杰出的艺术大师。16岁开始正式学画。1472年入画家行会。15世纪80年代绘画风格逐渐成熟。1482～1499年留居法国，1513年回意大利，在罗马居住，1516年又回到法国，定居昂布瓦斯。他不仅在绘画上成就突出，在医学、数学、物理、建筑方面也有杰出贡献。恩格斯赞扬他"不仅是大画家，而且是大数学家、力学家和工程师"。

达·芬奇

名人小档案		
■ 姓　　名：列奥纳多·达·芬奇		
■ 生 卒 年：1452年～1519年		
■ 出 生 地：意大利佛罗伦萨		

——从画蛋起步的艺术大师

当机会来临时，有人能看到；有人是别人指给他看时才看到；有人则根本看不到。

——达·芬奇

◆达·芬奇雕像

达·芬奇的父亲是佛罗伦萨市的一个法律公证人，母亲是一个小镇酒馆里的招待。达·芬奇5岁时才和父亲生活在一起。小达·芬奇从小跟奶妈长大，奶妈是一个心灵手巧的人，她喜欢画一些花草虫鱼给小达·芬奇看。后来奶妈见达·芬奇对绘画很感兴趣，就开始教他画画。小达·芬奇在绘画方面很有天赋，看过的每一样东西他都能按大概模样画出来。小达·芬奇画起东西从来不知道疲惫，经常忘了吃饭，总是要奶妈和爸爸喊好多遍。

6岁那年，达·芬奇上学了。在学校，达·芬奇对老师讲的内容并不感兴趣，有时不爱听课便趴在桌上给老师画速写。回家后，达·芬奇便将画的东西拿给父亲看。父亲对达·芬奇十分疼爱，他从不强迫达·芬奇做不喜欢的事。他见达·芬奇虽然成绩不好，但在画画上那么有天赋，便有意在这方面培养他。有一次，父亲让他画一块木制盾牌送给邻居。达·芬奇没有匆匆下笔，而是先很认真地进行构思。构思好了才开始在屋里认真地画。经过一个月的时间盾牌画成了。达·芬奇在盾牌上画的是一个两眼冒火、鼻孔生烟的妖头。达·芬奇对这个盾牌画很满意，便让父亲来看。为了给父亲一个惊喜，达·芬奇将屋里的门窗全都关好，只让一缕光线照在这个面目狰狞的妖头上。父亲高兴地来看达·芬奇的"新作"，但还没进门就看见达·芬奇的屋里有一个凶恶的妖怪，父亲顿时吓坏了，拉着达·芬奇便往外走。

"爸爸，别害怕，这是我完成的画！"达·芬奇看见父亲惊恐的样子忙说道。

父亲听后，便走进屋里认真地看起来，达·芬奇画得太好了，最后父亲叹了口气说："你以后好好学画画吧，只要努力一定会有很大的成绩。"

16岁那年，父亲送达·芬奇到佛罗伦萨著名艺术家委罗基奥那里专门去学画画。委罗基奥很喜欢这个极有天赋的学生，对达·芬奇要求十分严格。为了让达·芬奇练好基本功，起初，他整天让达·芬奇画鸡蛋。达·芬奇开始还感觉很有意思，时间一长便感觉厌烦了。

"老师，为什么天天只是画鸡蛋呢？"达·芬奇问，"应该学学画别的东西了吧？"

委罗基奥耐心对他说："孩子，练习画蛋是在训练你的基本功，每个鸡蛋其实都不相同，画画者的观察角度不同，它们的形状也不一样。你要把它们的形状一一画出来，练到手能娴熟地听从大脑的指挥，功夫才算到家了。"

从那以后，达·芬奇便一心练习画鸡蛋，他每天都要画上几十个鸡蛋。由于总是埋头画画，一天下来脖子都疼得没法转动。这种重复的练习很枯燥，但为了能够在绘画上有所成就，达·芬奇一天天坚持下来。在一遍遍的练习中，达·芬奇最后终于练到了随心所欲的地步，他从画鸡蛋中学习到了许多绘画的技巧。

经过11年的学习生活，1479年，27岁的达·芬奇离开了佛罗伦萨到世界各地

·············· 达·芬奇名画《最后的晚餐》和《蒙娜丽莎》

《最后的晚餐》是世界著名的宗教画，《蒙娜丽莎》则为世界上最著名的肖像画之一。两幅画都具有极高的艺术价值。前者表现耶稣被捕前和门徒会餐的场面，构思巧妙、手法简洁，画面栩栩如生。后者以女主人公亲切、自然的微笑而引人入胜，整幅画绘画技巧娴熟、散发着神秘气息。这两件誉满全球的作品使达·芬奇名垂青史。

◆肖像画《蒙娜丽莎》

此画以现实生活中的普通人物作为表现对象，打破了以宗教题材为主的绘画传统，体现了作者的人文主义思想。

去拜访著名的绘画大师。他希望自己能吸收众家之长，在绘画艺术上最终形成自己独特的风格。但当时达·芬奇在艺术界还是一个名不见经传的人物，一些绘画大家根本就不愿见他。他经常去人家那里好多次都见不着人。朋友们劝他还是放弃学习绘画，趁年轻先挣一些钱。达·芬奇没有气馁，他发扬"画蛋精神"，一次、两次、三次……最终，他以顽强的毅力感动了许多艺术大师，他们将自己的绘画经验毫无保留地传授给达·芬奇。有了艺术大师的指点，达·芬奇更刻苦了，他不分昼夜地画画，为了完成一幅作品他经常整夜不睡。达·芬奇作画非常投入。一天晚上，一个小偷进了达·芬奇的房间，见他正在埋头作画，就试探着拿他房间里值钱的东西。小偷在达·芬奇面前转来转去，他却一点也不知道，结果房间被人洗劫一空。

　　经过不断努力，达·芬奇终于取得了卓越的成绩。后来创作的《最后的晚餐》、《蒙娜丽莎》等盖世名作，使他在世界绘画史上享有了崇高的声誉。

成才启示

坚持不懈地努力才能得到灵感的垂青。

当一个人用工作去迎接光明，光明很快就会来照耀他。

路是脚踏出来的，历史是人写出来的。人的每一步行动都是在书写自己的历史。

哥白尼，波兰著名天文学家。自幼爱好天文，1489年进入克拉科夫大学学习，1493年毕业后致力于天文研究，这期间提出"日心说"。1496年，开始写《天体运行论》，1543年《天体运行论》公开出版。

哥白尼

名人小档案

■ 姓　　名：尼古拉·哥白尼
■ 生 卒 年：1473年～1543年
■ 出 生 地：波兰托伦市

——勇往直前创立"日心说"

人的天职在于探索真理。

——哥白尼

1473年哥白尼出生于波兰托伦市。他的父亲是一个富商，也是一位议员。父亲读过很多书，见多识广，当地人都很敬重他。哥白尼是家里最小的孩子，父亲十分喜欢这个小儿子，在他身上倾注了很大心血。小时候的哥白尼总爱坐在父亲身边，听他讲外面的新闻、古老的故事……父亲喜欢天文学，夏天的晚上，哥白尼总是搬着小板凳和父亲坐在院子里乘凉，听父亲讲天上星星和月亮的故事。在父亲的影响下，哥白尼从小就对头顶上那片浩瀚的天空产生了浓厚的兴趣。他喜欢凝视天空，喜欢对着天空浮想联翩。

有一天晚上，睡觉的时间到了，

◆哥白尼像

14

◆表现哥白尼《天体运行论》理论的模型

　　尽管今天的天文学家认为它并不准确，但在大约500年之前它却是非常接近真理的。

父亲去房间里查看孩子们的就寝情况，发现小哥白尼不见了，这可吓坏了父亲，于是便发动家里的人到处去找。大家最后在花园里找到了他。只见小哥白尼猫着腰躲在玫瑰花丛中，脸上和手上划了许多道伤痕。父亲喊道："哥白尼，你在干什么？"谁知哥白尼却用食指压在嘴唇上，神秘地说："爸爸，别喊，我在和月亮捉迷藏呢。"父亲哭笑不得。稍大一些哥白尼上学认字了，他便开始到父亲的书房找有关天文的书看。他看了书爱提问题，父亲总是耐心地回答。小哥白尼这时就立志长大要成为一个天文学家。

　　10岁那年，不幸的事发生了。当时城里流行瘟疫，父亲因为经常出外做生意不幸染上了重病。家里人手足无措，便请神父来为父亲祈祷。神父穿着宽大的黑袍子，念念有词："主啊，请宽恕他吧……"哥白尼感到很奇怪，便问神父："我爸爸一直都是好人，有什么需要宽恕的呢？""天空好比天庭，天主好比法官，每个人的命运都掌握在天主的手中，地上的每个人都有一颗星悬在天空，预示着吉凶……"尽管神父做了祈祷，父亲还是离开了人世。父亲去世后哥白尼很伤心，他总是一个人望着天空发呆，小哥白尼对人们信仰的上帝产生了很大的疑问。他暗暗下决心长

哥白尼"日心说"的局限

　　哥白尼的"日心说"体系的建立具有划时代的意义，但并非十全十美，它也有一定的局限性。这一体系并没有解答有关恒星世界的问题。"日心说"中哥白尼认为一切天体的运动都是均匀的圆周运动或复合圆运动，没能正确认识地球绕太阳公转轨道的形状，所以在具体的计算中不能做到十分准确，且按这个理论预测月食时产生的误差较大。不过在哥白尼所生年代能将天文知识研究到这一步已属不易，哥白尼不顾教会压力大胆提出这个学说的精神更是难能可贵。

大后一定要弄清天上的事情。

父亲去世后，哥白尼由舅舅抚养。舅舅是个人文主义者，有许多反对神学、提倡科学的朋友。舅舅家经常举行文化沙龙活动，在他们的影响下，哥白尼对自然科学产生了极大兴趣。哥白尼一直都没有忘记对天空的探索，这期间他遇到了舅舅的朋友——意大利革命诗人卡里马赫。卡里马赫对天文很有研究，他告诉哥白尼要想研究天文必须做到两件事情：一是要学好数学；二是要进行客观的观察。有了这样一位好老师，哥白尼一有问题便向他请教，这段时间他积累了大量的天文知识。

1489 年，16 岁的哥白尼考入了波兰著名的克拉科夫大学。大学期间哥白尼更加倾心于天文学。他一有时间便到图书馆看有关天文的书籍，同学们提起他总是说："他在图书馆研究天文呢！"大学二年级的时候，他遇到了克拉科夫大学的天文学教授、当时波兰赫赫有名的天文学家沃依策赫。沃依策赫教授思想进步、讲课风趣，总是能三言两语将陈腐的神学观念批驳得体无完肤。每到他上课时，哥白尼总是提前到教室。每一次听完课，哥白尼都要提出很多问题。沃依策赫教授很欣赏哥白尼的才华和对学术的认真态度，对他格外照顾。在沃依策赫指导下，哥白尼的进步很大。

1493 年，哥白尼毕业了，为了有充裕的时间从事天文研究，哥白尼放弃了到罗马意大利留学的机会，回家乡做了一名教士。为了能很好地进行天文观测，他向主教请示住在了教区塔楼的顶层。他住的房子有三个窗口，这样他便可以从三个不同的方向观测天象了。他自己制作许多简单的观测仪器，每天都坚持观测。哥白尼每次观测会都有一些新的发现。随着不断地研究，哥白尼渐渐地对当时在天文上起主导地位的"地心说"思想提出了质疑。后来他总结自己研究的结果，明确地提出了"太阳是宇宙的中心，所有的行星都围绕太阳运转"的理论。他的理论一提出，就遭到了当时教会的攻击。他本人也受到教会的种种迫害。哥白尼没有退缩，1496年，哥白尼开始写《天体运行论》，在这本书中，他系统地阐述了"日心说"理论。

后来，哥白尼不顾外界的种种压力，公开出版了他的不朽著作《天体运行论》，

◆纪念哥白尼诞生 500 周年邮票

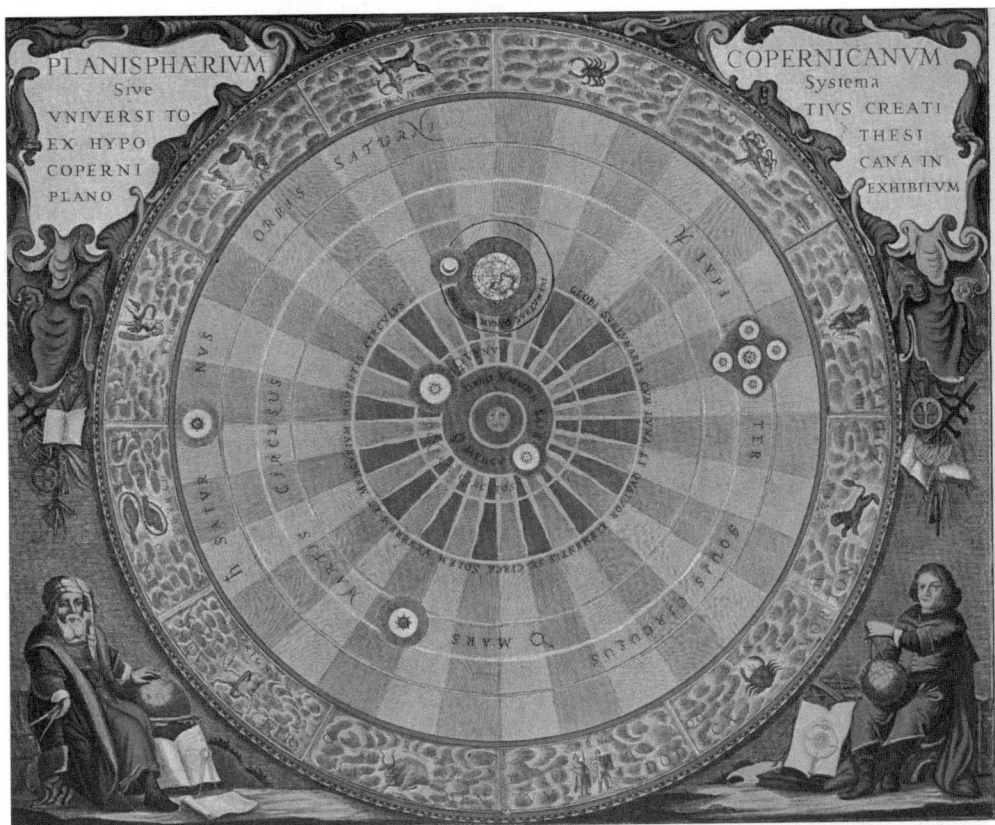

图为哥白尼描绘的天体运行图，这是以太阳为中心的行星系统。在当代已得到广泛承认，但在哥白尼所处的时代却是一次科学史上的巨大革命。

此书一出版，便在全世界范围内引起了轰动。哥白尼的学说从根本上动摇了欧洲中世纪宗教神学的理论基础，改变了人类对宇宙的认识，从此自然科学便开始从神学中解放出来，"科学的发展从此便大踏步前进了"。

成才启示

壮志与热情是成功的辅翼。
志正则无不可用，志不持则无一可用。
勤奋是通向成功之路的最好先导。

培根，文艺复兴时期英国政治家、作家、哲学家。早年热衷于政治，1593年，担任伊丽莎白女王的法律顾问。1607年任副检察长，1613年任首席检察官。1617年任掌玺大臣，1618年，任大法官。1620年被指控受贿，脱离政坛，开始著书立说。主要作品有：哲学著作《新工具》、《论说随笔文集》，史学著作《亨利七世本纪》。

培根

——仕途坎坷也无畏

◆培根像

知识就是力量，要命令自然，就要服从自然。

——培根

　　1561年1月22日，培根生于伦敦一个新贵族家庭。培根的父亲是个大法官，并且还担任过英国女王的掌玺大臣。培根的母亲出身名门，受过良好的教育。

　　培根从小就很聪明，有一次，英国女王看见他，和他开玩笑说："小掌玺大臣，你能告诉我你几岁了吗？"小培根彬彬有礼地说："我比陛下的幸福朝代还小两岁呢。"女王听后非常高兴。

　　培根很小的时候，母亲就开始教他认字。6岁的时候，培根就能独立阅读了。小培根很喜欢读书，他总爱到家里的书房中找书看。他看起书来特别认真，经常在书房里一待就是半天，小伙伴们都喊他"小书迷"。12岁的时候，父亲送培根进了剑桥大学三一学院学习神学。但培根一点也不喜欢这门死板的学科，经常逃课到图书馆看书。有时读书太投入了，竟一整天不去上课。在剑桥三年，他阅读了大量的书籍。他的阅读范围非常广泛，涉及法律、历史、政治、文学、

培根是英国著名的哲学家，曾先后担任过副检察长、首席检察官、枢密院官员、掌玺大臣和大法官等职，1621年受封为男爵，然而由于接受朝臣贿赂而遭免职。不过他的哲学思想却大大超越了他的政治能力，他强调的归纳方法对科学研究起到了重要的促进作用。

自然科学各个领域。渐渐地，培根成了一个知识渊博、有自己独特见解的人。

培根总是不上课，引起了老师们的不满。一次，一个和他父亲很熟的老师将培根逃课的事告诉父亲。父亲将培根狠狠地训了一顿，并说要定期检查他的学习情况。

然而，培根实在听不进神学课，他便去找父亲"谈判"。

"爸爸，我不想学神学了。"

"为什么？"父亲有些生气。

"那些关于上帝的哲学，根本就是在束缚人们的思想，使人们不能很好地认识自然和社会。"

"那你想干什么？"父亲大声吼道。

"我可以去学法律、文学或自然科学。"

这时在一旁的妈妈为培根解了围："孩子说的也有道理。如果他对神学不感

兴趣，那倒可以让他去学法律。法学现在也是一门很有发展的学科。"

在母亲的劝说下，父亲终于同意了。这之后，培根进了当时伦敦很有名气的葛莱律师学会学习法律。培根对法律十分感兴趣，经常虚心向有经验的律师请教问题。在葛莱律师学会的一年中，培根逐步认识到了法律对于一个国家的重要性。他暗暗下决心，以后要参与国家政治，不断健全法律，推动社会进步。

随着年龄的增长，培根想到外面去见见世面。1578年，17岁的培根作为英国驻法大使的随员来到法国。在此后的两年中，培根几乎走遍了整个法国。他每到一处都虚心向别人请教当地的政治、经济情况，同时接触到许多新鲜事物，眼界也变得更加开阔。

1580年，培根回到了伦敦。他刻苦学习法律，并决心考取律师资格，为自己从政做准备。然而在这一年，培根的父亲去世了。培根只分到了微薄的家产，迫于生活，他不得不先在一家律师学会找了一份助理工作。培根一边工作，一边刻苦学习法律。为了尽快考取律师资格，他每天都很晚才睡。经过艰苦的努力，

培根一生著作颇丰，取得了很大的成就。在这幅寓意画中，大文豪莎士比亚正将象征着文学成就的桂冠戴在了培根的头上。

培根哲学著作《新工具》

《新工具》首次发表于1620年，是培根的主要哲学著作之一。本书的书名是针对古希腊哲学家亚里士多德的著作《工具论》而起的。《新工具》一书分为两卷：第一卷主要讨论制定归纳法的原理；第二卷主要讨论收集事实的方法。培根在书中批判了亚里士多德逻辑学说和三段论方法，提出了经验认识原则和经验认识方法。此书在近代哲学史和逻辑史上有重要影响。培根也因此被称为"近代逻辑史上的先驱"。

第二年终于通过了考试，培根做了一名律师，不久后当选为国会议员。

培根的口才非常好，不管是在法庭上还是国会上，他的发言总是能引起满堂的喝彩。渐渐地，培根开始不满足于国会议员的职务了，他想进一步参与国家政务。1593年，英国首席检察长的位置空缺，培根向伊丽莎白女王申请这一职务。然而他的申请没有得到批准，女王只是让他做了自己的法律顾问。培根没有气馁，他积极参与政治活动，为完善国家法律做了许多贡献。

伊丽莎白女王去世后，詹姆士一世继承了王位。这期间，培根提出了合并苏格兰和英格兰的主张，受到了詹姆士一世的赞赏。1607年，培根被任命为副检察长。由于政绩卓越，六年后，他又被升为首席检察官，不久又担任了掌玺大臣。培根这段时间，仕途十分顺畅，他最后官至当时英国官场最高职务——大法官。

在学术著述上，他把一切脱离自然、脱离实际的知识加以改革，他搞研究、进行写作非常辛苦，经常整夜不睡。有时，他写起东西来竟然好几天不出屋。

培根是文艺复兴时期最重要的哲学家，他不但在文学、哲学上多有建树，在自然科学领域里，也取得了重大成就。《新工具》是培根的主要哲学著作之一，首次发表于1620年。培根计划写一部大书，名为《伟大的复兴》，分为六个部分，但未能完成。《新工具》是其中第二部。培根后半生著作颇丰，在许多研究领域都取得了杰出的成就。他是英国历史上令人敬仰的政治家、哲学家。

成才启示

世界会向那些有目标和远见的人让路。
学习会使人永远立于不败之地。
伟人之所以伟大，是因为他与别人共处逆境时，别人失去了信心，他却表现得更加坚毅。

伽利略，意大利杰出的物理学家、天文学家、近代机械学的创始人之一。17 岁进入比萨大学学医，1589 年受聘为比萨大学讲师，1592 年到帕多瓦大学任教。1624 年因宣传"日心说"被判终身监禁。

伽利略

名人小档案
- 姓　　名：伽利略·伽利雷
- 生 卒 年：1564 年～1642 年
- 出 生 地：意大利比萨

——好学善思，不惧权威

> 真理就是具备这样的力量，你越是想攻击他，你的攻击就愈加充实和证明了它。
>
> ——伽利略

1564 年，伽利略出生于意大利的比萨城中一个没落的贵族家庭。他的父亲是当时的一位数学家，对音乐理论和声学有着深入的研究，但这并没有给家里带来财富，因此父亲并不大希望儿子长大以后和自己一样以研究为职业。伽利略从小就很聪明，在父亲潜移默化的影响下对绘画、音乐、数学、机械都很感兴趣，尤其喜欢天文知识。夜晚，小伽利略总是喜欢一个人看天空，他小小的心中装着许多问题：星星为什么到晚上才出来？太阳晚上的时候到哪里去了？月亮上为什么总是有那么多树的影子？小伽利略想到问题后总喜欢去问父亲。父亲对儿子的聪明好

◆伽利略像

学既高兴又发愁，高兴的是儿子具有超于一般人的智力，愁的是怕儿子以后和自己一样一生都贫困潦倒，他希望儿子长大以后能有一个收入比较好的职业。

伽利略 8 岁的时候，父亲送他去当地的修道院进行学习。伽利略在学校学习很刻苦，尤其喜欢数学和物理，老师们也特别喜欢这个勤学好学、思维敏捷的孩子。17 岁时，伽利略以优异的成绩考入了比萨大学。在父亲的安排下他进入了医学系进行学习——因为当时做医生是个稳定而又挣钱的职业。伽利略对医学并不感兴趣，他经常逃课去图书馆阅读数学、物理、哲学方面的书籍，一有时间就去数学和物理系听课。靠着自己的顽强毅力和不懈努力，伽利略在入学第一年中参加数学专业考试时，成绩远远超过了数学系的学生。

大学二年级的一天，伽利略去教堂做礼拜，他无意中看到教堂天花板上悬挂的吊灯在微风的吹拂下来回摆动，他盯着吊灯看了好半天，突然有一个很惊奇地发现：灯好像从一端摆到另一端的距离相等啊？这个意外的发现，令伽利略兴奋不已，他隐约觉得这个看似不起眼的现象中有着伟大的科学道理。于是他又将右手搭在左手的脉搏上，数着自己的脉搏跳动的次数来测定吊灯每次摆动的时间。真的！每次摆动的时间完全相同！他立刻将这个想法告诉了和他一起去的同学，在同学的帮助下他找了两个铅摆，把它们拉开不同的距离，然后让它们自由摆动，并分别数出每个铅摆在同样的时间内摆动的次数。结果发现在相同的时

◆伽利略的书房

在这间有些简陋的书房内，伽利略完成了他一生中的许多重要发现。室内的诸多摆设显示了他知识的多元化。

23

伽利略的比萨斜塔实验证明了亚里士多德关于落体方面的理论是错误的。图中伽利略正在讲解他的实验，背景里的斜塔则说明地点在比萨。

间内，铅摆摆动的次数完全相同！就这样伽利略靠着他的科学家的天生的敏感和善于思考的习惯，发现了"等时性原理"，后来另一位科学家惠更斯就是根据这个原理，发明了如今对人们有很大作用的时钟。

1590 年，伽利略在一次偶然的冰雹中发现：冰雹无论大小都是同时落地。这使他对长期以来人们坚信不疑的亚里士多德的"物体自高处自由落下的速度和重量成正比"的理论，产生了很大的怀疑。当时的伽利略在比萨大学任教，他便把这个发现告诉了他的学生。这在当时的学术界引起了很大轰动。人们嘲笑伽利略不知天高地厚，竟对科学界的权威——亚里士多德进行质疑。为了证明自己的发现，伽利略决定在比萨斜塔上做一次实验。伽利略在实验前做了精心的准备，他坚信自己的实验一定会成功。实验那天，比萨城的许多人都来观看，一些学术界的顽固派认为这次伽利略肯定得出丑。伽利略爬上塔顶，两手中分别拿着大小不一的两个铁球。在众目睽睽之下，他大

声喊道："大家请注意观看！铁球落下了！"说完，他把手同时张开，两个铁球垂直而下，最后"咚"的一声，铁球同时落地！观众们在瞬间的沉默后，爆发了一片热烈的掌声，那些讥笑他的人完全目瞪口呆了。就这样，伽利略凭着自己对权威的大胆挑战，成功地证明了他所发现的著名的"自由落体定律"。

1592年，28岁的伽利略进入了威尼斯的帕多瓦大学担任数学和天文学教授。伽利略在教学的过程中不断地做实验来证明科学界已存在的定论。后来，经过多次的研究，伽利略制成了可以放大32倍的放大镜。利用这台望远镜，他发现银河是由许多小行星汇聚而成的；太阳表面有一些黑点，而这些黑点在不断地运动；后来他又花了很长时间观察太阳附近的木星、金星等行星，结果发现它们都在不停地运转着，而且它们是围着太阳旋转。这无疑证明了太阳是太阳系的中心。伽利略将这个发现公布于世，这使当时在意大利占统治地位的天主教感到十分恐惧，因为几百年来，他们一直宣传地球才是宇宙的中心。为了限制伽利略宣传他的学说，教会判他终身监禁。面对强大的教会势力，伽利略没有退缩，他在囚禁中带病写完了自己的天文著作《对话》。

今天，伽利略已成为世界科学史上不朽的科学家，他善于思考、不畏权威的精神，受到世界人民的崇敬。这位近代科学的奠基人被人们尊称为"近代科学之父"。

成才启示

世上无难事，只怕有心人。
有胆量的人最先获得冠冕。
迎头搏击才能前进，勇气减轻了命运的打击。
人活在世上难免会受到蔑视和冤枉；你大可不必去理会，事实与时间可证明你的一切。

威廉·莎士比亚，英国伟大的戏剧家和诗人。幼年时在当地的文法学校读书，22岁去伦敦谋生。在剧院做过马夫，后来写剧本。他的作品深刻反映了英国由封建制度进入资本主义原始积累时期的社会生活，揭露了资本主义的发展引起的新矛盾，塑造了一系列在世界文学史上具有典型意义的人物形象。他一生共创作了叙事长诗两部、十四行诗一卷（共154首）、戏剧37部。

莎士比亚

名人小档案

- 姓　　名：威廉·莎士比亚
- 生 卒 年：1564年～1616年
- 出 生 地：英国斯特拉福镇

——从牵马人到文学巨匠

◆莎士比亚像

黑夜无论怎样悠长，白昼总会到来。

如果不能把握机遇，就有可能蹉跎一生。

一个最困苦、最微贱、最为命运所屈辱的人，只要还抱有希望，便可无所畏惧。

——莎士比亚

1564年，莎士比亚出生在英国中部埃文河畔的斯特拉福镇。祖上历代务农，到父亲这一辈时开始经营羊毛生意，家境渐渐富裕起来。莎士比亚7岁的时候，父亲将他送到了当地最好的学校读书。莎士比亚是一个聪明好学的孩子，在学校里他总是认真听讲，课下用最快的速度完成老师留下的作业。莎士比亚还很喜欢看课外书籍，父亲给他的零用钱他总是用来买书看。书看得多了，莎士比亚懂得的东西也多了。他脑子里装着各种各样的故事，一有时间就给同学们讲，有时候他还组织一大帮小伙伴将书中的情节表演出来。大人们一开始怕他们影响学习，但时间长了发现他们的功课并没有落下，也就不再干涉了。莎士比亚还十分爱打抱不平。在学校里他虽然也称得上是

莎士比亚作品

莎士比亚最为人所熟知的作品是他的四大悲剧《哈姆雷特》、《李尔王》、《奥赛罗》、《麦克白》；四大喜剧作品《无事自扰》、《仲夏夜之梦》、《威尼斯商人》和《第十二夜》。另外《罗密欧与朱丽叶》、《安东尼与克莉奥佩特拉》等作品也十分著名。

富家子弟，但却从不欺负人。看到一些有钱人家的孩子欺负穷孩子，他总是站出来为穷孩子说话。

14岁的时候，由于父亲破产，莎士比亚只好恋恋不舍地离开了学校，到一个屠宰场当起了学徒。他一边干活一边继续自学，除了干活他把大部分时间都用在看书上，希望有一天家里的情况好转自己能继续上学，但家里的情况越来越差了，莎士比亚上学的梦想最终没有实现。

1586年发生了一件事，打破了莎士比亚在家乡的平静生活。当时，斯特拉福镇一个有钱有势的大庄园主将当地大片的森林圈入自己的庄园，还在森林的四周挂上写有"禁止穷人入内"的牌子。爱打抱不平的莎士比亚看了十分气愤，就召集了几个穷人家的孩子，将森林四周的牌子都砸了。庄园主发现后很恼火，要捉莎士比亚坐牢。在邻居们的劝说下莎士比亚离开了家乡，只身来到了伦敦。

伦敦的生活对于莎士比亚这样的穷人来说十分艰难。莎士比亚找工作很难，不久身上的钱也用完了。后来他经人介绍到一家戏剧院当马夫。这个工作报酬很低，而且很受人歧视，但为了生活，莎士比亚只得干下去。这段时间里，对于莎士比亚来说，最大的乐趣就是看戏剧演出。他从小就喜欢演戏，又有很好的文化功底，理解能力也很强，莎士比亚渐渐地对戏剧产生了很大兴趣。只要有空，他就站着看别人演戏，他喜欢琢磨戏里的情节，有时入了迷就忘了吃饭。后来剧院老板见这个小

◆莎士比亚的作品《罗密欧与朱丽叶》片断

罗密欧的好友墨枯修与朱丽叶的表哥提拔特在街头决斗，不幸死在提拔特剑下，罗密欧为给好友复仇，一剑刺死了提拔特。

1616年4月23日，当黄水仙再度开放的地候，莎士比亚与世长辞。图为斯特拉福圣三一教堂,莎士比亚的长眠之地。

伙子很爱学习而且也很机灵，就让他到幕后给演员提台词。慢慢地，莎士比亚逐渐熟悉了剧本的写作情况，便试着自己写剧本。为了能写出受人喜欢的剧本，他一有时间就向有经验的演员请教，此外，他还找了许多别人的剧本来学习。白天工作忙，他便利用晚上的时间，他每天都很晚才睡。莎士比亚从小文学底子就好，再加上他的勤奋，很快他就写出了不错的剧本。他最先写成的是《亨利六世》，老板看完了这个剧本后十分高兴，便组织演员排练。1591年底，《亨利六世》上演了，引起了很大的轰动，其票房收入达到了整个季节演出的最高峰。莎士比亚备受鼓舞，从此，创作活动一发不可收拾，《查理三世》、《约翰王》等优秀剧作相继问世，并在伦敦各大剧院上演。

莎士比亚很多剧本都揭露了封建势力的专制统治，这引起了当时政府的极大恐慌。他们曾一度关闭了伦敦的所有剧场，并下令逮捕莎士比亚。之后，莎士比亚曾流亡到很多地方。面对巨大的压力，莎士比亚没有退缩，他在流亡过程中创作了许多优秀作品，如《亨利五世》、《威尼斯商人》、《罗密欧与朱丽叶》等名剧。后来，莎士比亚的声望越来越高，政府也不得不对他进行了赦免。

莎士比亚一生共创作了37部戏剧。他的剧本内容丰富、情节生动，具有很强的艺术魅力，在世界戏剧创作史中有着重大的影响，莎士比亚因此也被称为"世界近代戏剧的开山鼻祖"。

成才启示

勇于前行，就能找到成功的路。
坚强的人能将不幸变成机遇。
本来无望的事，大胆尝试，往往能成功。

笛卡儿，法国著名数学家、物理学家、哲学家。1612年进入普瓦蒂埃大学攻读法学。毕业后在巴黎做过律师。1620年参军，辗转欧洲各国。1626年随军到荷兰并定居下来，后专门从事学术研究。

笛卡儿

——兴趣广泛，勤于思考

我思故我在。
——笛卡儿

1596年，笛卡儿出生于法国西南部的拉·爱伊城的一个贵族家里。父亲是布列塔尼议会的议员，读过很多书，尤其精通自然科学和哲学。笛卡儿刚生下来特别瘦，两岁的时候，母亲又去世了，小笛卡儿的身体更加羸弱了。父亲十分心疼小笛卡儿，只要有空便陪他玩。笛卡儿稍大一点时，父亲便教他认字，他特别聪明，总是能很快地掌握父亲教给的知识。慢慢地笛卡儿认的字多了，他便开始找书看。父亲的书房里有很多书，小笛卡儿不管理解不理解都拿来看。他对自然科学特别感兴趣，有一次，父亲见他拿着一本很

◆笛卡儿像

29

深奥的数学论著在认真地读，感觉很好奇，便问他从书上学到了什么。小笛卡儿高兴地告诉父亲："爸爸，我发现书上的图形很多，我在看它们到底是怎么回事呢？"看到小笛卡儿这么爱读书，父亲便买回了许多儿童书籍让他看。不过笛卡儿不太喜欢父亲特意为他买回家的书，他更喜欢大人看的书籍。

8岁的时候，笛卡儿该上学了。父亲为他选择了当时欧洲著名的教会学校——拉夫雷士公学校。这所学校教学水平高、纪律严格。由于笛卡儿身体比较差，所以父亲便请求学校对小笛卡儿要特别照顾一些。学校校长特许他不必到学校上早读。但好学上进的笛卡儿却并没有因此而偷懒，他每天都早早起床，利用这一段时间阅读哲学、数学、文学和历史等多方面的课外书籍。正是在这段时间，笛卡儿对数学和哲学产生了浓厚的兴趣。

笛卡儿在拉夫雷士公学校读了8年书，他的成绩特别好，1612年以优异的成绩考入了普瓦蒂埃大学攻读法学。在大学里笛卡儿如饥似渴地读书。他每天除了上课就是在图书馆，他对什么都感兴趣，几乎读遍了图书馆的所有书籍。笛卡儿尤其爱看数学和哲学方面的书。他喜欢研究数学，经常为了算一道题而忘记吃饭。大学

期间他在数学方面就有了很多自己的见解。1616年，笛卡儿获得了法学博士学位。毕业后他先是到巴黎做了一段时间律师。这期间他认识了巴黎上流社会中许多人，还结交了当时法国不少有名的数学家。笛卡儿经常和这些数学家在一起探讨数学，这段时间里他积累了大量的数学知识。渐渐地，笛卡儿厌倦了巴黎灯红酒绿的生活，于是他辞去了律师职务，躲在巴黎僻静的市郊专心研究数学和哲学。

1618年，欧洲爆发了战争。1620年，笛卡儿参军了。在军队中笛卡儿没有放弃对数学的研究，一有空他便思考数学问题，研究数学几乎成了他生活中最大的乐趣。他经常一边吃饭一边进行数学演算，周围的人都笑他是"数学痴"。1626年，笛卡儿随军来到荷兰，一天他在街上看到当地政府贴出的一张征求数学难题解法的布告。笛卡儿站着看了一会便将难题解答了出来。于是，他将答案告诉了有关部门，并因此受到了奖励。

之后，笛卡儿离开了军队，专心进行数学研究。当时在数学上占主导地位的是欧几里得的几何学和代数学。几何学与代数学还是两个完全独立的学科。笛卡儿想，如果能用直观的几何图表表示出抽象的代数方程，那数学计算就方便多了。于是他决定找出一种能够

笛卡儿哲学思想中的"怀疑主义"

笛卡儿说："一切迄今我以为最接近于'真实'的东西都来自感觉和对感觉的传达。但是，我发现，这些东西常常欺骗我们。因此，唯一明智的是：再也不完全信赖那些哪怕仅仅欺骗过我们一次的东西。"正是这种"怀疑精神"，使他在科学研究中总是从零开始，他大胆质疑被人们普遍接受的科学概念，不断超越前人，取得了许多惊人的成就。

1649年，笛卡儿应邀去斯德哥尔摩为瑞典女王讲授哲学。图中描绘的是笛卡儿给瑞典女王克里斯蒂娜上哲学课的情形。

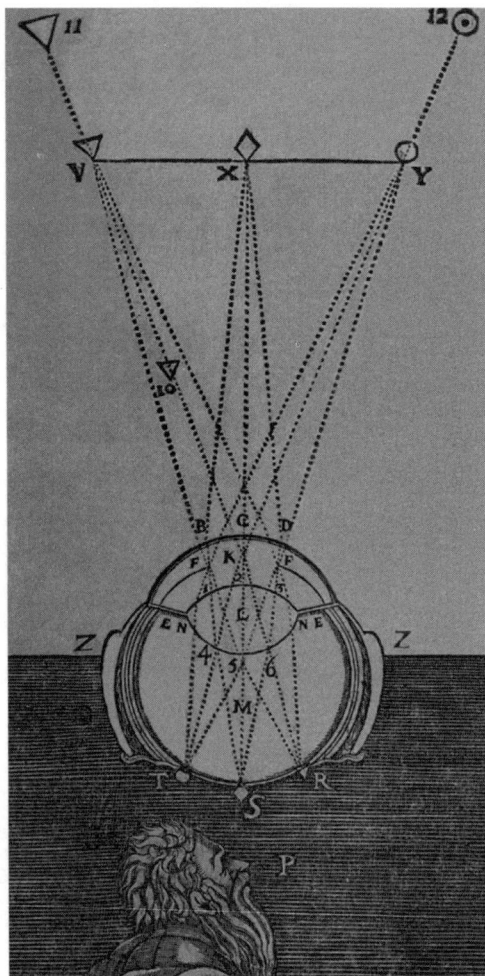

笛卡儿的《论人》被看作是第一部生理学著作，该图显示了对图像的感官认知过程与肌肉反应之间的假想关系。

将几何与代数有机结合起来的工具。他进行了许多探索，做了大量的演算，但一直没有结果。由于总是熬夜进行研究，本来就身体不好的笛卡儿病倒了。这一天，笛卡儿躺在床上养病，他突然看到屋顶角上的一张蜘蛛网，有一只蜘蛛停在网的正中。笛卡儿突然有了灵感，如果将蜘蛛看成一个点，蜘蛛网线看成几何上的线那会怎样呢？笛卡儿顿时来了精神，他忘了自己正在生病，下床就开始演算了起来。就这样在蜘蛛网的启发下，笛卡儿创建了直角坐标系，改变了古希腊以来代数与几何分离的局面，开创了解析几何新时代，为世界近代数学做出了重大贡献。

此外，笛卡儿在物理学、生物学、哲学方面也有许多贡献，他的哲学著作《方法谈》在世界哲学史上有着深远的影响。

成才启示

行动是通往成功的唯一道路。

学问勤中得。

开卷有益。

灵感的降临与艰苦劳动不可分。

莫里哀，17世纪法国著名古典主义喜剧家。1643年创办"盛名剧团"。1645年剧团倒闭，后参加一老艺人的流浪剧团。1650年，担任该剧团团长，并开始创作喜剧。主要作品有《伪君子》、《恨世者》、《吝啬鬼》等。

莫里哀

——热衷戏剧表演的"滑稽小子"

　　1622年，莫里哀出生于巴黎，父亲是一个皇家室内陈设商，在巴黎很有名气。莫里哀的外祖父家在巴黎也十分有地位。莫里哀在10岁的时候母亲就去世了，因此他的外祖父十分疼爱他，走到哪儿都要带上小莫里哀。外祖父十分喜欢看戏，莫里哀从小就和他一起出入巴黎各个剧院。时间长了，莫里哀对戏剧产生了浓厚的兴趣。他总是津津有味地看台上演员表演，看得入了迷便模仿演员的动作，手舞足蹈起来。莫里哀的记忆力和理解能力特别强，每看完一部戏，回家后他便能将剧情讲给别人听。有时候，他还组织一帮小朋友在家里表演，自己扮演剧中的滑稽角色。他表演得非常滑稽幽默，总是引得人们哈哈大笑。时间长了，人们就亲切地喊他"滑稽小子"。莫里哀在这时就

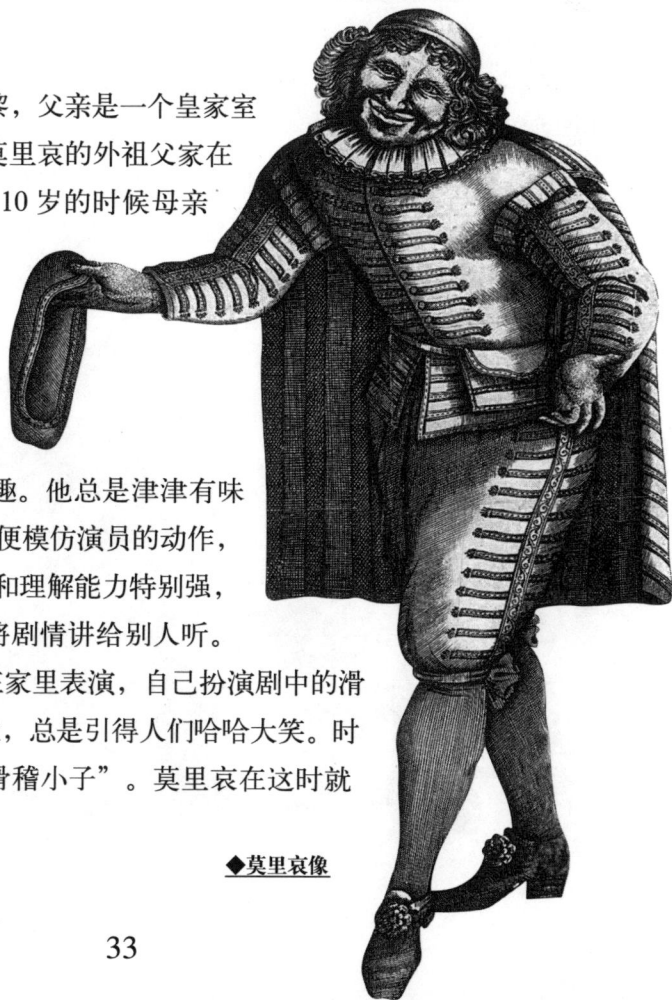

◆莫里哀像

33

暗下决心，长大后要做戏剧演员。

莫里哀13岁时进了巴黎一所著名的贵族学校读书。他十分喜欢文科，课下阅读了大量的文学、哲学著作。看的书多了，感想也多了，他喜欢将自己读书的感受写下来。时间一长他的写作水平有了很大提高，文学课上他写出的东西都会受到老师的表扬。读书期间，莫里哀并没有放弃对戏剧的喜爱。每个周末，他都会去看戏剧演出。他还在学校组织了一个小剧团，一到有庆典活动时，莫里哀便自己编戏登台演出。他的小剧团擅长表演喜剧，他们的演出总能逗得人们捧腹大笑，十分受人欢迎。后来同学们便称莫里哀为"小戏剧家"。

19岁时，莫里哀中学毕业了，按照父亲的意愿，他做了宫廷陈设商。但莫里哀对做生意一点也不感兴趣，他总是闷闷不乐。父亲见他不擅长商场上的应酬，便通过关系让他去宫廷当侍从。莫里哀也不喜欢这个差使，宫廷里钩心斗角的生活让他很厌倦。他只喜欢演戏和看戏，每天只有和朋友一起看戏的时候他才快乐。经过再三考虑，莫里哀决定要做自己喜欢的事。

有一天吃饭的时候，他对父亲说："爸爸，我对现在的工作一点也不感兴趣，请您别让我再继续做下去了。""那你喜欢干什么呢？"父亲显然有些不高兴。"我想去演戏。"莫里哀终于大胆地向父亲说出了自己的想法。"什么？"父亲以为自己听错了。"我想当演员，组织自己的剧团。"莫里哀重复道。那个年代演员的社会地位很低，演员是穷人家的孩子为了混饭吃才做的工作。在巴黎一直很体面的父亲气坏了，"你真是不求上进，给你找了那么好的差使不做，你偏要当演

◆莫里哀作品《吝啬鬼》剧照

莫里哀在《吝啬鬼》中塑造了一个守财奴的形象——阿巴贡，后来这个人物几乎成了吝啬鬼的代名词。

员。如果你执迷不悟，今后就给我滚出家门，别说是我的儿子！"

父子两个闹翻了，为了自己的追求，莫里哀真的从家里出来了。他找到以前在学校和自己志趣相投的同学，经过一番准备，成立了自己的剧团，莫里哀为它取名为"盛名剧团"。剧团在巴黎生存十分艰难，他们没有经营经验，又受到巴黎各大剧团的排挤。莫里哀虽然

莫里哀名剧《伪君子》

《伪君子》是莫里哀的代表作。故事梗概是：巴黎一位虔诚的天主教信士奥尔恭，在一次偶然的机会中，结识了教徒达尔杜弗。达尔杜弗正人君子的表现，让奥尔恭十分佩服。后来奥尔恭还将达尔杜弗请到家中供养。但达尔杜弗实际上是个宗教骗子，他满嘴仁义道德，背后却耍尽卑鄙手段。他一面要娶奥尔恭的女儿，一面又向奥尔恭的妻子调情，还挤走奥尔恭的儿子，侵占了奥尔恭的财产。幸而达尔杜弗的阴谋后来败露，才使奥尔恭认清了他的嘴脸，家里才重新恢复平静。故事反映了17世纪中期在教会统治下的法国上层社会的愚昧无知。作者大胆地将批判的矛头指向了当时在法国的天主教会，揭露了宗教道德的伪善以及僧侣教徒们的卑鄙无耻。剧中人物达尔杜弗是著名的艺术典型，"达尔杜弗"这个名词，后来成了"伪君子"的代名词。

想了许多办法，但剧团还是支撑不下去了，最后不得不宣布解散。为了学习经验，剧团解散后不久莫里哀就加入了一个由老演员查理·杜非朗领导的流浪喜剧团。从此开始了流浪演出的生涯。他不断向有经验的演员学习，一有时间便自己思考剧情安排和演出技巧，经过多年的努力，莫里哀的演技成熟了，他成了剧团中的顶梁柱。

在四处演出的过程中，莫里哀广泛接触了社会现实，了解法国各阶层的真实生活状况，并搜集了许多民间传说、谚语、民歌等，这些对他后来的戏剧创作有很大帮助。1650 年，28 岁的莫里哀做了流浪喜剧团的团长。这之后他开始一面演戏，一面写剧本。他阅读了大量的文学作品，并虚心向当时巴黎有成就的文学大师学习，先后创作了《伪君子》、《恨世者》、《吝啬鬼》等优秀喜剧作品。莫里哀对欧洲戏剧的发展做出了重大贡献，他被人们称为"欧洲古典主义戏剧的奠基人"。

成才启示

有了坚定的信念，才能成为胜利者。
信念是储存在人心里的资本，它会使人受用一生。
坚定的信仰是挑战挫折的最好武器。

牛顿，英国著名数学家、物理学家，世界近代自然科学的奠基者。1661 年就读于英国剑桥大学。1669 年成为剑桥大学数学系教授，1672 年当选为英国皇家学会会员。

牛顿

名人小档案
- 姓　　名：艾萨克·牛顿
- 生 卒 年：1643 年～ 1727 年
- 出 生 地：英国林肯郡

——从"愣小孩"到科学巨匠

◆艾萨克·牛顿像

　　我不知道在别人看来，我是什么样的人；但在我自己看来，我不过就像是一个在海滨玩耍的小孩，为不时发现比寻常更为光滑的一块卵石或比寻常更为美丽的一片贝壳而沾沾自喜，而对于展现在我面前的浩瀚的真理的海洋，却全然没有发现。

——牛顿

　　1642 年 12 月 25 日，牛顿出生于英国林肯郡一个普通的农民家庭。父亲在牛顿出生几个月前就去世了，母亲也在他两岁的时候改嫁了。于是，小牛顿只能跟着外婆过日子。

　　牛顿从小比较贪玩，农村无拘无束的生活使他养成了热爱自然、爱动脑筋的好习惯。6 岁时，牛顿上了小学。但在大自然中疯跑惯了的牛顿根本就坐不下来，他像小鸟被关进了笼子一样，老师讲课一点儿也听不进去，他总是看着黑板走神。老师让他回答

36

问题，他也不知道问的是什么，总是答非所问，引得同学们哄堂大笑。老师们对这个成绩很差的学生十分不满，提起牛顿总是叫他"愣小孩"。

牛顿虽然不爱学习，却很喜欢小制作。放学后牛顿总喜欢用舅舅的锯子做一些小东西。有一次，他做了一辆小四轮车。为了看看车子好不好用，他把小车推到了村边的小山坡上，自己坐进里边，让车顺着山坡往下滑。小车在半途中碰到了一块石头，一下子翻到了路边的沟里。小车散架了，牛顿的身上也被划了好几道口子。牛顿蹲在路边哭了起来，他并不是因为身上的伤口而哭，而是伤心自己精心制作的车子竟然毁于一旦。

牛顿从小就对大自然充满好奇。外婆家有一只小花狗，有一天太阳特别好，牛顿带小狗去外边玩。小狗总是摇晃着尾巴在他面前跑来跑去，小花狗的影子在太阳下也总是晃来晃去，这引起了牛顿的注意。通过细心观察，牛顿发现小狗的影子在早晨与中午时大小不一样。这是怎么回事呢？于是牛顿就找来一根树枝插在山坡上，他就守在树枝旁观察它在太阳照射下的影子。牛顿发现树枝影子的大小随着一天时间的早晚而变化。这个发现使牛顿想到了曾经在图画书中看到的日晷。啊，原来是这么回事！牛顿突然明白了日晷的制作原理。于是他回到家找来一块石头，将石头凿成圆形，自己做起日晷来。日晷做好了，牛顿第一个便拿给了外婆看，并给外婆解释其中的道理，外婆看他做得这么好，而且讲得头头是道，叹了口气说："牛顿你这么聪明，要是把这些脑子用在学习上成绩肯定会好的。"

在快要上中学的时候发生了一件事，这改变了牛顿后来的人生。有一天，牛顿做了一个磨面的小风车，他拿到学校给同学们看。同学们都很欣赏牛顿的这个小发明，大家都围着小风车边看边夸奖他做得好。这使得两个平时学习成绩好的同学十分嫉妒，他们讽刺牛顿说："哼！一个笨木匠，还能有什么出息！"其中一个还故意将牛顿的风车从桌上碰到了地上。看到自己心爱的风车被摔在地上，牛顿十分生气，就和这两个同学动起手来，结果受到了老师的严厉批评，还被勒令退学。经过外婆向老师求情牛顿才勉强留在学校。

这件事对牛顿打击很大，他决心好好学习，为自己和外婆争口气。从此以后，

晚年的牛顿

晚年的牛顿醉心于宗教和神学，思想开始走向僵化。他变成了一个唯心主义者，因此对一些理论做了错误的解释。牛顿思考了万有引力的机制，对"物体是通过什么方法得以产生超距作用的"这一问题给出一个有趣解释："基督是宇宙中所有作用的媒介，上帝借由这个媒介以维持宇宙体系！" 这一解释与他的宗教信仰有着直接关系。

图为牛顿在做"色散实验"时的情景：在一间四周遮光的房间里，通过一个小孔，引一束阳光进入屋内，并恰好射在预先放好的三棱镜上，使光分解成几种颜色的光谱带，之后再使光谱带通过一块带狭缝的挡板，仅允许一种颜色的光射过并打在第二个三棱镜上，这时穿过第二个三棱镜的光呈现原有的一种颜色。由此，牛顿得出结论，阳光并不是由人们所见的白色组成，而是由组成彩虹的 7 种颜色的光组成的。

牛顿便开始发奋读书，每天放学后不再出去玩，总是憋在屋里看书。没过多久，牛顿的成绩便直线上升。期末考试中，牛顿居然得了全班的第一，这使老师和同学们不得不对这个以前被称为"愣小孩"的牛顿刮目相看。

1661 年，19 岁的牛顿因为数学和物理成绩突出被保送到剑桥大学读书。为了减轻家里经济负担，牛顿一边做家教一边读书。为了争取更多的时间，他总是学习到深夜。假期里牛顿从来不和同学们出去玩。除了打工挣生活费，他把时间全部用在了学习上。后来牛顿在剑桥遇到了当时在英国数学和光学研究中成绩十分突出的巴多教授。巴多十分欣赏勤奋好学的牛顿，将自己的知识毫无保留地传给了他。有了名师的指点，再加上自己的不懈努力，牛顿在数学和物理学上的成绩有了很大的进步。后来，他发现了万有引力定律和力学定律；在数学上，他从二项式定理到微积分，从代数和数论到古典几何和解析几何、有限差分、曲线分类、计算方法和逼近论，甚至在概率论等方面，都做出了创造性的成就和贡献。牛顿为近代科学的发展奠定了理论基础，被誉为"近代自然科学之父"。

成才启示

只要肯努力，什么时候都不会晚。

有了钢铁般的意志，你就会把不幸变成优势。

只要不失目标地继续努力，终将有成。

坚强的意志像一道阳光，能融化挡在前进路上的冰山。

伏尔泰，法国文学家、思想家。1711 年，进入大路易学院学习法律。1714 年，因写政治讽刺诗入狱。1726 年，流亡英国。1730 年回巴黎。1734～1749 年，隐居在法国东部的西雷。1752 年后，在法国和普鲁士边境的费尔奈庄园度过。主要作品有：悲剧《俄狄浦斯王》、《欧第伯》，喜剧《放荡的儿子》，哲学著作《哲学通信》、《哲学辞典》、《形而上学论》，史诗《亨利亚德》、《奥尔良少女》，哲理小说《老实人》等。

伏尔泰

名人小档案
- 姓　　名: 伏尔泰
- 生 卒 年: 1694 年～ 1778 年
- 出 生 地: 法国巴黎

——用希望减轻生命的负担

人生最宝贵的财富是希望，它减轻了生命的负担。

——伏尔泰

1694 年，伏尔泰出生于法国巴黎一个律师家庭。伏尔泰从小就很聪明，大人们教他的东西，他总是很快就能学会。6 岁时，他就能独立阅读很长的文章。7 岁时，伏尔泰上学了，他读书很用心，成绩总是特别好。伏尔泰非常喜欢文学，课外时间阅读了许多欧洲文学大师的作品。

上中学时，伏尔泰的文学老师是当时在巴黎比较有名气的一位青年作家，他非常喜欢才华出众的伏尔泰，对他格外用心培养。

在老师的影响下，伏尔泰开始进行写作。伏尔泰练习写作非常刻苦。他总是随身带着一个本子，一有感想就写下来。他经常让老师给他出写作题目，

◆伏尔泰雕像

伏尔泰与许多哲学家、艺术家同普鲁士国王腓特烈二世一块进餐。

写完后便拿去让老师指出问题，然后再一遍遍地进行修改。经过不懈地努力，伏尔泰的写作水平有了很大提高。这段时间，他的一些诗作、散文已经开始陆续在巴黎的一些报刊上发表，学校的老师同学都知道在他们身边有一位小作家伏尔泰。伏尔泰也立志以后要在文学创作的道路上发展。

17 岁的时候，伏尔泰以优异的成绩从中学毕业。父亲送他到耶稣会创办的大路易学院学习法律。大学期间，伏尔泰学习非常刻苦，他几乎读遍了图书馆里所有的书。这时他的阅读不再只限于文学著作，读书范围扩展到了哲学、历史、政治、自然科学等许多领域。广泛的阅读使他的视野变得十分开阔。这期间伏尔泰开始关注社会，他经常写文章讽刺当时法国腐败的政治制度，统治阶级对他非常痛恨。1714 年，伏尔泰因写了一首政治讽刺诗激怒了一位封建贵族而被投入了监狱。不过，伏尔泰并没有消沉，在狱中他开始了悲剧《俄狄浦斯王》的创作。狱中的环境太恶劣了，伏尔泰写作时经常受到狱卒的呵斥，有时他不得不等别人都睡了再借助月光来写东西。两年后，伏尔泰刑满出狱，他的伟大悲剧《俄狄浦斯王》也完成了。

伏尔泰获释不久，在朋友的帮助下，《俄狄浦斯王》在巴黎的法兰西大剧院得以上演，并获得了巨大的成功。

伏尔泰是个能够坚持自我的人。1714 年的牢狱之灾，并没有使伏尔泰放弃对社会的关注。他依然不断地用笔来表达自己对社会的看法。1726 年，伏尔泰因为写文章得罪了法国的一位当权者而被驱逐出境。他来到了英国。伏尔泰很快学会了英文，并潜心阅读了培根、牛顿、莎士比亚等人的作品。这期间，他还结识了当时英国许多进步的思想家，这些人对伏尔泰的思想有很大的影响。在英国期间，伏尔泰印象最深的是英国的政治制度。

英国政治上的民主以及个人的自由权利，与伏尔泰所了解的法国的人权状况形成了鲜明的对比。伏尔泰决定写一本书来反映这种差距。

《哲学通信》（又名《论英人书简》），发表于1734年，是伏尔泰第一部哲学著作。伏尔泰在书中介绍了英国在科学和文学上的成就，歌颂了英国政治的自由与民主，对法国的独裁政治进行了批判。《哲学通信》被欧洲人称为"投向旧制度的第一颗炸弹"。此书的出版标志着法国启蒙运动的真正开始，伏尔泰也因此被视为法国启蒙运动的领袖。

1730年，伏尔泰回到了法国巴黎。回国后，他便开始了他的第一部哲学著作《哲学通信》的写作。伏尔泰在书中歌颂了英国政治的自由与民主，对法国的独裁政治进行了批判。该书发表后，立即在法国引起了轰动。这本书也引起了法国统治者的极大恐慌，伏尔泰再一次受到通缉。

由于政治上的迫害，伏尔泰一直过着动荡不安的生活，他在法国东部的西雷隐姓埋名居住过15年，后来又在法国和普鲁士边境的费尔奈庄园居住过20多年。但不管生活多么艰辛，伏尔泰从没有放弃过自己的创作。伏尔泰写起东西来从不知道累，他将自己的全部心血都用到了创作中。有时为了完成一部作品，他可以连续几天不睡觉。伏尔泰一生留下了大量的文学和哲学著作，对法国文学界和思想界做出了重要贡献。

◆伏尔泰的灵车

伏尔泰去世后曾一度备受轻视，尸体被拉到巴黎城外的一座寺院埋葬。然而在大革命中，他的灵柩被运回首都，装在大马车上，在凯旋的行列里驶向他最后的安息之地——潘提翁神殿。

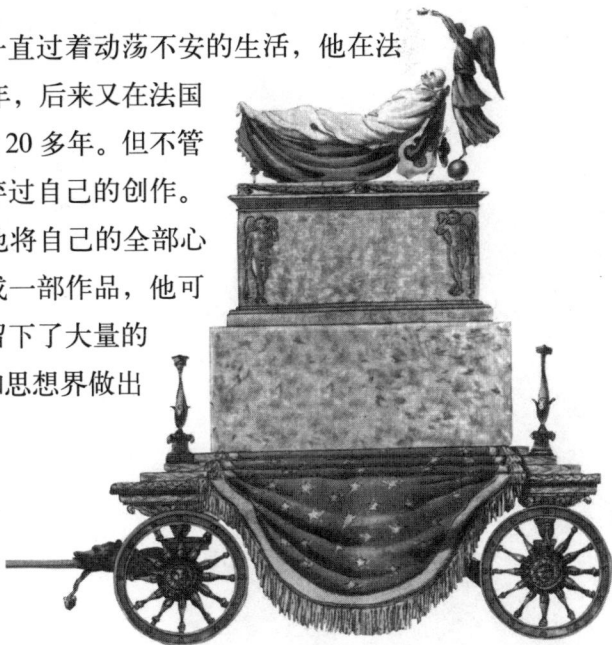

成才启示

坚韧是进入成功之门的敲门砖，只要敲得时间够久，门终究会被打开。
不要失去信心，只要坚持不懈，终会有成果的。
信念能给人前进的力量，让人最终取得成功。

富兰克林，美国著名的科学家、社会活动家。出身贫寒，一生只受过两年的正规教育。1731 年，在费城创办了北美第一个公共图书馆，1737～1753 年任费城邮局局长，1744 年开始专门从事电学研究，1751 年创办了费城学院。后参与起草和制定《独立宣言》和《美国宪法》。

富兰克林

名人小档案
- 姓　　名：本杰明·富兰克林
- 生 卒 年：1706 年～1790 年
- 出 生 地：美国波士顿

——捕捉闪电的科学狂人

凡事勤则易，凡事惰则难。

天下没有白吃的午餐，要收获，就一定要付出。

你热爱生命吗？那么别浪费时间，因为时间是组成生命的材料。

希望是生命的源泉，失去它生命就会枯萎。

——富兰克林

1706 年，富兰克林出生于美国波士顿一个工匠家庭。因为家里穷，他只在学校读了两年书就辍学了，之后便在父亲开的一个小作坊里帮忙。

富兰克林 12 岁时，伯父在波士顿办了一个小印刷厂，于是富兰克林便到伯父的印刷厂里当了一名学徒工。富兰克林白天在印刷厂干活，晚上便如饥似渴地读书，在这段时间内富兰克林读到了许多物理方面的书。当时人们对于电已经有了一些研究，富兰克林对于电学知识十分感兴趣。他还经常到附近的小书店，用自己节省

◆富兰克林像

下来的钱租一些有关电学的书来读。

17岁时，富兰克林离开波士顿一个人去外面闯荡，旅途中发生了一件事对富兰克林有很大的触动。富兰克林乘的大船在半途遇上了波士顿历史上最大的暴雨，当时雷电交加，闪电像一条条巨蛇张牙舞爪地在天空中不时地闪现，电光之后是一声声吓人的霹雳。当时还没有人对雷电做具体的研究，人们还沿袭着当时封建教会里的迷信思想，认为闪电是上帝发怒，对于雷电有着很大的恐惧。当时船上有一个身体虚弱的老年人，竟被雷电击中，死在了船上。这件事使富兰克林很难过，他不相信真的有上帝，但又不知道雷电到底是怎么事。富兰克林暗暗下定决心一定要弄清楚雷电这一奇异自然现象的真实"面目"。

之后，富兰克林一个人漂泊到美国的许多地方，他生活得十分艰苦，历经了人生的种种艰辛。但生活的压力并没有使富兰克林放弃自己的追求，他用自己节省下来的钱买了很多科学方面的书，一有时间便在书里找有关自然现象的答案。但当时人们对电还没有做深入的研究，因此富兰克林对雷电的研究也没有很大的进展。

1740年左右，人们发现了电震动现象，富兰克林对电产生了浓厚的兴趣，1744年他开始做电学实验研究电学现象。

政治家富兰克林

富兰克林不但是著名的科学家，还是杰出的政治家、美国独立运动的领袖之一。他参与起草并修订了《独立宣言》，制定了议员选举法和新闻传播法，极力倡导新闻自由。他力主将权力置于公众的监督之下，希望建立一套全新的政治体制，摆脱人类数千年来形成的腐败专制的权力模式，实现"最好的政府，是管得最少的政府"的政治梦想，并为此创立了美国的民主党。

有一次他在家做实验，将几只蓄电的莱顿瓶连接在一起，妻子丽德不小心碰到了一根连接莱顿瓶用的金属棒。只听"轰"的一声，一束白光闪过后，妻子被击倒在地上，脸色苍白，足足在家躺了一周的时间。这虽然是实验中的一次意外事件，却使思维敏捷的富兰克林突然开了窍，多年前在波士顿船上的一幕又浮现在他的眼前，他由此想到了空中的雷电。经过反复研究富兰克林认为天上的雷电就是一种放电现象。

为了证明自己的推测，富兰克林有了一个大胆的设想：要亲自捕捉闪电。在一个雷电交加的夜晚，富兰克林和儿子威廉带着风筝和一只蓄电的莱顿瓶来到户外。风筝是由丝绸做的，他们还在风筝架上引了一个金属线，以此来吸引电。在风筝线的末端还拴了一把铜钥匙。雷声和风声都大了起来，富兰克林趁着风势把风筝抛向天空，并且握起了铜钥匙。一阵闪电闪过，富兰克林发现自己的手有一种麻木

◆和雷电打交道

　　这幅画反映的便是本文中所描述的一幕：富兰克林将风筝放飞到暴风雨中，通过这一实验，他证明了闪电是一种电。

的感觉，之后便被击倒在地上。知道自己终于"触"到了电，他不顾生命的危险，再次拿起钥匙掷向莱顿瓶，莱顿瓶顷刻间电花闪耀。"威廉！我们成功了！我抓到了电！雷电就是电！"富兰克林终于证实了自己多年来的想法。

　　此后，富兰克林又继续做了深入的研究，并发明了对人们生活有重大作用的避雷针。

　　他在电学方面有着前所未有的突破，对世界科学做出了重大的贡献，而他敢于探索的精神更是受到了全世界人民的尊重。

成才启示

　　抓住今天，它不再回来。
　　为学应须毕生力，攀登贵在少年时。
　　汗水换来丰收，勤学取得知识。
　　只有经过千锤百炼，才能成为好钢。

卢梭，法国启蒙思想家、文学家。从小母亲早丧，父亲又背井离乡，幼年由舅父抚养，自小就过着流浪的生活，当过学徒、仆役。作品有《论科学与艺术》、《爱弥儿》、《论人类不平等的起源》、《社会契约论》，长篇小说《新爱洛伊丝》、自传集《忏悔录》。

卢梭

——在苦难中成长的思想家

◆卢梭雕像

成功的秘密在于永不改变既定之目标。

做有意义的事情，这本身就是对生活的一种享受。

生活本身没有任何价值，它的价值在于怎样使用它。

生活最有意义的人，并不是年岁活得最大的人，而是对生活最有感受的人。

——卢梭

1712 年，卢梭出生于瑞士日内瓦一个贫穷的钟表匠家庭中，母亲在生下卢梭几天后就去世了。从此，卢梭便跟着父亲过日子。母亲原来做过乡村教师，家里留下来了很多书，卢梭的父亲虽然没受过正规教育，却也很爱读书。父亲没事的时候便教卢梭认字。卢梭记忆力超群，6 岁的时候，他便能独立阅读了，被亲戚们称为"小神童"。父子俩虽然过得很清苦，但一有闲暇时间，便一起读书。小卢梭和父亲经常在晚饭之后便开始看书，看得入神了，有时竟忘了睡觉。父子俩看完一本书，还要交换着看，并且书都要一口气读完。

在父亲的引导下，卢梭形成了好学好读的好习惯。在他 7 岁的时候，家中的书基本上都读完了，于是父亲便经常借一些书给他看。卢梭从小就有超强的理解力，他对一些内容深奥的书有一

崇尚真实的卢梭

卢梭晚年写了自传集《忏悔录》，他在该书序言中说："当时我是什么样的人，我就写成什么样的人；当时我是卑鄙龌龊的，就写我的卑鄙龌龊；当时我是善良忠厚、道德高尚的，就写我的善良忠厚和道德高尚……不论善和恶，我都同样坦率地写了出来。"正是卢梭这种崇尚真实、遵循生活本来面貌的精神，使他的《忏悔录》成了一部不朽的作品。

种一般孩子所没有的兴趣。七八岁的时候，他便开始在外祖父家翻看《教会与帝国历史》、《世界通史讲话》、《名人传》、《宇宙万象解说》等书，大人们都对小卢梭的阅读兴趣感到十分吃惊。卢梭看书十分专注。有一天，他读到罗马时代西伏拉的故事，西伏拉被捕后宁死不屈，为了使他屈服，敌人将他的手放在火中烤。卢梭看到这里，便激动起来，也将手放在火中去烤。大人们赶紧将卢梭拉回，卢梭却说："我也要像西伏拉一样勇敢！"

10 岁的时候，卢梭的生活便开始出现了波折。当时，父亲因为得罪了当地的一个高级军官，而不得不远走他乡。从此，卢梭便寄居在脾气暴躁的舅舅家。11 岁时，舅舅送卢梭和表弟去乡村的一个牧师家读书。乡村优美清静的环境，使卢梭重新开朗起来，在这里他如饥似渴地读书、学习，经常忘记了吃饭和睡觉。但后来又发生了一件事，使卢梭不得不又停止了读书生活。有一天卢梭在屋里看书，牧师家的女仆把几把梳子放在屋中窗台上晾晒，等她来取的时候，发现一把梳子的齿断了。女仆认定是卢梭干的，牧师也过来逼问卢梭，卢梭很委屈，却没有办法说清楚。后来，牧师还请来了舅舅。舅舅到了之后，不问原因就揍了卢梭一顿，还逼他认错。倔强的卢梭因拒绝认错而被赶出了牧师家，从此也结束了读书生活。

13 岁时，卢梭到一个鞋店当了学徒。在学徒期间，卢梭控制不住对书的痴迷，经常将书藏在衣服中，拿出来偷偷看。一次，卢梭看得正投入的时候，师傅走了过来，他将卢梭的书夺过来扔到了窗外，还骂道："一个穷小子也想读书！"卢梭并没有就此而放弃读书。他居住的地方有一个小书店，卢梭总是用自己节省下的钱去租书看。

16 岁的时候，卢梭开始了流浪的生活，后到了法国巴黎。他在这段流浪生活中到过很多地方，并接触了各种各样的人，看尽了人间的不平事，对人民大众的苦难生活有了很深的了解。一个偶然的机会，他经人介绍认识了家中有很多藏书的华伦夫人。华伦夫人热情地帮他找工作，并把自己的书籍全部拿出来让卢梭看。这段时间，卢梭在知识方面又有了很大的增长。随着生活阅历的增加，卢梭逐渐成了一个知识渊博而又有卓越见识的人。

◆《爱弥儿》插图
《爱弥儿》是卢梭的代表作之一。这部讨论教育问题的哲理小说在世界近代教育史上占有重要位置。

后来，卢梭又结识了当时法国先进的思想家狄德罗，并在狄德罗的鼓励下开始进行创作。在这段时间他发表了许多文章，如《论科学与艺术》、《爱弥儿》、《论人类不平等的起源》，并完成了长篇小说《新爱洛伊丝》的创作。

卢梭还对当时法国的社会现实进行了深入的思考，并写了著名的《社会契约论》。这是人类思想史上一部重要的社会学论著，他对如何改造社会、国家制度和人的权利等问题进行了深入的研究。这本书使卢梭声名大噪，但也给卢梭带来了巨大的灾难。卢梭受到了法国政府的通缉，从此过上了四处避难的生活，直到 8 年后才得到赦免回到巴黎。

如今，卢梭被认为是法国启蒙运动时期最重要的思想家之一。

成才启示

精思生智慧。
挫折其实就是迈向成功所应交的学费。
有了高尚的追求，生命才会壮丽，精神才会富有。

瓦特，世界近代著名发明家，蒸汽机的改良者。1753 年到伦敦学习机械制造，1764年开始从事蒸汽机的改进。1781 年发明了复动式蒸汽机和双向通气汽缸的蒸汽机。1788年发明了自动调节蒸汽机运转速度的离心式调速器，后来又相继发明了压力计、计数器、示功器、节流阀以及许多其他仪器。

瓦特

名人小档案
■ 姓　　名：詹姆士·瓦特
■ 生 卒 年：1736 年～1819 年
■ 出 生 地：英国苏格兰克德河
　　　　　　畔的格林诺克镇

——从徒工成长为大发明家

　　一个人的奋斗，不论成败，只是在把世界雕琢完美，尽你所能，沉静和坚毅地尽力去做。

——瓦特

　　1736 年，瓦特出生于苏格兰克德河畔的一个叫格林诺克的小镇上。父亲是一个木匠，自己经营着一个制造船用装备的小作坊。瓦特的母亲出身书香门第，读过许多书。由于经常生病，瓦特只上过一年学，后来母亲就在家里教他读书。瓦特从小喜欢搞小制作，几乎所有的材料一到了他手中都能制造成有用的东西。他经常帮着家里和邻居修坏了的机械，由于他心灵手巧，深得大人们的喜欢。

　　15 岁的时候，瓦特到父亲的作坊帮忙，这段时间他开始学习机械制造。瓦特学习起来特别用心，每天都是最后一个下班，他总是虚心向

◆瓦特像

工人们请教，别人也都愿意把自己懂得知识和经验传授给他。由于勤学苦练，后来年龄不大的瓦特成了作坊里技术最好的人。17岁的时候，父亲的作坊破产了。也是在这一年，瓦特的一个哥哥和一个姐姐也相继去世，母亲因为过于伤心而病魔缠身，家里一下陷入了困境。瓦特决心自己学本领来支撑起这个家。父亲看他那么有决心，便同意了。但家里太困难，连瓦特去伦敦的路费都凑不齐，瓦特步行12天才到伦敦。

刚到伦敦时，瓦特先后在一个机械部件制造厂和一家仪器修理厂当过徒工。当时伦敦机械制造厂的约翰·摩尔根是伦敦城十分有名的机械师，瓦特一心想拜他为师，但伦敦机械制造厂是非常有名气的工厂，像瓦特这样一个来伦敦不久的穷孩子很难进去。那段时间，瓦特一有时间便在伦敦机械制造厂门口转，他真希望有一天能得到这位著名机械师的亲自指点。这个消息传到了约翰·摩尔根耳朵里，约翰·摩尔根很受感动，他也想见见这个叫瓦特的孩子。

这天，瓦特又来到了伦敦机械制造厂门口，恰巧这时约翰·摩尔根出来了。"这

当火车在铁轨慢慢启动时，瓦特的蒸汽机逐渐引领了一个时代。蒸汽机的广泛应用，使人类获得了空间强劲的、可被人类控制的动力资源，对社会经济的跨越性发展起了关键性作用。

就是摩尔根先生。"旁边有
人告诉瓦特。瓦特非常激动，
他鼓起勇气走上前去说：
"摩尔根先生，我叫詹姆士
·瓦特。我想向您学习机械
制造。""哦，你就是天天
在门口转的那个瓦特吗？"

瓦特的蒸汽机与产业革命

1819 年在瓦特去世的讣告中，人们这样评价瓦特
的蒸汽机："它武装了人类，使虚弱无力的双手变得力
大无穷，健全了人类的大脑以处理一切难题。它为机械
动力在未来创造奇迹打下了坚实的基础。"英国作家罗
尔特在他所著的《詹姆士·瓦特》中，也曾写道："瓦
特蒸汽机巨大的、不知疲倦的威力使生产方法以过去所
不能想象的规模走上机械化道路。"

摩尔根问。"是的，先生。""学机械制造可不是想象的那么简单，你有心理准备
吗？""我会好好学的，先生。"瓦特回答。约翰·摩尔根很喜欢这个诚恳的孩子，
决定收下他做徒弟，"好吧，你明天早晨来我负责的车间上班。"就这样，瓦特进
入了伦敦机械制造厂，开始跟随约翰·摩尔根学习。

瓦特十分珍惜这来之不易的学习机会，他每天除了睡觉几乎所有的时间都在
钻研机械。摩尔根看他那么刻苦，对他格外用心进行培养。瓦特很快学会了制造
那些难度较高的机械，周围的人对这个几乎没受过正规教育的小伙子不得不刮目
相看。瓦特在伦敦机械制造厂待了 5 年，他掌握了最先进的机械制造方法。22 岁时，
学到技术的瓦特回到了家乡，准备和父亲一起办工厂，重振家业。但不幸的是，这
一年父亲又得了重病，家里急需要钱。为了给父亲看病，瓦特只好放下自己的计划，
经人介绍到格拉斯哥大学当了一名仪器修理工。

在格拉斯哥大学，瓦特有幸认识了热学系教授布莱特，瓦特一有时间便到布莱
特那里请教问题，布莱特教授很喜欢这个聪明好学的年轻人，便经常邀请他到自己
的实验室参观。瓦特从布莱特教授那里学了许多科学理论，这对他日后改进蒸汽机
有很大的帮助。

1764 年，学校请瓦特修理一台纽可门式蒸汽机。瓦特很快便将蒸汽机修好了。
但瓦特发现蒸汽机工作起来那么慢，就像一个负重行走的老人。瓦特盯着蒸汽机看
了半天，他发现蒸汽机的缸体随着蒸汽的进出，热了又冷，冷了又热，这样浪费了
许多热量。如果能想办法让缸体一直保持着热量，活塞不就可以连续工作了吗？可
是应该怎么改进呢？瓦特下决心自己制造出一台新式的蒸汽机。于是他省吃俭用，
挤出钱在学校附近租了一个地窖，收集了几台报废的蒸汽机，自己搞起研究来。

从此，他整日把自己关在屋里摆弄这些机器，遇到不懂的问题就向布莱特教授
请教。经过两年艰苦的探索，1768 年，瓦特制造出新式的蒸汽机模型。模型制造

蒸汽时代的到来，使英国工业获得前所未有的发展，煤作为机械工业所必需的原材料正被大规模开采。

出来了，但却没钱投入使用。瓦特没有灰心，他一边四处寻找愿意合作者，一边继续不断改进蒸汽机。后来终于找到了投资者，瓦特很受鼓舞，他工作起来更加努力。1781 年，瓦特终于发明了复动式蒸汽机和双向通气汽缸的蒸汽机。这是近代科学史的一个重大突破，从此蒸汽火车、蒸汽轮船应运而生，它宣告了新工业时代的到来。

成才启示

勤奋是成功之母。

只要认真地努力向前，肯定会有好结果。

聪明在于勤奋，天才在于积累。

歌德，德国伟大诗人、作家。自幼爱好文学，1765 年考入莱比锡大学法学系，后转入斯特拉斯堡大学。1771 年获得法学博士学位。1775 年到魏玛公国从政。1786 年后主要致力于文学创作。代表作有书信体小说《少年维特之烦恼》，诗体哲理悲剧《浮士德》、《普罗米修斯》等。

歌德

名人小档案
- 姓　　名：约翰·沃尔夫冈·歌德
- 生 卒 年：1749 年～ 1832 年
- 出 生 地：德国法兰克福城

——与文学相伴一生的人

> 谁要游戏人生，他就一事无成；谁不能主宰自己，他就永远是一个奴隶。
>
> ——歌德

1749 年，歌德出生于德国法兰克福城。父亲是一位法学博士，是当时法兰克福城十分有名的律师。歌德的母亲受过良好的教育，乐观开朗、善讲故事。歌德小时候从母亲那里听来了许多美妙神奇的故事。母亲很注意启发孩子的智力，她讲故事时只是将人物和情节绘声绘色地讲给歌德听，从来不讲出结局。快到结尾时，她总是启发歌德：

"孩子，狐狸能被猎人抓到吗？"

"公主会不会嫁给王子呢？"

"仙女遇到魔鬼之后是怎么逃出魔掌的呢？"

◆歌德像

52

每当这时候，小歌德总是努力去寻找答案。他常常会说出好几种答案，而且还能清楚地解释出理由。小歌德的记忆力非常好，他听过的故事都能清楚地记下来，一有机会便讲给别人听。

歌德稍大一些时，母亲便开始教他识字。小歌德很聪明，他几乎不用费什么工夫就能记下母亲教的东西。渐渐地歌德认识的单词多了，他便到父母的书房里找书看。他看书特别投入，在书房里一待就是大半天，直到母亲去找他，他才知道出来吃饭。

歌德8岁的时候开始上小学。在学校里，歌德的成绩特别好，他尤其喜欢文学。他爱编故事，写出来的故事情节总是很离奇。小歌德还很喜欢写诗。8岁那年的圣诞节，歌德便写了首长诗当作礼物送给了父母。这首诗写得很优美，母亲看了十分高兴，并鼓励他继续努力。歌德暗暗下决心长大以后一定要做个大文学家。

16岁那一年，歌德以优异的成绩考入了莱比锡大学，父亲想让他继承自己的事业，便为他选择了法学系。歌德对法律一点也不感兴趣，反而钻研起了文艺和自然科学。这段时间他看了许多文学著作，还经常在报刊上发表文章。后来，歌德转到斯特拉斯堡大学继续学习法律。在这里他结识了当时德国许多进步青年，其中对歌德影响最大的是主张文艺革新的评论家赫尔德尔。在赫尔德尔的影响下，歌德积极到民间搜集民歌、故事等。他将民间文学的优点融入自己的创作中。这段时间，歌德的诗歌一扫以前创作中华丽和矫揉造作的文风，

歌德画像及其代表作中的场景人物，从左上角沿顺时针方向依次为：《亲和力》、《塔索》、《少年维特之烦恼》、《铁手骑士葛兹·冯·伯利欣根》、《哀格蒙特》、《迈斯特学习年代》、《浮士德》、《赫尔曼和多罗苔》、《克拉维戈》、《伊菲格尼》。

采用了近似民歌的表现手法，创作出许多风格朴素、感情真挚的诗作，其中最著名的一首《野地里的小玫瑰》，后来由舒伯特谱曲成了世界名曲《野玫瑰》。歌德写诗喜欢一挥而就，他有了灵感便要写下来，经常半夜三更起来写诗。

⋯⋯⋯⋯歌德代表作《少年维特之烦恼》⋯⋯⋯⋯

书信体小说《少年维特之烦恼》是使歌德获得荣誉的第一部重要作品，它通过维特的爱情悲剧，表现了18世纪中期德国青年对当时社会的愤懑和对未来的憧憬。作品体现了鲜明的时代精神，是当时德国文学界"狂飙突进"运动最杰出的文学作品之一。从艺术上看，《少年维特之烦恼》把写景与抒情有机地结合起来，通篇充满浓郁的诗意，被人们称为"抒情的散文诗式的小说"。真情实感、强烈的时代精神、诗化的语言，使《少年维特之烦恼》产生了震撼人心的艺术效果。

1771年，歌德在斯特拉斯堡大学拿到了法学博士学位，回到法兰克福遵从父亲的愿望做了一名律师。但歌德却无心从事律师职业，他将大部分精力都投入到了文学创作中。白天工作没有时间，他便利用晚上的时间进行写作。为了完成一部作品他经常熬夜到很晚。这期间，他写出了诗剧《普罗米修斯》、话剧《铁手骑士葛兹·冯·伯利欣根》。1774年他又发表了书信体小说《少年维特之烦恼》。这部小说一经发表便引起了轰动，当时在欧洲社会上出现了"维特热"，歌德也因此成为德国备受关注的人物。

1775年，26岁的歌德应年轻的魏玛公爵奥古斯特的邀请，去了当时在德意志文化中占重要地位的魏玛公国。他在这里担任过很多职务，甚至一度做了首相。歌德在魏玛10年，这期间他整天忙于政务，失掉了自由的空间。为了继续进行文学创作，1786年9月，歌德放弃了在魏玛显赫的地位，突然秘密出走了。他到了意大利，在那里隐姓埋名，致力于写作，创作了诗剧《浮士德》，剧本《伊菲格尼》、《哀格蒙特》、《塔索》以及情诗《罗马哀歌》等优秀作品。后来歌德又回到了德国，但他从1786年以后便再也没有放弃过文学创作。他的一生留下了许多杰出的文学作品，对世界文学做出了重要贡献。

成才启示

信仰就是生命力。

有了伟大的追求，人生才有意义。

伟大的理想如同鸟的翅膀，能使人生达到很高的境界。

莫扎特，奥地利音乐家。3 岁时已显露出音乐天赋，4 岁开始学钢琴，5 岁开始作曲。1763 年起在欧洲各国做旅行演出，1773 年回到家乡萨尔茨堡市担任宫廷乐师，1781 年到维也纳发展。代表作有歌剧《费加罗的婚礼》、《唐·璜》、《魔笛》等。

莫扎特

名人小档案

- 姓　　名：沃尔夫冈·阿玛多伊斯·莫扎特
- 生 卒 年：1756 年～ 1791 年
- 出 生 地：奥地利萨尔茨堡市

——“音乐神童”不负众望

◆莫扎特雕像

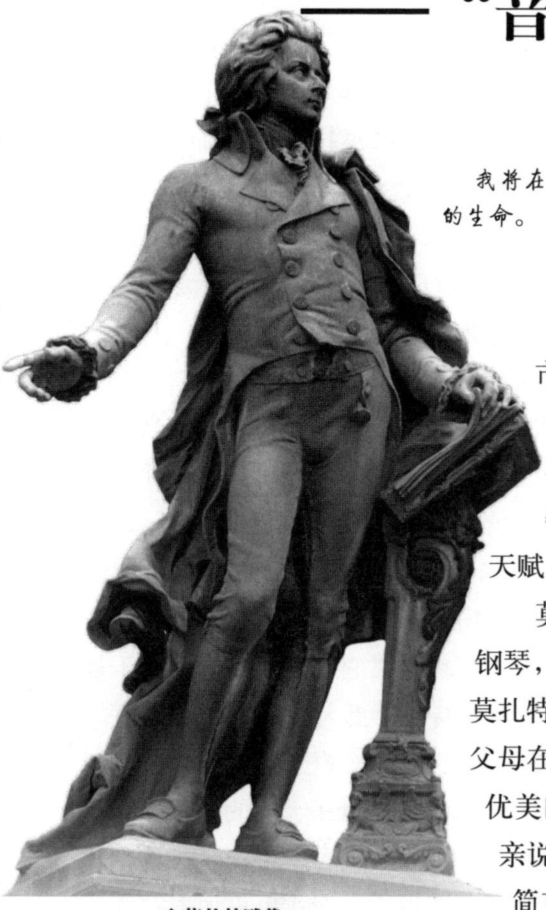

我将在旋律中生活，也将会在旋律中死去。音乐成了我的生命。

——莫扎特

1756 年，莫扎特出生于奥地利萨尔茨堡市的一个音乐世家。父亲澳波德是萨尔茨堡宫廷乐团里的小提琴手，也是当地一位颇有名气的作曲家。在家庭的影响下，莫扎特从小就爱上了音乐，并显出非凡的音乐天赋。

莫扎特 3 岁的时候，父亲教姐姐南内尔弹钢琴，他便每天搬来小板凳在旁边看。因为当时莫扎特还太小，大人们并没有注意到他。有一天，父母在楼下客厅里休息，忽然，从楼上传来一阵优美的乐曲。父亲听了半天，才回过神来对母亲说：“南内尔进步真快，他把这首曲子弹得简直是天衣无缝，我们得好好奖励奖励她。”

于是他们轻手轻脚地走到楼上，令人吃惊的是，房间里并没有南内尔的影子，在庞大的钢琴前面坐着的却是小小的莫扎特！他完全凭着自己的记忆弹出了那首优美的曲子。父亲对小莫扎特的天赋感到十分欣慰，从此每当

莫扎特效应

莫扎特的创作完全凭自己的才华和灵感，乐评家们这样评价他的音乐："清丽而富有诗意，具有天籁般的魅力。"美国加州大学研究得出，聆听音乐天才莫扎特的音乐可增进脑部的空间辨识能力。一些儿童教育专家通过实验证明，莫扎特音乐对于开发三岁前儿童智力尤为有效。如今莫扎特音乐已成为儿童胎教的音乐宝典。莫扎特的音乐能提高人的学习和记忆能力，这种现象后来被称作"莫扎特效应"。

他教南内尔弹钢琴时，便让莫扎特在旁边听。莫扎特有着非凡的记忆力，只要听过的曲子他都记得，姐姐弹琴时哪里出现错误他都能准确地指出来。

4岁时，父亲开始正式教莫扎特弹钢琴。父亲教的曲子只要听一遍，他便能弹奏出来。莫扎特对弹钢琴有着浓烈的兴趣，每天吃完晚饭，他总要为家人弹奏一曲。有时候家里来了客人，莫扎特总是自告奋勇为客人弹琴，他小小年纪弹出的曲子，总让人称赞不已。5岁的时候，刚学一年钢琴的莫扎特便能自己创作小曲子了，萨尔茨堡市许多人都知道作曲家澳波德有一个天才的儿子，好多人都慕名来听这个小音乐家演奏。小莫扎特每次总是落落大方地为大家弹奏。而且他从不骄傲，他只是乐于给大家弹曲子，当别人称赞他的时候，他却毫不在意。父亲看出儿子是好的音乐苗子，决定全力以赴地培养他。

为了开阔莫扎特的眼界，在莫扎特7岁的时候父亲便带他到欧洲各地旅行演出。很快莫扎特非凡的音乐才华震惊了整个欧洲，人们称他为"音乐神童"。当时德国大诗人歌德曾称莫扎特为"世界的第九奇迹"。面对众人的夸赞，父亲并没有忽视对孩子的严格要求，他从不让莫扎特做无谓的应酬，演出完毕就教他音乐知识。小莫扎特总是学得特别认真，他吸收能力特别强，爸爸讲过的内容他总是能很快地运用到演奏中。渐渐地，父亲的音乐知识已经不能满足莫扎特的需要了。

后来，莫扎特在英国遇上了音乐大师巴赫，巴赫非常喜欢这位小天才，于是便亲自指导他演奏和作曲。经过名师的指点，莫扎特有了更大的进步。11岁时，他开始了歌剧的创作。这时莫扎特写了《阿婆罗和亚森特》、《巴斯天怀巴斯天纳》等歌剧作品。这些作品结构技巧、曲律优美，得到了许多音乐大家的好评。莫扎特从不为自己的成绩沾沾自喜，他利用到各国演出的机会，留心学习各民族音乐的精华。渐渐地莫扎特的视野开阔了，他创作的音乐语言和形式也更加丰富了。

1763 年，只有 7 岁的莫扎特身处巴黎，与父亲和姐姐一起演奏。莫扎特天才的乐感为他以后缔造音乐神话提供了有利的前提。

17 岁时，莫扎特回到家乡萨尔茨堡市担任宫廷乐师，这个职务的待遇很好，但莫扎特在这里不能充分发挥自己的才华。萨尔茨堡大主教处处干涉莫扎特，在他眼里音乐家同演员一样不过是供贵族消遣的奴仆。他不仅控制着莫扎特公演和戏剧创作的自由，还强迫莫扎特改变自己的创作风格。莫扎特这段时间过得十分苦闷，为了重新获得创作的自由，他毅然辞去了这份收入不菲的工作。

1781 年，莫扎特来到维也纳寻求发展，开始时他的生活过得很艰难，但为了自己音乐创作的理想他咬紧牙关挺了过来。经过几年的努力，莫扎特在维也纳音乐界占有了自己的一席之地，也是在这一段时期内他的音乐创作达到了巅峰。这期间他创作了《费加罗的婚礼》、《唐·璜》、《魔笛》等不朽的音乐作品，这些作品后来成了世界艺术宝库中的瑰宝。

莫扎特只活了 35 岁就离开了人世，他在短暂的一生中为人们留下了 75 部音乐作品，其中包括多部歌剧以及大量交响曲、协奏曲、钢琴曲和室内乐重奏。他的名字随着他创作的乐曲，在世界各地传扬……

成才启示

花有重开日，人无再少年。
勤奋永远是人取得成功的首要条件。
勇于坚持自我的人，才会是最后的获胜者。

拿破仑，法兰西第一帝国的缔造者。青年时在军校学习，1799年，发动雾月政变。1804年，成为法兰西帝国皇帝。1815年，在滑铁卢战败，后被囚禁在大西洋圣赫勒拿岛。

拿破仑

——少年就有将军梦

◆拿破仑雕像

凡是决心取得胜利的人是从来不说"不可能"的。

最困难之时，就是离成功不远之日。

天下绝无不热烈勇敢地追求成功而能取得成功的人。

一个人应养成信赖自己的习惯，即使在最危急的时候，也要相信自己的勇敢和毅力。

——拿破仑

1769年，拿破仑出生于法国科西嘉岛上一个破落贵族家庭。他个子矮小，性格却十分刚强。10岁时，由于家境贫困，父亲送他到法国东部的一所公费学校——布里埃纳军校学习。这所学校纪律十分严格，同学中等级观念十分强烈。一些出身比较好的

58

同学，见拿破仑个子较小且衣着破旧，便以为他软弱可欺，经常在他面前挑衅。有一次，一个贵族子弟故意将对面走来的拿破仑撞了一下，然后便扬长而去。拿破仑早就看不惯这些人在学校里横行霸道的行为，便冲上去将这个纨绔子弟狠狠地揍了一顿。第二天，这个贵族子弟就找了许多人想好好教训拿破仑一顿，当拿破仑从教室里出来时，他们便一起将他围住大打出手。拿破仑可不吃这一套，他身手敏捷，看见教室旁边的棍子，便拿起向人群劈过去，结果这些人被吓得四处奔逃。从此，再也没人敢故意找他的茬了。

拿破仑在学校学习十分刻苦，每个学期的成绩都十分骄人。老师在课堂上讲的知识远远不能满足他的求知欲。他总是找许多课外的书籍

◆阿尔卑斯山上的拿破仑雄姿

阅读。他对军事和历史方面的书十分感兴趣，而且记忆力特别好，对于看过的历史战役成功和失败的过程，总是能记得很清楚。他十分佩服历史上的英雄人物，希望通过自己的努力能在将来成为一位能够指挥千军万马的将军。在中学的几年中，为了节省路费，拿破仑很少回家，他利用假期的时间如饥似渴地读书。

5年后，由于成绩突出，拿破仑被当时著名的巴黎军官学校录取。这更加激发了拿破仑的学习热情，他用心地学习有关军事方面的知识，希望有一天能有所作为。但不幸的是，在入学的第二个学期，拿破仑的父亲突然去世了，这对于拿破仑来说无疑是一个很大的打击。由于父亲的去世，拿破仑家里失去了经济来源，沉重的生活担子便落在了16岁的拿破仑身上。为了支撑家里的生活，拿破仑不得不选择提前入伍。他在这一年学期末，提前两年通过了学校的毕业考试，加入了军队，成了一名年少的陆军中尉，用微薄的薪饷维持着家里困难的生活。

拿破仑的用人之道

拿破仑赫赫军功的取得，除了杰出的军事才能外，还有一个重要原因，就是他善于用人。拿破仑一反传统的以门第出身择人的用人观念，公开宣称"每个士兵的行囊里都可能有一根元帅的指挥杖"，号召士兵人人以将军、元帅作为行伍生涯的追求目标。他手下许多杰出的将帅都是从普通士兵中选拔出来的。此外，在法国大革命时期，不少才能卓著的将领曾是拿破仑的坚决反对者。然而，当他们转变态度投入反封建阵营后，拿破仑都对其予以重用。

入伍后，拿破仑在完成军队每天枯燥的训练后，总是不忘学习，在这段时间，他读遍了各类书籍。拿破仑一直热爱着军事专著，他总是一边看书，一边做记录，希望这些知识能对自己有所帮助。由于拿破仑的勤奋好学，在部队期间他受到了当时所在炮兵团军官杜特少将的赏识。1793年，24岁的拿破仑晋升为炮兵上尉。

同年夏天，英法发生大规模的战争，当时法国国内也处于动乱之中，法军在对英战役中连连败退。拿破仑通过冷静地观察、科学地分析，提出了炮击英国海军的对策。在军情万分危急之际，拿破仑被任命为炮兵指挥，负责攻打土伦港。渴望已久的机会终于来临了。拿破仑在这次战役中，先组织炮火猛烈攻击，而后身先士卒向敌人发起冲锋，一举夺取英国舰队驻扎的陆地最高点。之后，拿破仑率领部队居高临下对英军发起进攻，在拿破仑军队的猛烈攻击下，英军溃不成军，四处逃散。法军取得了很大的胜利，捷报传到巴黎，人们不敢相信这样的胜利竟然是在一个名不见经传的人的指挥下完成的。随后，拿破仑又指挥军队取得了法国南部许多战役的胜利。拿破仑从此声名远震。

1795年，拿破仑晋升为法兰西共和国武装部总司令，从此，法国军队在他的带领下夺取了一个又一个胜利。他领导的军队所向披靡，拿破仑本人也被世界军事史上公认为"世界史上最伟大的军事天才"。

成才启示

学则明，不学则愚。
勇于开始，才能找到成功的路。
不断地奋斗，就能走上成功之路。
为学须先立志。志既立，则学问可次第着力。立志不坚，终不济事。

贝多芬，德国著名音乐家。 4 岁起跟随父亲学习音乐。19 岁进波恩大学旁听。1787 年赴维也纳师从大音乐家海顿。32 岁完全失聪，但坚持创作。一生创作了 9 部交响曲、5 部钢琴协奏曲、32 部钢琴奏鸣曲和 70 多首歌曲。

贝多芬

名人小档案
- 姓　　名：路德维希·凡·贝多芬
- 生 卒 年：1770 年～ 1827 年
- 出 生 地：德国波恩

——在磨难中成长的音乐天才

人拥有的东西没有比光阴更贵重、更有价值了，所以千万不要把你今天要做的事拖到明天去做。

——贝多芬

1770 年 12 月 16 日，贝多芬出生于德国波恩的一个普通家庭。父亲是当地侯爵乐团的一名合唱队员，收入不高，家里的生活很拮据。贝多芬从小就对音乐有着特殊的敏感，父亲见这个孩子有很高的音乐天赋，便将自己的全部理想都寄托在这个孩子身上，希望贝多芬能成为神童到各地去演出，从而改变家里的生活状况。他对贝多芬要求十分严格。贝多芬 4 岁时，父亲就让他学习演奏羽管钢琴和提琴等乐器。白天，小贝多芬一个人在屋里用各种乐器练习曲子，晚上父亲回家后，检查他练习的情况并教授他新的知识，很多时候小贝多芬都要一直练习到深夜。这样的童

◆贝多芬像

61

年，使贝多芬养成了坚毅的性格。

贝多芬成长很快。8岁时，他就能在公众场合公开表演了，11时便进入了波恩剧团的乐队工作。12岁时，贝多芬遇到了当时宫廷琴师兼波恩剧场的经理尼费。尼费对贝多芬的音乐天赋给予很高的评价，并格外用心对他进行培养。尼费是一位很好的老师，他受过良好的教育，懂得针对贝多芬的特点对他进行指导。他不仅教了贝多芬许多音乐专业知识，还让贝多芬看了许多有意义的书籍，开阔了他的眼界。在尼费的指导下，贝多芬13岁时就成功地发表了3首奏鸣曲。

14岁时，贝多芬在波恩就已经小有名气了，他被波恩剧场聘任为助理，并担任宫廷风琴师和古琴师。1792年，22岁的贝多芬离开故乡波恩，到当时的音乐胜地维也纳寻求发展。在这里他又遇见了另一位对他的一生有着很大影响的老师——德国音乐大师海顿。贝多芬在海顿的指导下开始系统地学习作曲。有了名师的指导，再加上自己的勤奋努力，贝多芬在音乐创作方面取得了很大的成绩。这段时间他创作了2首钢琴和大提琴奏鸣曲，3首大提琴、小提琴和钢琴3重奏，3首钢琴奏鸣曲，1首弦乐五重奏。贝多芬的成就得到了包括海顿在内的许多音乐大师的肯定，他在维也纳逐渐有了名气。但贝多芬并没有骄傲，他希望通过自己的努力在音乐领域做出更大贡献。在不断接触音乐界有成就的大家，不断深入生活挖掘音乐素材后，贝多芬创作出《C小调交响曲》、《献给远方的爱人》、《田园交响曲》等不朽的名篇。

1770年12月16日，贝多芬出生于波恩街515号的这幢房子里。右图是他生前用过的钢琴。

正当贝多芬充满热情地为自己的理想而拼搏时，不幸却降临了。1796年，贝多芬听力开始下降。到32岁的时候，贝多芬已经完全失

去了听力。这对于一个音乐家来说简直是致命的打击。贝多芬陷入了极度的痛苦中，他消沉过甚至曾经想结束自己的生命。但多年来在生活中磨炼出的坚毅倔强的性格和对音乐的热爱，使贝多芬在不幸的命运面前挺了过来。他渐渐振作了起来，开始克服种种困难进行艰难的创作。

淡泊名利的贝多芬

贝多芬完全失去听力后，最初的一段时间，他的创作受到严重的影响。往日笼罩在这位天才音乐家身上的光环也黯淡下来。人们都说他的艺术生涯已经结束。贝多芬的对头甚至断言他已穷途末路。后来，经过多年与命运的抗争，贝多芬终于成了一个远离尘嚣、不再寻求任何功名的人。他专心于自己的艺术，对外界的褒贬无动于衷。他以一种惊人的意志力使自己处于宁静的欢乐之中。他曾说："在艺术界里，如同一切伟大的创造一样，不受盛名所拘束，自由前进就是目标。"

由于听不到声音，他就用牙咬根小棍，再把木棍支在乐器上，靠木棍的震动状况来感觉声音的大小。不能听到自己创作曲子的好坏，他就一遍遍地在钢琴前弹奏，通过琴键的跳动来感受音乐的曲谱。由于长时间弹钢琴，他的手指都起了水泡，但贝多芬还是坚强地挺了过来。他不知疲倦地进行创作，对自己的作品要求也十分高，一首曲子经常修改很多次，如我们今天听到的他为歌剧《菲德利奥》第二幕作的序曲，竟改写过 18 次；著名的《莱昂诺拉》序曲，也是经过十几次的修改才最后完成的。在与病魔进行顽强斗争的过程中，他的音乐创作也最终趋于成熟，他摆脱了以前音乐创作中的许多框框，塑造了自己独特的艺术风格。在后半生约三十年的无声世界中，贝多芬创作了大量在音乐史上不朽的作品，如著名的第九交响曲等。

如今人们把贝多芬称为"富有独创性的、划时代的杰出天才"，贝多芬以顽强的毅力和与命运搏斗的不屈精神，最终赢得了世人的尊重。

成才启示

好的老师，对一个人的发展至关重要。
顽强的毅力可以征服世界上任何一座高峰。
世上没有绝望的处境，只有对处境绝望的人。

黑格尔，德国古典唯心主义集大成者、著名哲学家。1792年，毕业于蒂宾根神学院。1801年，任耶拿大学哲学讲师，后任教于海德尔大学和柏林大学。1829年，就任柏林大学校长。主要哲学著作有：《精神现象学》、《逻辑学》、《哲学全书》、《法哲学原理》、《哲学史讲演录》、《历史哲学》和《美学》等。

黑格尔

——让理想高于才干

如果你的理想高于你的才干，你的明天就会胜过今天。

——黑格尔

1770年8月12日，黑格尔出生于德国斯图加特市。父亲是当地的税务官。黑格尔从小就有着很强的记忆力。黑格尔3岁的时候，一天，父亲在指导上小学的姐姐玛丽背诵一首比较难懂的诗歌，当时黑格尔在一边玩。过了一会儿，父亲让玛丽过来背诵一下。"爸爸，我来背吧。"黑格尔跑过来。"姐姐在学习，不要胡闹。"父亲对黑格尔说。"可是，爸爸，我真的会背。"小黑格尔不由分说背起了刚才那首诗。他背诵得非常流畅，虽然有

◆**黑格尔像**

黑格尔是德国著名的哲学家，绝对精神的布道者，在他看来，世界上的万事万物及其发展过程都是非物质性的，他的哲学所提出的自我意识成了这些历史发展过程的顶峰。

64

的地方音读得不准，但对于一个 3 岁的小孩子来说，那样已经相当不错了。父亲对此感到十分惊奇，从那开始，每当他指导玛丽学习的时候，便让小黑格尔来听。

黑格尔的父亲受过良好的教育，他懂得如何培养孩子们的读书兴趣。他善于用精彩的语言描绘一本书的大概内容，然后让孩子们自由阅读。在父亲的引导下，黑格尔对书产生了强烈的好奇心。他开始要求父亲教他识字，并很快能独立阅读了。父亲有许多藏书，这些书涉及历史、文学、哲学、自然科学等各个领域。小黑格尔总喜欢钻在父亲的书房中，找各方面的书看。一次，父

黑格尔的哲学体系

黑格尔的客观唯心主义包括逻辑学、自然哲学、精神哲学三部分，他的哲学体系中始终贯彻着辩证法思想，这是人类思想史上一个伟大的进步。恩格斯后来给予其高度的评价："德国近代哲学在黑格尔的体系中达到了顶峰，在这个体系中，黑格尔第一次——这是他的巨大功绩——把整个自然的、历史的和精神的世界描写为处于不断运动、变化、转化和发展中，并企图揭示这种运动和发展的内在联系。"20 世纪，黑格尔哲学重新受到广泛重视。黑格尔研究成了国际现象，不同阶级、不同的学派，都提出自己的解释，从中引出自己的结论。今天东西方很少有哲学家和哲学派别不同黑格尔发生直接或间接的关系。黑格尔派或新黑格尔主义成了历史现象，但黑格尔哲学却在发挥自己的作用，启发当代人的思想。在中国，黑格尔作为德国古典哲学中最有影响的一位哲学家，他的哲学也正在得到较以往更深入的研究。

亲见他在捧着一本很厚的历史书看，便对他说："孩子，这本书有些深度，如果看着吃力的话就先放一放吧。""爸爸，我觉得很有意思。有些文章，我想我能懂得。"因为黑格尔喜欢读书，而且读完书后，总爱一个人默默地思考，所以家里人都爱喊他"小哲学家"。

7 岁的时候，黑格尔上小学了。后来，父亲接了份额外的工作，再也没有时间指导玛丽和黑格尔学习了。于是，他便给孩子们请了一位家庭教师。但这位老师并不注重培养孩子们的学习兴趣，他只会让孩子们不停地做练习题。每天黑格尔从学校学完一天的功课回家后，还得继续学习课本的知识。黑格尔很快便厌倦了这样的学习生活。于是，他开始放学后不回家而在学校里读书。他读书特别投入，一看起书来就忘了时间。一次天都黑了，父亲见他还没回家很着急，便去学校找他，结果发现黑格尔正在教室里捧着一本《莎士比亚全集》看。

"黑格尔，你怎么不回家呢？"

"爸爸，我回家后就不能读书了。"

"老师不是天天都在指导你们读书吗？"

"爸爸，我不想只是学课本知识，我想自己看书。"

父亲这才明白了自己给孩子们请老师，不但没有促进孩子学习，反而使黑格尔失去了自由阅读的时间。第二天，父亲便告诉老师不要再上课了。

为了让孩子们能有更多自由的空间，父亲再也不给他们增加额外的学习任务。黑格尔有了充裕的读书时间，他如饥似渴地吸取着书中的知识，很快便读完了父亲的藏书。之后，他就跑到家附近的斯图加特诺提图书馆去借阅。广泛的阅读使黑格尔逐渐成了一个知识渊博、有思想的人。

18岁那年，黑格尔考进了蒂宾根神学院，主修哲学和古典文献。神学院的生活平淡清苦，许多学生都受不了而中途退学。黑格尔却并不在意，这段时间他对哲学产生了浓厚的兴趣，并潜心研读了欧洲从古到今的许多哲学著作。大学时代，黑格尔最大的理想就是成为一名伟大的哲学家。两年后，他便通过考试，获得了哲学学士学位。这位初露学究气的年轻人被同学们取了个外号"小老头"。

1792年，黑格尔从神学院毕业了。当时从神学院出来的学生大多选择做牧师。在当时的欧洲，牧师也是一个比较稳定而且热门的职业。黑格尔却一心要研究哲学，于是他便到贵族家里做家庭教师。这样，他就可以有大量闲暇的时间读书、做学问了，这期间黑格尔的哲学思想逐步形成。由于他知识渊博、看问题有独到的见解，斯图加特市许多人都知道他。1801年，父亲去世了，黑格尔继承了一笔财产。黑格尔辞去了家庭教师的职务来到德国大学城耶拿，当时的耶拿城云集了德国许多著名学者，为了丰富自己的思想，黑格尔一有时间便去拜访他们，和他们一起探讨哲学。恰巧，黑格尔遇到了歌德。歌德慧眼识才，立即对黑格尔青眼相待。没几年，经歌德大力推荐，黑格尔被聘为耶拿大学的哲学讲师。

黑格尔的哲学思想逐渐完善起来，他成了耶拿大学最年轻的哲学教授，后来又任教于柏林大学。他一生留下了许多了不起的哲学著作，如《精神现象学》、《法哲学原理》等。他哲学体系中的辩证法思想，后来成为马克思创立革命理论的重要来源。黑格尔被人们誉为"最具玄奥灵动思考力的哲学家"。

成才启示

天才就是智慧的自由活动。

书籍是人类进步的阶梯。

有了理想的指导，人才能不断走向成功。

高斯，德国数学家，出身贫寒。1791年，进入卡罗琳学院学习。1795年，考入格丁根大学。1798年，到黑尔姆施泰特大学深造。1807～1855年，任哥廷根大学教授兼哥廷根天文台站长。一生科学成果颇丰，在超几何级数、复变函数、椭圆函数、统计函数理论上都有重大突破。

高斯

名人小档案
■ 姓　　名：卡尔·高斯
■ 生 卒 年：1777年～1855年
■ 出 生 地：德国不伦瑞克州

——出身贫寒的"数学王子"

没有大胆的猜测就不可能有伟大的发现。

科学的唯一目的是为人类的精神增光。

在数学的领域中，提出问题的艺术比解答问题的艺术更为重要。

微小的学识使人远离上帝，广博的学识使人接近上帝。

当一个人开始从自己的内心奋斗，他就是一个有价值的人。

——高斯

1777年4月30日，高斯出生于德国不伦瑞克州一个贫苦家庭，父亲是个小杂货店的账房先生。

高斯从小就非常聪明，一次父亲结算几个工人的工资，算了半天终于算出来了。高斯却在一旁说："爸爸，你算得不对！"父亲奇怪地问："你怎么知道的？"高斯说："我

◆高斯像

帮你算了。"父亲一核对，果然是错了，从此就经常让小高斯帮他算账，这使高斯对数学很感兴趣。从此他每天都帮他的爸爸算账，锻炼自己的算术能力。

8岁的时候，高斯开始在村中的小学读书。当时教他们算术的老师是从城里调来的，他总认为自己在小乡村教书是大材小用，因此总是满腹牢骚，经常对班里的学生发脾气。不过高斯倒是很喜欢听这位老师的课，因为他经常会给他们讲一些书本中没有的数学知识。一天，老师又心情不好了，他拉着脸走进教室，对学生说："今天不上课了，你们给我算1+2+3+……+100，算不出来的不许回家。"同学们很害怕，都乖乖地低下头来从头开始算，生怕做不出来被老师批评。"老师，我算出来了。"两分钟之后，高斯站起来说。老师很生气，以为这个个头矮小的孩子是在故意捣乱，"好，那你给我说说怎么做的！"高斯大声说："我发现这100个数，一头一尾的两个数加起来都是101，如1+100、2+99，而这样的数共有50组，所以用101乘以50就是最后答案5050。"听了高斯的回答，老师一下愣住了，他想不到这个孩子竟能运用数学家们经过长期研究才发现的"等级数求和"法来算题。从此，这位年轻的老师改变了对乡下孩子的看法，教学也认真了。他对高斯格外照顾。

老师经常给高斯一些数学方面的书，让他晚上回家看。然而高斯家里穷，灯油钱也算是一笔不小的开销。为了看书，高斯想了一个办法。他从野外采来一种叫芜菁的植物，在这种植物的块状根中间挖去芯，把油蜡化开当油浇在里边，做成小油灯。这样，他每天晚上便可以借着微弱的灯光看书了。

1788年，高斯以优异的成绩考进了中学，后又升到当时中学最好的班——哲学班学习。高斯每个学期的成绩都名列前茅，这使他的父母在欣慰之余，又有了烦恼，因

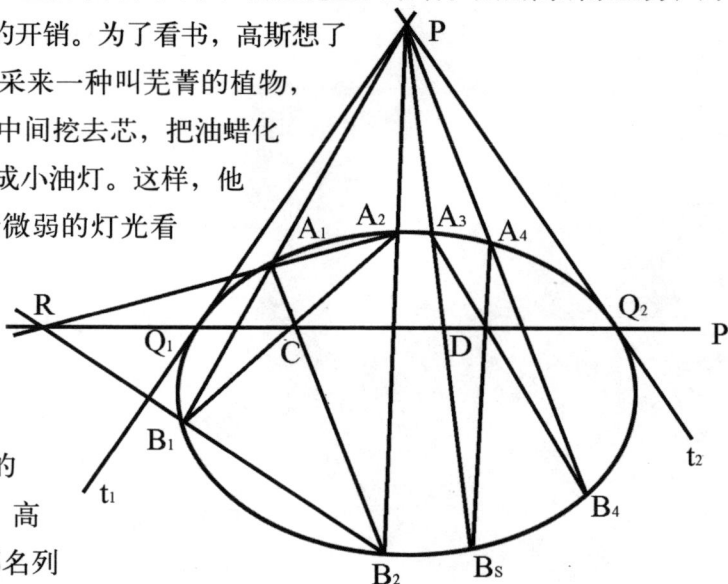

高斯椭圆函数

高斯的数学成就遍及各个领域，在数论、代数学、椭圆函数论等方面均有一系列开创性贡献。但关于椭圆函数，他生前未发表任何文章。

为升入大学需要很高的学费，而家里的经济条件根本支付不起昂贵的学费。

1791年暑假的一天，高斯拿着课本去安静的野外看书，他一边走一边看，不小心闯进了不伦瑞克公爵费迪南公爵的庄园。当时正在散

步的公爵对这个穿着普通的孩子进行了细致的盘问，发现这个孩子反应机敏、对答如流。最让公爵感到奇怪的是，这个孩子年龄不大，却在看十分深奥的数学专著。公爵很喜欢高斯，认为这个孩子日后定能成大器，于是，决定资助这个孩子进入大学深造。就这样，在费迪南公爵的资助下，高斯进入了著名的卡罗琳学院读书。高斯很珍惜来之不易的学习机会，他学习非常刻苦。在这里，高斯学会了好几种语言，并精心研读了牛顿、欧勒、拉格朗日等科学家的原著。

4年后，18岁的高斯以优异的成绩考入了格丁根大学深造。在这段时间中高斯发现了正十七边形尺规作图法；发现了数据拟合中最为有用的最小二乘法；提出了概率论中的正态分布公式，并用高斯曲线形象地予以说明。高斯刻苦钻研，利用所掌握的函数和几何知识，解决了数学界自欧几里得以来许多悬而未解的问题。1798年，高斯进入黑尔姆施泰特大学学习，3年后拿下了博士学位。

毕业后，高斯将自己的全部身心都投入到了数学研究中。他一生共发表理论著作300多篇，提出400多条科学创见，为人类科学事业做出了重大贡献，成为世界科学史上能与阿基米德、牛顿、欧拉相提并论的大数学家。他被人们誉为"数学王子"。

成才启示

有志者，事竟成。
行动是成功的阶梯，行动越多登得越高。
即使爬到最高的山上，一次也只能脚踏实地地迈一步。
环境永远不会十全十美，消极的人受环境控制，积极的人想办法控制环境。

史蒂芬孙

名人小档案
- 姓　　名：乔治·史蒂芬孙
- 生 卒 年：1781 年～1848 年
- 出 生 地：英国诺森伯兰省

——沉迷于机器的童年

　　1781 年 7 月 9 日，史蒂芬孙出生在英国北部产煤区诺森伯兰省的一个小村庄里。父亲是一个普通工人，在村中煤矿的蒸汽机房里烧锅炉。一家人靠着父亲微薄的工资生活，日子过得非常艰苦。

　　由于家境贫寒，史蒂芬孙到了上学年龄没有进学校读书。8 岁的时候，他开始帮别人放牛。每天中午，史蒂芬孙要负责给父亲送饭。对于小史蒂芬孙来说，这应该是一天中最让他感到快乐的事情了。他喜欢听矿上机器的隆隆叫声，喜欢看蒸汽房中不停转动的蒸汽机。每天给父亲送饭时，小史蒂芬孙都要在蒸汽房中停留一段时间。他总爱围着那台庞大的蒸汽机左看右看，他非常想弄明白：为什么它可以自动地转起来，而且力量会那么大？

　　放牛的时候，小史蒂芬孙也总是在琢磨着煤矿里的蒸汽机。他用

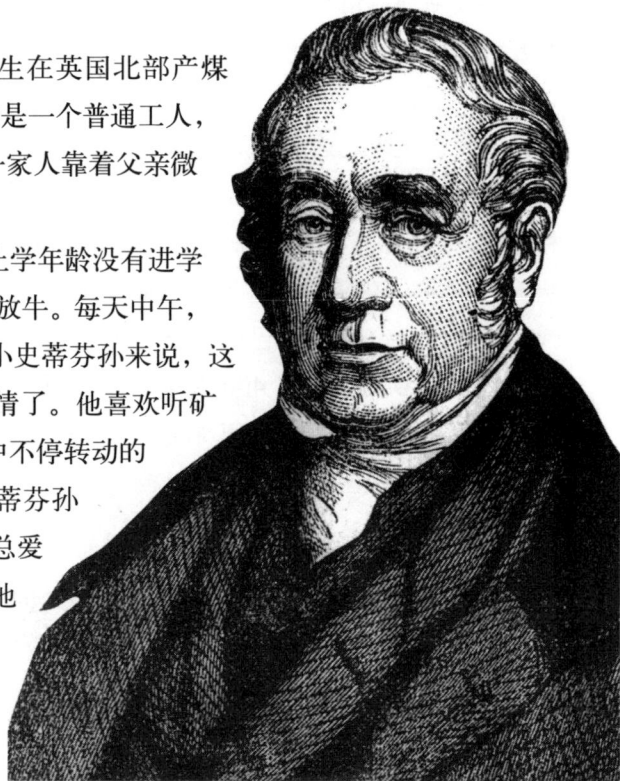

◆史蒂芬孙像

田里的泥巴捏成各种机器模型。有一次晚上回家后，他把捏成的蒸汽机模型拿给父亲看。小史蒂芬孙用泥巴做成的这个"小机器"还真像模像样的：有活塞、有气筒，还有飞轮，父亲看了高兴地说："孩子，你做得真好，快赶上咱们矿上的工程师了。"小史蒂芬孙听后，认真地想了一会，对父亲说："爸爸，我想长大做个工程师，制造出真正能转的机器。"父亲听后沉默了，他知道儿子很聪明，可是要想做工程师不识字怎么能行呢？但家里没钱拿什么供孩子上学啊？

14岁的时候，史蒂芬孙在父亲所在的煤矿做了一名学徒，负责给蒸汽机添煤、擦拭零件。这下能有机会整天看着机器了，史蒂芬孙非常高兴。他每天都守在蒸汽机旁边，仔细观察着它的构造；每当师傅们拆卸机器的时候，他都在一边认真地看；一有机会，他就向师傅们请教有关机械的知识。就这样，聪明好学的史蒂芬孙学到了许多知识。

史蒂芬孙希望自己也有机会安装一台机器。一天下午下班后，厂长让史蒂芬孙留下来将蒸汽机的零件擦拭一下。蒸汽房里只有他一个人了，史蒂芬孙决定将蒸汽机拆开来看看。开始的时候，他非常激动，两只沾满油污的手不断地颤抖。不过很快，史蒂芬孙便被蒸汽机内精美的构造吸引住了，他忘了周围的一切，专注地研究着机器。看过内部构造后，史蒂芬孙又很快顺利地将蒸汽机安装好了。

从这之后，史蒂芬孙的胆子渐渐大了起来，他对什么机器都要研究一下。有些机器出现问题了，他便动手修理、改进。经过他改进的机器，工作效率都有了很大的提高。

随着技术水平的提高，史蒂芬孙渐渐发现，由于自己没上过学，欠缺必要的科学文化知识，机械运转的好多原理他很难弄清楚。史蒂芬孙下决心学习科学文化知识，于是，他进了一所夜校去读书。当时，斯蒂芬孙已经18岁了，每天晚上和七八岁的孩子一起学习基础课程。有人讥笑他是"孩子王"，有

◆史蒂芬孙的机车"火箭"号复原图

1829年，当利物浦－曼彻斯特铁路线即将建成时，举行了一次机车比赛，"火箭"号以58千米／小时的速度获胜。

人戏称他是"爸爸学生"，但是史蒂芬孙一点也不介意。他白天上班，晚上上课，日子过得很辛苦。凭着不懈努力，史蒂芬孙很快就能独立阅读了。他读了许多机械方面的书籍，整体知识水平有了很大提高。

火车名字的由来

自瓦特改进蒸汽机后，到19世纪初，蒸汽机已经广泛应用于工业了。后来又有人想将蒸汽机装上轮子，代替马来拉车，制造"能行走的蒸汽机"。史蒂芬孙成功研制出第一辆蒸汽机车后，蒸汽机便可以拉上好多节车厢载运货物和乘客。由于蒸汽机是烧煤的，要点火后才能产生蒸汽带动车轮滚动，而且蒸汽机车的烟囱里有时还会冒出火来，所以人们便给了蒸汽机车另外一个名字"火车"。这个名字在今天已经流传到全世界。

1803年，史蒂芬孙凭着自己的努力，做了煤矿机械修理工。几年后，因为表现出色，他被提拔为机械师。然而当上工程师后的史蒂芬孙，并没有停留在已取得的成绩上。他总是利用一切学习机会提高自己。

那时候，交通工具还很落后。史蒂芬孙看到运煤工人工作起来那么辛苦，便萌发了一个念头：制造一辆既可以运很多煤又能跑得很快的蒸汽机。他日夜钻研，在前人创造的机车模型的基础上，经过多次试验，终于在1814年制造出了第一台能够实用的蒸汽机车。然而这辆机车并没有得到人们的认可：它只能拖30吨货物，每小时只能走六七公里，走起路来还发出巨大的噪音。许多人都嘲笑这辆机车是一只笨鸭子。但史蒂芬孙并不气馁，他不断地总结经验，不断地改进。

经过11年的艰苦研究，1825年，史蒂芬孙终于研制成了世界上第一台客货运蒸汽机车"旅行号"。1825年9月27日清晨，史蒂芬孙亲自驾驶"旅行号"在世界上第一条铁路——英国的达林敦铁路上举行试车表演。机车牵引着20节满载乘客的车厢和12节装着煤、面粉的车厢从伊库拉因开出，安全到达达林敦车站。当时列车载重共90吨，车上的乘客有450人，机车最高时速达到20至24公里。"旅行号"的试车成功，开辟了陆上运输的新纪元。史蒂芬孙也因此赢得了"火车之父"的美誉。

成才启示

每一份辛劳的背后，必有加倍的赏赐。
每一个成功者都有一个开始。勇于开始，才能找到成功的路。
如果我们想要更多的玫瑰花，就必须播种更多的种子。

帕格尼尼，意大利著名小提琴家。少年家贫，7 岁开始在街头卖艺。12 岁后，师从意大利著名小提琴家亚历山德鲁·罗拉和作曲家费尔蒂南德·帕耶尔学习音乐。1831 年开始到世界各地演出。代表作品有《D 调小提琴奏鸣曲》、《军队奏鸣曲》、《魔女》等。

帕格尼尼

名人小档案
- 姓　　名：尼科罗·帕格尼尼
- 生 卒 年：1782 年～1840 年
- 出 生 地：意大利港口城市热那亚

——天才的小提琴家

生活里最重要的是礼貌，它比最高的智慧，比一切学识都重要。

——帕格尼尼

1782 年，帕格尼尼出生于意大利港口城市热那亚一个贫穷的家庭。帕格尼尼的父亲酷爱音乐，能演奏各种乐器。一家人靠父亲在热那亚各大酒店唱歌、拉小提琴挣钱维持生活。帕格尼尼还有一个哥哥，兄弟两个很小的时候，父亲便开始教他们拉一些小提琴曲。帕格尼尼有很好的乐感。5 岁的时候，他便能正确地指出哥哥拉小提琴曲中的错误。父亲发现了帕格尼尼在音乐方面的天赋，希望他能挣钱帮自己减轻一些负担，于是便开始有意培养他。

小帕格尼尼学琴也十分用心，他一拿起小提琴便不想放下，他可以不吃饭、不出去玩，一把

◆帕格尼尼像

73

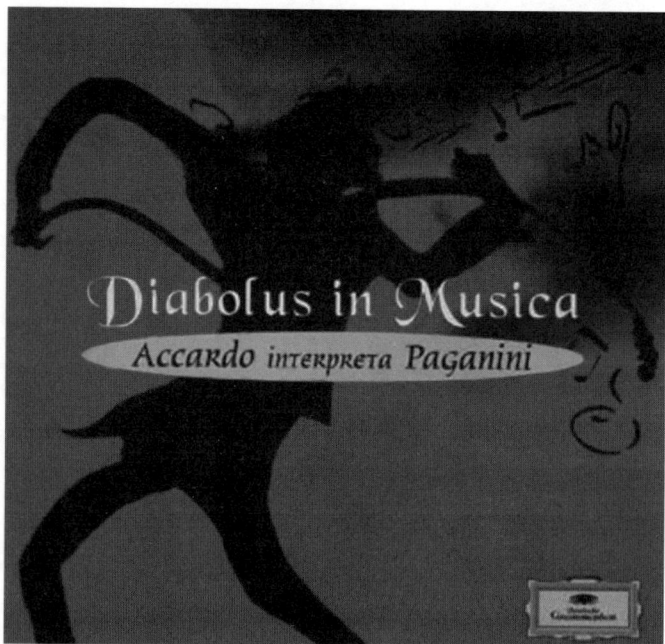

◆帕格尼尼——《魔鬼的颤音》CD封面

帕格尼尼被誉为19世纪"小提琴之王"和浪漫主义音乐的创始人。他革新了小提琴的演奏技巧，对后来的音乐家有着深刻的启发和影响。

小提琴便是他全部的生活。帕格尼尼可以认乐谱了，父亲开始教他作曲。这时的帕格尼尼已经成了一名出色小提琴手。无论什么曲子，只要他听上一遍，便可以轻轻松松地演奏出来，听过他拉小提琴的人都喊他"小神童"。

7岁的时候，父亲决定让哥哥陪着帕格尼尼到街上卖艺挣钱，帕格尼尼开始了他的卖艺生涯。小帕格尼尼平常是一个害羞的孩子，但他只要一拿起心爱的小提琴便显得特别自然。每次站在街头卖艺的时候，面对围观的听众，小帕格尼尼总能落落大方地演奏。他演奏的音乐悠扬动听，常使四周的听众听得入了迷。街头演奏的生活十分艰难，父亲规定他们必须每天都要出门。有时候他们还会遇到一些无赖，兄弟俩辛辛苦苦挣来的钱被全部抢走，帕格尼尼小小年纪便尝尽了人间的艰辛。三年过去了，在长期街头演出中，帕格尼尼的技艺日渐成熟起来。

一天，帕格尼尼正在街头演奏的时候，热那亚音乐厅的老板恰好路过。他驻足听了一会，感到十分震惊，他想不到这么美妙的音乐竟是出自一个十来岁的孩子之手。于是他走到帕格尼尼跟前说："你敢跟我到热那亚音乐厅去演出吗？""我想我可以试试，先生。"

这天，帕格尼尼被安排和当时热那亚两个著名的歌唱家同台演出。音乐会开幕了，热那亚音乐厅坐满了观众，这些观众大多是衣着华丽的有钱人。帕格尼尼站在幕后，看着台下的众多观众不免有些紧张。但当他看了两个歌唱家的精彩演出后，很受鼓舞，心想：我以后也会是一个大音乐家，我今天也要像他们一样表演。该他出场了，身穿黑丝绒礼服和白丝绸衬衣的帕格尼尼，拿着自己的小提琴从从容容登上舞台，他向观众深深鞠了一躬，开始投入地演奏。琴弓在琴弦上欢快地跳跃着，如水的音乐从琴弦上倾泻而下，一曲完了，掌声如雷鸣般响起。人们高声欢呼"再来一曲！"，帕格尼尼谢幕达十几次。音乐厅老板看帕格尼尼很受欢迎，便让他做了音乐厅的专职小提琴手。

帕格尼尼有了不错的工作，也给家里挣到了一些钱。然而帕格尼尼并不满足于此，他想去学习，想当世界一流的音乐家。于是他把这个想法告诉了父亲，父亲虽然想让他继续挣钱，但考虑到他的未来，便答应了。12岁的帕格尼尼来到意大利文化名城帕尔马，向当时意大利著名的小提琴家亚历山德鲁·罗拉学习。帕格尼尼十分珍惜这来之不易的学习机会，学习十分用心，他经常一练就是几个小时。亚历山德鲁·罗拉十分喜欢这个才华出众而又虚心好学的学生。

一次，法国著名小提琴家鲁珀尔夫·克鲁采尔来拜访亚历山德鲁·罗拉，他听了帕格尼尼的演奏后惊呆了，"这孩子以后一定会是个了不起的音乐家！"鲁珀尔夫·克鲁采尔断言。 然而要做个世界一流的音乐家，并不能单靠一流的演奏水平。为了从整体上提高自己，三年后，帕格尼尼开始跟随当时意大利著名作曲家费尔蒂南德·帕耶尔学习作曲。他学习非常投入，经常半夜三更爬起来写曲子。这段时间他创作了《军队奏鸣曲》、《魔女》、《拿破仑奏鸣曲》等经典名曲。

1798年，帕格格尼尼已是一位出色的音乐家了。他来到奥地利音乐之都维也纳寻求发展，并很快用琴声征服了维也纳的听众，成为意大利家喻户晓的人物。1831年，他开始到世界各地演出，赢得了世界观众的赞誉。

凭着不懈的努力，帕格尼尼终于实现了自己的愿望，他用琴声征服了世界，成了世界一流的音乐家。

成才启示

壮志与毅力是事业的双翼。
春不种，秋不收。
有坚强的意志，才有伟大的成功。

格林兄弟，德国著名的语言学家，童话作家，两人自幼爱好文学。1802 年，两人同时考入马尔堡大学学习法律。毕业后雅科布·格林任教于哥廷根大学，威廉·格林任教于柏林大学。1806 年，二人开始研究民间文学。主要作品有：《儿童与家庭童话集》、《德国大辞典》、《德国语法》、《德国语言史》等。

格林兄弟

——在民间文学中锻造出来的童话大王

格林兄弟出生于德国的维尔贺尔姆市。哥哥叫雅科布·格林，弟弟名叫威廉·格林，哥哥比弟弟大一岁。格林兄弟的父亲是当地的行政司法官，母亲出身于一个中等家庭，早年读过一些书。格林兄弟是由保姆葛丽莎带大的，葛丽莎是一个乐观开朗的乡下妇女，她喜欢给孩子们讲各种各样的民间故事。格林兄弟就是听着美丽的民间故事长大的。

◆格林兄弟像

然而格林兄弟的童年并不幸福。在他们不到 10 岁的时候，父亲就得重病去世了，一家人只好靠并不富裕的外祖父接济来生活，日子过得十分艰难。不过，格林兄弟两人却十分友爱，他们总是形影不离。

　　格林兄弟 10 岁以前没有进学校上学，母亲在家里教他们读书认字。在母亲的指导下，兄弟两个读了许多书。在雅科布 11 岁的时候，母亲送兄弟两个进了当地的一所公费中学读书。格林兄弟知道家里穷，学习机会来之不易，学习非常刻苦。为了减轻家里的负担，兄弟两人主动提出共用一套书。两人用一本书，学习起来很不方便，但他们并没有因此而影响学习。他们每天放学后总是一起回家，一起复习功课。

　　格林兄弟都非常喜欢读课外书，每天做完老师布置的作业后，他们便开始读书。兄弟二人比赛谁看书快，每当他们都阅读了同一本书后，便会展开激烈的讨论。他们讨论问题时经常会争得面红耳赤，不过这并不影响兄弟之间的感情。就这样，格林兄弟很快阅读完了家里的藏书。

　　为了能有书看，兄弟决定到书店租。然而家里实在太穷了，哪里有钱给他们去租书啊。后来，兄弟两个便商量去给人送报纸挣钱。于是，他们自己找到了当地的一家印刷厂，向印刷厂负责人说明来意。厂长见是两个孩子，就心不在焉地说："你们每天必须七点以前将报纸送到顾客手里，要是觉得可以的话，明天早晨五点钟便可以来领报纸。"谁知第二天早晨五点这两个孩子真的来了。从那天开始，兄弟两个便做起了报童。他们必须每天赶在上学之前将手里的报纸送出去，有时为了赶时间，连早饭都顾不得吃。就这样，他们每天上学前都能拿到一份微薄的工资，放学后他们便可以到离学校几公里远的书店去租书了。格林兄弟最喜欢租的是文学作品。就这样，他们阅读了大量的世界

　◆《巨人和裁缝》插图
　　《巨人和裁缝》是《儿童与家庭童话集》中的一篇，这幅图表现的是爱吹牛的小裁缝遇到了山一样高的巨人。

┈┈┈格林兄弟的《儿童与家庭童话集》┈┈┈

《儿童与家庭童话集》包括 200 多篇童话和 600 多篇故事。其中较为著名的有《白雪公主》、《青蛙王子》、《灰姑娘》、《小红帽》等。由于这些童话源自民间故事，作为学者的格林兄弟又力图保持民间文学的原貌，因此其中有些故事大多显得比较粗俗，有许多不适合儿童阅读的内容。因此，这本书在 1812 年首次出版后，在德国文学界曾产生很大争议。后来，格林兄弟听取多方面的意见，再版这部童话集时做了不少删改，使得这本书成为一本极富浪漫色彩的童话集。

名著，这使他们有了非常扎实的文学功底。

后来，格林兄弟以优异的成绩同时考上了德国名校马尔堡大学，毕业后二人分别任教于哥廷根大学和柏林大学。

格林兄弟生活的年代，德国正处于四分五裂之中，而邻近的法国却在拿破仑的统治下，国家实力日益强大，并积极对外扩张。而法国对外侵略的重要目标，就是当时国势衰微的德国。面对这样的形势，格林兄弟内心非常焦急。他们想通过自己的努力，为祖国的发展做出贡献。格林兄弟认为德国之所以强大不起来，是因为国内众多城邦无法团结，而德意志民族要想统一，就必须先从语言文化的统一开始。于是，格林兄弟决定从整理德意志民族的民间文学开始，来发扬本民族的文化。

从 1806 年开始，格林兄弟开始把精力集中到民间文学的搜集整理上。为此，他们翻阅了大量的相关资料。书本上的资料搜集完了，他们还打起行装，深入到德国各地，搜集散落在民间的童话故事和古老传说。经过不懈的努力，他们搜集了大量的民间故事。为了尽快将自己手中的材料整理成书，格林兄弟进行了艰苦工作。白天上班，他们便利用晚上的时间，为了整理资料他们经常整夜不睡。因为晚上加班，他们房间里的灯常常整夜不熄，为此邻居们都戏称他们的灯是"长明灯"。

经过几年的努力，格林兄弟终于整理出了《儿童与家庭童话集》（即我们现在所说的"格林童话"），这本书对于德国古老文化的保存和传播起了重要作用。格林兄弟也因此被称为"童话大王"。

成才启示

要想获得成功，必须首先付出艰苦的劳动。
磨难并不是坏事，它能使人迅速成长。
确立一个目标，行动起来才有动力。

法拉第，19世纪杰出的物理学家、化学家，现代电磁学的奠基人。幼时家贫，做过报童、装订工，工余苦读。1813年，在伦敦皇家研究所做科学家戴维的助手，后独立从事物理学研究。1831年，发现电磁感应的基本定律，并制造出世界上第一台发电机。

法拉第

名人小档案

■ 姓　　名：迈克尔·法拉第
■ 生 卒 年：1791年~1867年
■ 出 生 地：英国伦敦市郊的
　　　　　　纽因顿

——铁匠之子成为"电机之父"

◆法拉第像

　　所谓的强者是既有意志，又能等待时机。

　　希望你们年轻一代，也能像蜡烛为人照明那样，有一分热，发一分光，忠诚而踏实地为人类伟大的事业贡献自己的力量。

——法拉第

　　1791年9月22日，法拉第出生于伦敦市郊的一个小镇上。父亲是个铁匠，为了养家糊口，总是起早贪黑地干活。法拉第从小就很懂事，看到父亲每天这么辛苦，总是帮家里干一些力所能及的事。7岁的时候，父母将他送到了当地的一所公立小学读书。法拉第懂得自己家里穷，学习机会来之不易，读书特别努力。他上课很认真，每天回到家里帮妈妈干完活后就自己学习。他的成绩特别好，尤其是数学成绩总是班里的第一名。法拉第 10 岁的时候，父亲因为长期劳累病倒了，家里只能靠救济金生活。小法拉第也只好离开学校帮家里挣钱。

法拉第到了镇上，在里波先生的装订工场做工。工场里主要是装帧书

此图描绘了法拉第在实验室工作时的情形，此时的他已略显苍老，而手中的实验和专注的神情显示出他的严谨。架子上的玻璃器皿和地上的器材表明了法拉第研究领域的多样性。

籍，另外也出售一些书籍、报纸和文具。开始的时候，法拉第是工场的报童，他每天都要早起到伦敦的大街小巷去送报纸。这工作对于一个 10 岁的孩子来说很辛苦，每天要跑上几十公里的路。但小法拉第却从来不抱怨，他总是能很好地完成工场里交给的任务。工作中小法拉第还不忘学习，他一有时间便看报纸来增长知识，对科学知识尤其关注，有看不懂的内容总是向周围的人请教。里波先生看法拉第小小年纪却那么勤奋好学，非常喜欢他，一年以后便正式收他为工场里的学徒了。

里波先生的工场里有很多书，包括文学、哲学、自然科学等各个领域的书籍。法拉第高兴极了，每天做完工后总是向里波先生借书看。小法拉第对自然科学的书最感兴趣。有一次，他在装订一本《大英百科全书》时，看到一篇关于电学的文章。他觉得十分有意思，心想：电这个东西实在是太神奇了，如果人们能够掌握它，该有多好啊。从那以后，法拉第对电学知识便格外关注。只要工场里有了这方面的书，他总要借回家看。他看完书后，还喜欢自己做一些实验。时间长了，他就想自己建立一个实验室。他把这个想法告诉了妈妈，妈妈看到孩子这么好学，十分支持他，便在家里收拾出一个小房间作为法拉第的实验室。可是光有实验室也不行，做实验也需要仪器和药品。从此以后，法拉第便十分注意收集小瓶子等器皿。他实验室中的仪器琳琅满目，法拉第能将别人认为没有任何作用的瓶瓶罐

罐变成十分神奇的科学用品。他在自己的小实验室做过许多实验，积累了大量的电学知识。

后来，法拉第参加了由许多青年人组成的"城市哲学会"。在这里他结识了许多和他一样对科学有着浓厚兴趣的人。这期

戴维与法拉第

戴维这位近代杰出的科学家是引领法拉第步入科学殿堂的人，被法拉第称为恩师。他曾经表示：这一生最伟大的发现，就是发现了法拉第。但后来随着法拉第的名气越来越大，他开始忌妒这位徒弟的才能，并处处打压他。法拉第的研究成果，很多都是以戴维的名义发表的，戴维甚至在文末还强调法拉第的实验成就都来自于他。但法拉第对此从没有说过什么，他一直都十分敬重这位恩师，不管自己取得了多大的成就，从来都是满怀谦卑之情来面对这位改变了他一生的人。

间他的自然科学知识有了很大的增长。他在物理、化学方面的天赋也很快崭露出来。一次偶然的机会，在学会中一位名叫丹斯的先生的帮助下，法拉第去听了一场当时英国著名科学家——皇家学会会员戴维的演讲。他听得十分认真，并做了详细的笔记，回到家后他认真总结了戴维的演讲内容，并产生了许多新的认识。于是，他大胆地将自己的想法写下来寄给了戴维。收到信后，戴维很赏识法拉第的才华，而且很喜欢这个年轻人对科学认真的态度，于是便向英国皇家科学院推荐法拉第做自己的助手。从此，法拉第真正步入了科学的殿堂。在实验室中，法拉第总是虚心学习，在戴维教授的指导下，他研究出了许多优秀的科学成果。

1820年，丹麦物理学家奥斯特发现通电的金属线能使它周围的磁针转动。这一发现引起了很早就开始关注电学的法拉第的注意，1821年，他开始研究电与磁的关系。为了探究出电磁转化的规律，法拉第不断地进行实验。然而科学探索的道路十分艰难，他一次次地实验，一次次地失败。许多人都劝他不要做无用功了，但法拉第从没有失去信心。经过10年的努力，1831年，法拉第电磁转化的实验终于成功了，人类最终弄清了电磁感应的基本定律。后来，法拉第根据这一定律还制造了世界上第一台发电机。通过不懈的努力，法拉第为人类找到了打开电能宝库的钥匙，他自己也受到了世人永远的尊敬。

成才启示

不断和别人交流，也是获取知识的一条有效途径。

成功之因，在于不屈不挠。

失败，在某一意义来说，是通往成功的大路。

舒伯特，奥地利著名音乐家。童年随父学小提琴，11岁入神学寄宿学校学音乐。毕业后做过文书、舞厅乐队的演奏员。1816年开始专事作曲。一生创作600多首歌曲、18部歌剧、10部交响曲、19首弦乐四重奏、22首钢琴奏鸣曲、4首小提琴奏鸣曲等大量音乐作品。

舒伯特

名人小档案

■ 姓　　名：弗朗兹·舒伯特
■ 生 卒 年：1797年~1828年
■ 出 生 地：奥地利维也纳

——大器早成的音乐家

◆舒伯特像

一个不懂音乐的人，是很难真正快乐起来的。

——舒伯特

1797年，舒伯特出生于音乐之都维也纳近郊的一个小镇。父亲是个小学教员，收入微薄，家里的日子过得很清贫。舒伯特的父亲喜欢音乐，会拉小提琴。在他的熏陶下，孩子们都爱上了音乐。一家人每到黄昏，就坐在一起唱歌、跳舞、演奏乐器，日子虽苦但却很快乐。

小舒伯特是孩子中最有音乐天赋的一个。他的记忆力和乐感非常好，父亲教的歌曲他总是学得最快。6岁的时候舒伯特就能识谱了，10岁的时候他已经是一位十分出色的小提琴手了。父亲见小舒伯特这么有天赋，便有意培养他。在父亲的指导下，每天舒伯特都要练上好长时间的小提琴。父亲还试着教舒伯特作曲，舒伯特学得很快，他作的曲子总是让父亲夸奖好半天。不过父亲也很发愁，因为当时大多数音乐学校的学费都很高，家里没钱怎么送舒伯特去学音乐呢？

　　舒伯特 11 岁的时候，当时维也纳教堂合唱团寄宿学校在小镇上招收学员。父亲听说寄宿学校为录取的学生免费提供食宿，赶紧给舒伯特报了名。在上千名报名者中，舒伯特以优异的成绩被录取了。但学校里为学生只是提供定量的三餐，舒伯特正是长身体的时候，他总是不到吃饭时间就饿了。可是家里没钱，舒伯特只能挺着。在这样的情况下，舒伯特学习从来没有懈怠过。他十分珍惜这来之不易的学习机会，学习十分刻苦。他听课特别认真，遇到不懂的总是虚心向老师和同学请教。非凡的音乐天赋再加上不懈的努力，舒伯特很快便成了众多学生中的佼佼者。他在学校的乐队中担任首席小提琴手，还是乐队的代理指挥。这期间，他创作了第一首交响曲以及许多歌曲和器乐曲。他作的曲子经常被老师夸奖。但他却常常没钱买五线笔，每当这时，他总是惋惜地说："要是有钱买纸，我就可以天天作曲了！"

　　1811 年, 14 岁的舒伯特毕业了。他一开始找不到合适的工作，只能靠作曲谋生。他和一个穷朋友一起租了一间破旧的屋子，冬天这间屋子四处漏风，舒伯特只能

蜷缩在寒冷的小屋里作曲。在这样艰苦的条件下，舒伯特没有消沉。他把创作当作自己最大的生活乐趣，这段时间里他作了《魔王》、《野蔷薇》等著名乐曲。为了维持生活，舒伯特后来做过文

舒伯特生活于维也纳，他在此有很多朋友，定期举办音乐会。这幅 19 世纪的绘画描述的正是这种音乐会的情景，坐在钢琴旁的就是舒伯特。

书、舞厅乐队的演奏员。白天工作忙，只能到晚上回家后才有一点自己的时间，舒伯特十分珍惜一天中这仅有的一点自由时间。他常常是啃着面包进行创作，他写曲子特别投入，经常整夜不睡。

1816年，舒伯特辞去所做的工作，专门从事作曲。

创作速度惊人的舒伯特

舒伯特才思敏捷，创作速度惊人。他的朋友回忆他写名曲《魔王》的情形："我们走到门口，见他捧着书，高声朗读歌德的诗《魔王》。他读得十分出神，全没注意到我们的来访。他拿着书册在室内反复徘徊，突然把身子靠在桌子上，拿起笔在纸上飞速地写着，然后拿着记下的曲谱跑到空维柯德学校去弹奏、改谱……当天晚上整个学校已经在唱《魔王》了。"因为创作速度快，舒伯特短暂的一生中留下了大量的作品。他创作的歌曲数量，至今没人能超过。

日子过得十分艰难，他却从没有向生活低头。他没有钢琴，为了创作他经常借琴。舒伯特的一个画家朋友住在附近，家里有一架破旧的钢琴，画家看舒伯特没有钢琴很影响创作，便答应他可以来家里用。但画家画画需要一个安静的环境，舒伯特不能总在这里。于是他们约定，只要画家把窗帘挂起来便表示舒伯特可以进屋弹琴。但有时画家的灵感来时，从早画到晚，常常忘了休息，这让在外面等着的舒伯特很着急。有一次，一连五六天都不见画家挂窗帘，这可急坏了一直在街头张望的舒伯特。这天狂风大作，画家的窗帘被风吹了起来。舒伯特欣喜若狂，马上冲了进去，连不小心扭了脚都没顾得。这样艰苦的生活却阻挡不住舒伯特创作的热情，他把全部身心都投入到了音乐创作中，用音乐来抒写自己对生命的感悟。

舒伯特只活到31岁就病逝了，但在短暂的一生中，他创作了1000多首曲子，这些曲子包括钢琴曲、管弦乐、交响曲、室内乐、合唱曲和歌曲等，其中以歌曲最为著名，在音乐史上舒伯特有"歌曲王子"之称。他的作品旋律优美、诗意盎然，具有强烈的艺术感染力，在世界上广为流传。

成才启示

精诚所至，金石为开。

灵感是在劳动的时候产生的。

困难增强心力，犹如劳动增强身体。

上天给予人一分困难时，同时也添给人一分智力。

巴尔扎克，19世纪法国伟大的批判现实主义作家，欧洲批判现实主义文学的奠基人。1816年在巴黎大学学习法律。1820年开始从事写作。一生创作96部长、中、短篇小说，总名为《人间喜剧》。

巴尔扎克

名人小档案
- 姓　　名：奥诺雷·德·巴尔扎克
- 生 卒 年：1799年～1850年
- 出 生 地：法国杜尔市

——义无反顾地追求

挫折和不幸，是天才的晋身之阶；信徒的洗礼之水；能人的无价之宝；弱者的无底深渊。

——巴尔扎克

◆巴尔扎克像

1799年，巴尔扎克出生于法国杜尔市的一栋豪华的别墅里。巴尔扎克的祖辈都是普通农民，父亲在战争中发了横财，一夜间成了富商。母亲小父亲32岁，脾气暴躁而自私。巴尔扎克跟随奶妈长大。奶妈是一个淳朴善良的乡下妇女，经常给巴尔扎克讲美妙的民间故事，这使巴尔扎克从小就对文学产生了浓厚的兴趣。

7岁的时候，父亲送巴尔扎克到一所寄宿学校上学。这所学校对学生管理十分严格，学生不能随便说话，老师每天留的作业也非常多。单调的学校生活引不起巴尔扎克的任何兴趣，他经常找一些小说来读，书中的故事情节深深吸引了幼小的巴尔扎克。渐渐地，巴尔扎克学会了在文学作品中寻找心灵的安慰。巴尔扎克读了大量的文学作品，时间一长，便萌发了学习写作的想法。他经常在上课的时候埋头写东西，这使老师很恼火，巴尔扎克因此经常受到老师的责骂。很多次老师竟将巴尔扎克关在黑屋子里让他反省。巴尔扎克自尊

巴尔扎克代表作《人间喜剧》

《人间喜剧》是 19 世纪法国现实主义文学代表作。作品包括 96 部长篇、中篇和短篇小说，分为"风俗研究"、"哲学研究"、"分析研究"三大部分。《人间喜剧》描绘了法国从拿破仑帝国复辟王朝到七月王朝这一历史时期的广阔的社会画面，书中塑造了 2000 多个不同阶层、不同性格的人物。其中代表作有《欧也妮·葛朗台》、《高老头》、《高利贷者》等。

心受到很大的伤害，但这样的惩罚不但没有使巴尔扎克"反省"，反而更加激发了他对文学的热情，他立志一定要写出好的文章，长大后做个有影响的作家。

15 岁的时候，巴尔扎克全家迁到了巴黎。巴尔扎克转到了巴黎的一所私立中学学习。这所学校的制度相对来说要宽松一些。巴尔扎克在学校的文科成绩很好，他写的文章总是受到老师的称赞。后来学校里调来一位年轻的语文老师，这位老师很欣赏巴尔扎克的写作才华，经常借给他一些文学书籍。在这段时间里，巴尔扎克阅读了许多世界大文学家的作品，为他以后的文学创作奠定了坚实的基础。

17 岁时，巴尔扎克考入了巴黎大学。当时的法律系在大学中很热门，为了使巴尔扎克成为一个出人头地的律师，父亲武断地为儿子选择了法律系。但巴尔扎克却一心想学习文学，大学期间他读遍了学校图书馆的文学书籍。

大学毕业后，父亲让巴尔扎克进法院工作，但已迷上文学的巴尔扎克，决心要当一名作家。父子二人经过激烈的争论后达成了一个协议：巴尔扎克有两年的试验时间，在这两年中父亲为他提供生活费，但他必须写出有成就的作品来证明自己。如果两年后巴尔扎克还是默默无闻，那就必须服从父亲的意志乖乖地去当律师。于是，巴尔扎克便在巴黎市郊租了一间破旧的小屋，正式开始了他的写作生涯。巴尔扎克在这段时间内写的是一部名为《克伦威尔》诗体悲剧。这本书以17 世纪英国资产阶级领袖克伦威尔推翻封建王朝，最终建立资产阶级共和国的历史事件为题材，故事曲折感人。但由于当时巴尔扎克的阅历太浅，而且对历史资料的掌握有限，对于戏剧创作也缺乏经验，所以这本书并没有达到巴尔扎克预想的效果。

当他将《克伦威尔》拿给当时巴黎比较有威望的作家看时，并没有得到肯定，而且一些人还讥笑巴尔扎克写书就是在胡闹。这对于巴尔扎克来说，无疑是一个

这是《欧也妮·葛朗台》的情景绘画，表现了老葛朗台用女儿来做诱饵，诱惑那些求婚者，以便从中渔利。

很大的打击。这时父亲的话也兑现了，他通过熟人为巴尔扎克找了一份律师工作。但此时巴尔扎克已深深地爱上了写作，他决心总结自己失败的原因继续文学创作。这使得父亲十分恼火，为了使巴尔扎克顺从他的安排，他不再为巴尔扎克提供生活费。面对各种压力，巴尔扎克没有退缩。为了生活，他自己找了一份时间比较自由的工作。除了工作，他将全部时间都花在了写作中，他相信凭着自己的努力终有一天会写出满意的作品。在这段时间中，巴尔扎克深刻地总结了自己的不足，认识到知识的贫乏和阅历不深是写作不成功的重要原因。于是开始阅读各种书籍，经济学、自然科学、历史、政治、神学，只要能增加自己的知识，他都拿来看。为了加深自己的社会阅历，他还找了一份律师助理的兼职，在工作中接触到了复杂而真实的社会生活。

1828 年，巴尔扎克开始写历史小说《朱安党人》，这是一部反映法国朱安党人叛乱的书。巴尔扎克吸取了《克伦威尔》写作时的教训，详细地搜集了大量的历史资料。经过一年的艰辛创作，《朱安党人》完成了。《朱安党人》历史事件翔实、思想深刻、语言生动，小说一发表立刻引起了法国文学界的震动。创作的初步成功给了巴尔扎克很大的鼓舞。他从此一发不可收拾，《高利贷者》、《高老头》、《欧也妮·葛朗台》等相继问世。巴尔扎克一生创作颇丰，成为法国非常有影响的文学大师。

成才启示

想要成就事业，就要抓住青春。

浓厚的兴趣，是最好的学习动力。

理想是指路的灯，有了理想才会有坚定的方向，有了方向才会有美好的生活。

普希金，俄罗斯近代文学奠基人。他一生充满忧患。由于写诗揭露当时黑暗的现实，1820年被沙皇流放到南俄。1824年又被幽禁在他父母的领地海洛夫村。十二月党人起义失败后，1826年9月沙皇"赦免"普希金，将他召回莫斯科，并表示将亲自审查他的作品。从此普希金便生活在沙皇及其宪兵总监的直接监视之下，直至1837年与丹特斯决斗身死。普希金的一生中，在诗歌、散文、小说、戏剧、童话等各个领域，都有杰出贡献。

普希金

名人小档案

■ 姓　　名：亚历山大·谢尔盖
　　　　　 耶维奇·普希金
■ 生 卒 年：1799年～1837年
■ 出 生 地：俄罗斯莫斯科

——在诗中成长的伟大诗人

我要把心灵里的美丽的激情献给祖国。

醒来吧——你的良宵已经来临！醒来吧——每瞬间都贵如黄金！

——普希金

1799年，普希金出生于莫斯科一个贵族世家。普希金的父亲是一个世袭的军官，伯父是当时俄国一位小有名气的诗人。普希金的父母醉心于上流社会的交际活动，普希金从小只能跟着奶妈长大，他的奶妈每天都要给普希金讲好多美妙的民间故事和传说，这使得普希金从小就对文学产生了很大兴趣。

普希金稍大一点经常到伯父家去玩，伯父家有

◆普希金像

很多藏书，普希金总是喜欢翻看这些带图画的书。普希金还喜欢听伯父念诗，伯父写了新诗后总是先念给小普希金听。普希金从小就对这些美妙的诗句产生了特殊的感情。伯父告诉他要想写出好诗必须先得有广泛的文学知识，在伯父的引导下，小普希金开始读书识字。8 岁的时候，伯父就开始教他写诗，普希金理解力非常好，而且对文学有着特殊的天赋。他写出的诗，常让在场的大人都赞不绝口。

　　12 岁时，普希金进了当地的贵族子弟学校，这个学校的学习气氛十分浓厚，学校中有许多进步教授，如当时俄国的进步诗人茹科夫斯基、杰尔查文等，普希金在这里受到了良好的教育。在学校里他阅读了大量的文学著作，他的文科成绩总是很出色。在课余的时间，普希金总是将自己的一些感受用诗写下来。在学校的升学考试中，他朗诵了自己写的诗《皇村的回忆》，这首诗热情奔放、语句优美，受到了老师茹科夫斯基的好评。这更激起了普希金写诗的热情，他写完诗总是拿给茹科夫斯基看，在老师的指导下，他的诗歌创作水平有了很大的提高。1812 年，俄国爆发了卫国战争，这激起了普希金强烈的爱国热情，也激发了他写诗的欲望。在这段时间中，他写了大量的爱国诗歌，真正开始了自己的文学生涯。不过这个时期普希金写诗还只是在仿效老师茹科夫斯基的风格，但他诗歌中优美语言和创作中流露出的真实情感已经很让人称道了。

◆诗诵会上的普希金　列宾　俄国

　　1811 年，普希金进入彼得堡的皇村学校。在 1815 年 1 月 8 日皇村学校的升学考试中，普希金当众朗诵了《皇村的回忆》一诗，受到在场的诗人杰尔查文的热情称赞，并预言俄国将有一个新的诗歌天才诞生。此图描绘的便是普希金在升学考试中朗诵诗歌的情形。

18 岁 的普希金中学毕业后，进入了彼得堡外交部工作。这期间他一直没有停止过诗歌的创作。在工作之余，他接触了当时俄国许多进步诗人，和他们交流诗歌创作的经验。这段时期，普希金的诗歌创作已经达到了很高的水平，思想性也有了进一步提高。著名的《致恰达耶夫》、《自由颂》、《乡村》等诗作就创作于这个时期。此时的普希金在俄国已是十分著名的诗人，他用诗歌勇敢地揭露沙皇的黑暗统治，

.........普希金名作《假如生活欺骗了你》.........

假如生活欺骗了你，
不要忧郁，也不要愤慨！
不顺心时暂且克制自己，
相信吧，快乐之日就会到来。
我们的心儿憧憬着未来，
现今总是令人悲哀：
一切都是暂时的，转瞬即逝，
而那逝去的将变为可爱。

大胆地表露自己的进步爱国思想，这使他名声大噪，但同时也受到了沙皇政府的仇视。

1820 年，21 岁的普希金被沙皇政府流放到南疆。但这不但没有使普希金消沉退缩，反而更加深了他对沙皇的憎恨，激发了他文学创作的热情。他在流放期间，主动克服了种种恶劣的条件，利用一些时间进行学习和创作。在这段时间里，他阅读了大量的政治、历史方面的书籍，还不断地接触当地的农民，了解当时普通民众的生活，这对于普希金后来的创作产生了很大的影响。这段时间里普希金写出了许多脍炙人口的作品，如著名的浪漫诗《强盗的兄弟》、《高加索的俘虏》；著名的历史悲剧《鲍里斯·戈勒诺夫》；著名的抒情诗《太阳西沉了》；著名的长篇叙事诗《叶普盖尼·奥尼金》；中篇诗体小说《努林伯爵》等等，这些作品奠定了他在俄国诗歌文学创作中不可动摇的地位。

普希金一生的创作十分丰富，他的诗歌题材广泛，热情洋溢，深得广大人民的喜爱。他确立了俄罗斯诗歌语言的规范，后被俄罗斯人称为"俄罗斯艺术之父"。如今他的文学作品已被翻译成多国语言，在世界范围内广为流传。

成才启示

欲望以提升热忱，毅力以磨平高山。
热情能点燃生命之灯，拼搏能推动生命之舟。
伟大的事业不是靠力气和身体的敏捷完成的，而是靠性格、意志和知识的力量完成的。

更多扫码获取资源

雨果，19世纪法国积极浪漫主义文学运动的领袖，法国文学史上卓越的资产阶级民主作家。1826年，和大仲马、缪塞等作家组织"第二文社"反对为封建统治服务的古典主义文学。1851年，因反对拿破仑三世的军事独裁流亡国外，1870年回国。作品包括20卷小说、12卷剧本、26卷诗歌、21卷哲理论著，代表作有《巴黎圣母院》、《悲惨世界》等长篇小说。

雨果

名人小档案
- 姓　　名：维克多·雨果
- 生 卒 年：1802 年～1885 年
- 出 生 地：法国贝桑松市

——誓与虚伪邪恶势力斗争到底

苦难常常是伟大的母亲。

——雨果

　　1802年2月26日，雨果出生于法国东部的贝桑松市。雨果的父亲是拿破仑手下的一名将军。自雨果出生后，父亲就终年东征西战，难得有机会回家团聚。雨果和两个哥哥从小跟随母亲长大。母亲受过良好的教育，酷爱读书。雨果和两个哥哥很小的时候，母亲就开始教他们认字读书。

　　雨果从小就很聪明，母亲教给的东西他总是很快就能掌握。稍大一些，他便开始到母亲的书房找书看。他看书特别投入，两个哥哥喊他出去玩他也不理会，在屋子里一钻就是一天。他们家附近有一个图书馆，母亲经常带三个孩子去看书、借书。小雨果一进图书馆就不想出来，经常一读就是几个小时。雨果在这里看了大量的书，包括游记、小说、戏剧、诗歌，还有一些深奥的哲学著作。不管懂不懂，只要能借到的书他都看。一次，图书管理员对母亲说："夫人，您的孩子雨果很爱读书，但他还太小，我觉得应

◆雨果像

91

该让他有选择地读一些浅显的书,这样对他才有好处。"母亲听了以后说:"让他看去吧,书不会给人们带来坏处的。"

10岁的时候,雨果随母亲来到了巴黎。两年之后,他进了一所寄宿学校读书。学校的管理十分严格,老师规定学生必须按作息时间表进行学习和休息,不准做学校规定以外的事。雨果不喜欢课堂上老师讲的枯燥的内容,便趁老师不注意偷偷看课外书,有时看书累了,还自己写诗、翻译诗。有一次在课堂上,他正用拉丁文翻译一首诗,结果被老师发现了。老师用教鞭教训了这个"不听话"的孩子,还罚他以后站着听课。这件事虽然对雨果伤害很大,然而却没有影响他对文学的兴趣,他依然痴迷于课外读物。

雨果15岁时,法兰西学士院出诗题进行征文比赛,雨果以诗歌《读书之益》获奖。这使雨果很受鼓舞,之后他又写了许多诗歌,不过都没有发表。17岁那一年,雨果中学毕业了。他与两个哥哥合办了刊物《文学保守者》,这一时期他开始创作小说,写成了《冰岛魔王》,这篇中篇小说从思想上看虽还略显稚嫩,但却显示了作者深厚的文学功底。20岁时,雨果将自己以前写过的诗歌编成诗

◆油画《欧那尼》

雨果的首部戏剧《欧那尼》引起了巨大轰动,成为文学史上一个转折点,宣告浪漫主义的诞生。

集《颂歌和杂诗》出版。诗集很受读者欢迎，雨果也因此在法国文学界有了一些名气。

随着年龄和生活阅历的增长，雨果的思想也渐渐成熟了。这时的法国连年战争，社会动荡不安。

《巴黎圣母院》

《巴黎圣母院》创作于1831年，是雨果的代表作。它用对比手法描写了15世纪发生在法国的一个离奇的故事：道貌岸然的巴黎圣母院副主教克罗德，为了自己的情欲迫害吉卜赛女郎爱斯梅拉尔达。面目丑陋、心地善良的敲钟人卡西莫多为救爱斯梅拉尔达而舍身。作品揭露了封建宗教的虚伪本质，宣告了禁欲主义的破产，同时也歌颂了下层劳动人民的善良、舍己为人等优秀品质，集中反映了雨果的人道主义思想。

雨果在巴黎目睹了统治阶级许多残暴的行径，逐渐对当时法国的复辟封建王朝产生了不满。这时他创作了《死囚末日记》、《克伦威尔》（韵文剧本）、《巴黎圣母院》等揭露黑暗的封建统治的作品。特别是长篇小说《巴黎圣母院》在当时法国引起了很大反响，一时间雨果成了法国文学界受人关注的人物。一封封祝贺信、邀请函从四面八方飞来。还有社会名流亲自来拜访雨果，并邀请他去参加宴会、笔会等社交活动。面对众多的称赞声，雨果没有骄傲。为了谢绝众多烦人的社交活动，集中精力搞创作，雨果想出了一个好办法：他将自己左边头发、眉毛和胡子都剃去，只留下右边一半，这样就不好出门了，别人也就不会再找他了。这样，他谢绝了一切邀请，自己一个人躲在房间里进行写作。他把全部的精力都投入到了文学创作中，经常整夜不睡，这期间他创作出大量优秀的文学作品。

1851年，拿破仑三世发动军事政变，雨果坚定地站在共和派一边，反对军事独裁。拿破仑三世曾多次以高官厚禄为诱饵收买他，都被雨果拒绝了。拿破仑三世对他恨之入骨，并下令逮捕他。雨果被迫离开了巴黎，开始了19年的国外流亡生活。流亡期间，雨果的生活十分艰难，但他却从没有放弃写作。这段时间，他创作了政论《小拿破仑》，诗集《惩罚集》、《历代传说集》，长篇小说《笑面人》、《悲惨世界》等作品。这些作品充满了善与美的思想，在世界文学史上占有重要地位。

成才启示

敢于与阻力搏斗，人生才能攀到最高处。

勇于坚持自我的人，才能最大限度地实现自己的人生价值。

安徒生，19世纪丹麦著名童话作家。出身贫寒，11岁时父亲病故，1819年到哥本哈根学习戏剧表演，在遭受多次失败后，开始文学创作。1835年致力于童话创作。一生著有160多篇童话。

安徒生

——在荆棘中前行

一个人必须经过一番刻苦奋斗，才会有所成就。

——安徒生

1805年4月2日，安徒生出生于丹麦富恩岛上一个古老的小镇。父亲是个鞋匠，母亲靠给人家洗衣服挣点零用钱。由于家里很穷，安徒生从小就没有什么像样的玩具。父亲总是用他做鞋剩下的皮子给小安徒生做玩具。但小安徒生一点都不在意，他总是喜欢拿着父亲做的玩具，自己编一些小故事。有时候父母累了，懂事的小安徒生就给父母表演自己编的故事，他编的故事很有意思，父母看了总被逗得哈哈大笑。

安徒生7岁的时候，父母送他进了当地的一所公费学校。为了挣够安徒生的学

◆安徒生像

94

安徒生散文《光荣的荆棘路》摘录

光荣的荆棘路看起来像环绕着地球的一条灿烂的光带。只有幸运的人才被送到这条带上行走，才被指定为建筑那座连接上帝与人间的桥梁的、没有薪水的总工程师。

历史拍着它强大的翅膀，飞过许多世纪，同时在光荣的荆棘路的这个黑暗背景上，映出许多明朗的图画，来鼓起我们的勇气，给予我们安慰，促进我们内心的平安。这条光荣的荆棘路，跟童话不同，并不在这个人世间走到一个辉煌和快乐的终点，但是它却超越时代，走向永恒。

费，父亲总是给人做鞋到很晚。小安徒生看父亲干活这么辛苦，读书非常努力，他的成绩在班里总是最好的。安徒生上学的第二年，学校由于资金不足倒闭了。安徒生只好回家，不过他却并没有因此而放弃学习。他很少出去玩，总是一个人在家看书写字。曾经读过几年书的父亲见孩子这么好学，就利用干活的空闲时间教安徒生学习。

安徒生 11 岁时，父亲因劳累过度去世了，为了生活母亲改嫁给一个穷木匠。继父让安徒生跟他学木匠。安徒生因为特别爱学习，在干活空闲的时候便拿出书来看，继父见了总是骂安徒生懒。小安徒生只好趁继父不在的时候，偷偷地看书。在这样的环境中成长起来的安徒生，比一般的孩子要成熟得多。

安徒生 14 岁那年，有一个大剧团来到他们生活的小镇上演出，从小就喜欢表演的安徒生第一次看到演戏。他马上被台上演员生动的表演迷住了。剧团走了，安徒生的心也被带走了。他想当一名演员，并产生了到当时丹麦的首都哥本哈根去学演戏的想法。他把这个想法告诉了母亲。母亲开始不同意，因为她知道哥本哈根是有钱人待的地方，穷人在那里生活是很困难的。但安徒生决心已定，母亲没有办法只好同意了。

安徒生离开了熟悉的家乡，一个人来到了五光十色的大都市哥本哈根追求自己的理想。安徒生刚到哥本哈根的时候，找了许多剧院负责人，但没有一家剧院愿意让一个没有任何经验的孩子登台表演。安徒生只好先找了一个小手工作坊去给人家干活挣些吃饭的钱。一天的工做完了，晚上安徒生便跑到剧院门口隔墙听人演戏。有一次去听戏的时候在剧院门口捡了一本有关戏剧的书，安徒生如获至宝。第二天，安徒生在做工的空暇，把书拿出来偷偷地看。他看得太投入了，不小心将做工用的一个瓷缸打碎了。作坊主很生气，没给安徒生任何工资便将他赶了出来。

安徒生兜里没有一分钱，他只好睡在大街上。这天，安徒生把别人扔在大街上的报纸当被子盖在身上取暖。无意间他看到了当时哥本哈根著名歌唱家西博尼的地址，这使安徒生很兴奋，他找到了西博尼家，请求西博尼教他唱歌。同样是穷人出身的西博尼对安徒生印象很好，便收留了他。在西博尼这里，安徒生每天都刻苦练习唱歌，并主动跟他学习文化知识。几个月以后，安徒生唱歌已有起色，但这时他得了一场重感冒，等感冒好了安徒生的嗓子却坏了，从此再也不能唱歌了。安徒生很痛苦，但却没有消沉，从那以后便将所有的精力都放在文化知识的学习上。西博尼很受感动，便帮助安徒生进了一所教会学校进行学习。在学校里，安徒生阅读了大量的文学著作。他的文学修养有了很大提高。

◆《卖火柴的小女孩》插图

《卖火柴的小女孩》是安徒生最著名的童话之一，这幅图描绘了小女孩冻死在雪地里的凄惨情景。

毕业之后，安徒生开始向哥本哈根各大报刊投稿。他最初在一家文学刊物上发表了悲剧《阿芙索尔》和《维木堡大盗》，其中《阿芙索尔》受到了当时丹麦著名文艺评论家拉贝尔的赞赏。安徒生很受鼓舞，从此他更加用心写作了，晚上经常写到深夜。这期间他创作了大量的文学作品，其中包括游记、戏剧、诗歌和小说等。1835年，安徒生出版了一部童话集，这本书一出版便受到了孩子的喜爱，之后他便致力于童话创作。后来，安徒生童话受到世界各国儿童的喜爱，他本人也被人们称为"世界童话之王"。

成才启示

热情与壮志是努力的动力。
天才就是点燃自身的力量。
一分耕耘，一分收获；要收获得好，必须耕耘得好。

林肯，美国第16任总统。一生只受过很短时间的正规教育。1834年，当选为伊利诺伊州议员。1847年，当选为国会议员。1854年，加入共和党。1860年，当选为美国第16届总统。1862年，颁布《解放黑奴宣言》。1864年再次当选为总统。1865年，被刺杀。

林肯

名人小档案

■ 姓　　名：亚伯拉罕·林肯
■ 生 卒 年：1809年～1865年
■ 出 生 地：美国肯塔基州

——敢于承担责任的美国精神之父

每个人都应该有这样的信心，我们必会承担起人所能负的责任。

——林肯

1809年2月12日，林肯出生于美国肯塔基州哈丁县一个拓荒者家中。由于家境贫寒，林肯很小的时候就开始跟着父亲到地里干活。6岁的时候，父母将林肯送到了附近的一所公费学校读书，这所学校十分简陋，学生也很少。由于经费不够，林肯上学的第二年，学校就倒闭了，林肯只好回到家中帮父母的忙。虽然不能上学了，但林肯却并没有因此放弃学习。他不管走到哪，总要带上一本书，一有时间便拿出来看。很快，林肯将父亲在家中的藏书都看完了。离林肯家几公里远的镇上有一个小图书馆，

◆林肯像

97

于是母亲就鼓励他到那里去借书。为了能有书看，小林肯总是步行到镇上去借书。这对于一个不满 10 岁的孩子来说，实在是很不容易。

林肯总是想方设法找书看。10 岁那年，林肯到镇上有名的鲍里茨医生家去做工。一天，他在帮鲍里茨医生打扫房间的时候，发现了桌上放着一本《华盛顿传》。林肯便鼓起勇气向鲍里茨医生借。但这本书是鲍里茨新买的，他实在舍不得将书借出去。

"孩子，你能看得懂这本书吗？"

"是的，先生，我能看懂。"林肯自信地说。

"这可是本新书，你能保证保管好吗？"

"先生，我一定好好保管。"林肯诚恳地说。

看到林肯这么爱读书，鲍里茨医生后来答应将书借给林肯看几天，不过他嘱咐林肯一定不要将书弄脏弄破。

林肯借到书后高兴极了。晚上回到家，他顾不上吃饭就看起了书来。他太喜欢这本书了，一直看到深夜，母亲催促了好几次，他才恋恋不舍地将书放下到床上休息。可是不幸的是，这天晚上下起了雨，林肯家破旧的房子四处漏雨。当林肯被雷声惊醒的时候，鲍里茨医生的书已经被雨淋湿了。林肯赶紧将书拿到火炉边小心翼翼地烘烤起来。一个小时后，书被烘干了，可是书页全都皱皱巴巴的。林肯又难过又焦急，他决定第二天将书还给鲍里茨医生，并请求他的原谅。

第二天天刚亮，林肯便拿着书到了鲍里茨医生家。看到自己崭新的书一夜之间变成了这副模样，鲍里茨先生有些生气了。

"小家伙，你可是不讲信用啊。"

"先生，我可以为您干活，用工钱来赔偿这本书。"

于是，从那天起，林肯每天便早早地到鲍里茨医生家干活，晚上到很晚才回家。鲍里茨医生看到林肯年龄不大，却这么勇于

1862 年 9 月 22 日，林肯正式颁布了《解放黑奴宣言》。

承担责任，很受感动。到了第三天，他把林肯叫到跟前说："孩子，行了，工钱我照样付你，书也送给你了。"不过，林肯却执意没有拿工钱。

由于林肯勤奋好学，人也诚实，人们都愿意将家里的书借给他。几年中，林肯读了大量的书籍，他靠自学成了一个知识渊博的人。

《解放黑奴宣言》

《解放黑奴宣言》是林肯颁布的重要文件。文件中宣布，自 1863 年 1 月 1 日起，南方叛乱各州的黑人奴隶一律成为自由人。符合条件者可以参军。对于不参加叛乱的蓄奴州仍按 1862 年 4 月国会决议，采取自愿的、逐步的、有赔偿的解放奴隶措施；对于逃亡奴隶则视其主人是否为叛乱者而决定是否引渡。《宣言》对北方取得胜利起了重要的推动作用，被马克思称为"在联邦成立以来的美国史上最重要的文件"。

18 岁时，林肯到了伊利诺伊州，开始了自力更生的生活。由于他做事认真负责，当地人都称他为"诚实的亚当"。后来，他到了一个大商船上做管理人。他们的商船总是往返于密西西比河。这期间，林肯目睹了密西西比河上许多贩卖黑人的罪恶交易，他非常同情黑人们悲惨的生活，下决心以后一定要改变这种状况。

经过多年的奋斗，林肯在伊利诺伊州有了很高的威信。1834 年，他当选为伊利诺伊州议员，开始了他的政治生涯。

1860 年，林肯当选为美国第 16 届总统。林肯坚决主张废除奴隶制度，这危及南方种植园主的利益。次年，南方农奴主挑起了内战。一开始，战争形势对北方十分不利，林肯压力非常大。在这样的情况下，林肯果断地颁布了著名的《解放黑奴宣言》，宣布废除南方叛乱各州的奴隶制度。这个法案极大地激发了美国广大人民的革命热情，战争开始出现转机。1864 年，北方取得了战争的胜利。这年 11 月，林肯再次当选为总统。

林肯以他伟大的人格和不屈不挠的奋斗精神，受到了美国人民的尊重，被公认为"美国梦的完美体现"。

成才启示

天才在于积累，聪明在于勤奋。

知识是人生旅途中的资粮。

诚实比一切智谋更好，而且它是智谋的基本条件。

达尔文，19世纪英国著名的生物学家。1831年毕业于剑桥大学，后致力于生物研究。1859年发表《物种起源》一书，系统地提出"进化论"思想。

达尔文

——开创进化论的科学巨匠

人们所完成的任何科学工作，都是通过长期的考虑，忍耐和勤奋得来的。

——达尔文

◆达尔文像

1809年2月12日，达尔文出生于英格兰西部的希鲁普郡施鲁兹巴利镇。达尔文的祖父是当时英国知名的博物学家，对动植物、地质有很深的研究。父亲是当地有名的医生。

达尔文在家里排行第五，母亲对这个小儿子非常疼爱。小达尔文喜欢跟着母亲到河畔散步，在母亲的介绍下小达尔文认识了大自然中的鲜花、小草、蜜蜂、蜻蜓……达尔文8岁的时候，母亲去世了，从此达尔文就由姐姐们照顾。

8岁的时候，达尔文上学了。他对课堂上老师讲的枯燥的《圣经》和语法，一点也不感兴趣。比较起来，他更喜欢在田野里漫步，看自然界的花草和昆虫。对这个不爱学习的弟弟，姐姐们总是没有办法。后来，她们写信把达尔

100

文的情况告诉远方的爷爷。爷爷听说达尔文对大自然感兴趣，便寄了一些生物方面的书给达尔文看。达尔文不喜欢学校里的课本，却很爱看爷爷给的书。后来，这些书看完了，他还写信请求爷爷再寄一些。爷爷的书使达尔文对大自然好奇心更加强烈了。每天一放学，他便和小伙伴们到野外捕捉昆虫、采集植物标本。

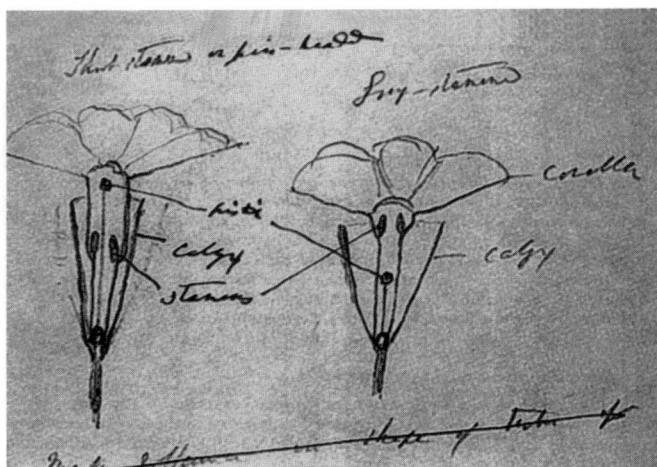

◆达尔文植物学手稿

在《植物界异花传粉及自花传粉的效果》(1876年)一书中，他提出：无论是动物还是植物，有雄雌之分在遗传上是有优越性的，这样可保证异体受精，产生更健康、更强壮的后代。

小达尔文对大自然中的动植物到了痴迷的程度。有一次，他剥开一片树皮，发现两只从来没有见过的甲虫，达尔文很兴奋，决定捉回家好好"研究"一下。他熟练地将虫子捉起来，可是这时从树皮里又爬出了一只更奇异的虫子。达尔文想捉住这只，但又舍不得放弃手里已经捉到的两只，情急之下便将手中一只虫子放到了嘴里。不料这只虫子狡猾的很，上去就咬了达尔文一口，疼得达尔文好几天都吃不了饭。但达尔文却并不在乎，过后依然去捉。

由于不爱上课，达尔文的成绩很差。达尔文小学毕业后，为了管住他，父亲送他到当地以纪律严格著称的文法中学读书。谁知上中学后的达尔文胆子更大了，他常常不上课而跑到学校附近的森林里听各种鸟儿的鸣叫，还将观察的各种鸟儿的生活习性记录下来。

中学毕业后，达尔文向父亲请求去学生物学，但父亲想让达尔文继承自己的事业，便送他到爱丁堡大学学医。达尔文对医学一点兴趣也没有。大学期间，他总是到学校附近的海湾去搜集各种动植物，还自己做了许多标本。这时他已经在水蛭和苔藓动物纲的幼虫形态方面有过两次小小发现。他将自己的发现发表在报刊上，还得到了当时一些生物学家的称赞。

上了两年大学后，达尔文的医学成绩很差，父亲十分恼火，便让达尔文退了

101

学。退学后达尔文强烈要求去学生物学，然而父亲认为生物学在当时是一个冷门的专业，毕业后找不到合适的工作。在父亲的武断决定下，达尔文去了剑桥大学学习神学。在剑桥神学院的几年里，达尔

达尔文的苦恼和教训

作为"进化论"奠基人的达尔文，在对待近亲结婚这个问题上，却犯过不容忽视的错误。他与舅父的女儿艾玛结了婚。婚后，他们生育6子4女。这些子女中，3个夭折，3个一直患病，3个则终生不育。达尔文在子女身上花了很大心血，但在所活下来的孩子中却没有一个在科学上有所成就。达尔文揭开了生物界的奥秘，然而他自己却因没有遵循自然规律，受到了无情的惩罚。

文从未好好学习过本专业的课程，只是到了每个学期末为了应付考试才背诵一下课本。大学二年级的时候，达尔文有幸认识了剑桥大学生物学教授亨斯罗。达尔文经常到亨斯罗教授家做客，和他一起探讨生物学问题。达尔文从他那里学到了许多生物知识，并掌握了系统的动植物采集和鉴定方法。

1831年，达尔文大学毕业了。他没有按父亲的想法去当神父。经亨斯罗教授推荐，达尔文到了一艘进行环球航行的帆船上工作。达尔文的职责是在航行期间进行地质以及动植物方面的观察和收集工作。在这期间，达尔文对自然界进行了系统的观察和研究。每到一处达尔文总要进行认真的考察，他总是虚心向当地居民请教，还采集了大量的矿物和动植物标本，挖掘了许多珍贵的生物化石。他将自己全部的精力都放在了对大自然的钻研中，为了进行细致的考察，他经常一个人跑到深山中。

经过多年的研究，达尔文逐步形成了自己的理论体系，1858年他开始着手写《物种起源》，一年后写成。在这本书中，达尔文旗帜鲜明地提出了"进化论"的思想，说明物种是不断地由低级到高级、由简单到复杂进化的。《物种起源》的问世，引起了整个欧洲乃至世界的轰动。它推翻了长期以来控制人们思想的"上帝创世"说，使人们从宗教迷信的束缚中解放出来，具有划时代的意义。达尔文也因此成为世界现代生物学的伟大奠基者。

成才启示

兴趣是最好的老师。
勇于求知的人决不至于宽闲无事。
有了勇于探索的精神，可以征服前进路上的一切困难。

肖邦，波兰伟大的爱国主义音乐家，自幼喜爱波兰民间音乐，7岁时写了《波兰舞曲》，8岁开始登台演出，不满20岁已成为华沙公认的钢琴家和作曲家。1831年以后在巴黎生活。一生创作了大量爱国作品，代表作有《第一叙事曲》、《bA大调波兰舞曲》、《革命练习曲》、《b小调谐谑曲》、《降b小调奏鸣曲》等。

肖邦

名人小档案
- 姓　　名：弗雷德里克·弗朗西斯克·肖邦
- 生卒年：1810年～1849年
- 出生地：波兰华沙市郊

——波兰人民的灵魂和骄傲

祖国，我永远忠于你，为你献身，用我的琴声永远为你歌唱与战斗。

天才不能使人不必工作，不能代替劳动，要发展天才，必须长时间地学习和高度紧张地工作。人越有天才，他面临的任务也就越复杂，越重要。

——肖邦

1810年，肖邦出生于波兰华沙西部市郊的一个名为热拉左瓦沃拉的小村庄。肖邦的父亲是法国人，受过良好的教育，因做生意到了波兰，后来破产便在一个伯爵庄园里做起了家庭教师。肖邦的母亲是波兰人，喜欢弹琴、唱歌。肖邦还有三个姐姐，与姐姐们比起来，肖邦的性格更显得文静一些。肖邦是听着母亲的波兰民歌长大的，他一生下

◆肖邦像

103

来就对音乐特别敏感。当他哭闹的时候，只要听到母亲的歌声，小肖邦便会立刻安静下来。

肖邦几个月大的时候，父亲被华沙一所大学聘为教授，全家人搬到了城里。家里的条件慢慢地好了起来，后来父亲便买了一架钢琴放在家里。母亲一有空便给孩子们弹琴。小肖邦总爱不声不响地看母亲弹琴。在母亲的影响下，小肖邦逐渐对弹琴产生了浓厚的兴趣。肖邦 5 岁时，一天，父母正在聊天，他们突然听到隔壁屋里传来断断续续的钢琴声，琴声虽然不太连贯，但却十分动听，父母惊呆了。他们快步走到琴房发现小肖邦正站在凳子上用小手找琴键呢。他弹得特别用心，父母进来他都不知道。小肖邦一曲弹完了，父亲激动地将他抱下来，说："孩子，你真是个小天才！"

父母决定好好地培养肖邦，于是就给他请了一位钢琴老师。这位老师对肖邦影响很大，他不仅琴弹得好，而且教育学生也十分有经验。他经常给肖邦讲莫扎特、贝多芬等大音乐家苦练成才的故事。在他的启迪下，肖邦小小年纪便有了长大要当音乐家的想法。肖邦练琴非常刻苦，他每天除了吃饭、睡觉就是在钢琴前。有时候姐姐们见肖邦练得这么辛苦，便喊他出去玩，但他太投入了，根本就听不到旁边有人喊他。

凭着不懈的努力，再加上非凡的天赋，肖邦进步非常快。7 岁的时候，肖邦便学会了作曲，这年他创作了《波兰舞曲》。8 岁的时候，肖邦已经开始在公众面前演奏了。人们惊讶于他小小的年纪，竟然能弹奏出如流水般美妙的音乐，称他为"小莫扎特"。然而小肖邦从来不骄傲，他不喜欢别人的赞美声，只愿意一个人默默地弹琴、作曲。

图为描绘肖邦在拉吉威尔公爵家中弹奏钢琴的画作。

每年夏天，父母都带孩子们到热拉左瓦沃拉村度假。肖邦总爱和姐姐们漫步在家乡田间的小径上听这里好听的民歌。这些歌曲使肖邦陶醉了，他深深地爱上了纯真、自然的波兰民间的歌谣。肖邦决定把这些民间歌谣都记录下来。于是，每天太阳刚刚出来，他就到山坡上听牧民们唱歌，然后到田间地头听干活的农民的歌声。他总是随身带着笔和纸，听到的民歌他都记了下来。

19岁的时候，肖邦以

"钢琴诗人"肖邦

肖邦的作品热情而忧郁、富于诗意，故肖邦又有"钢琴诗人"的美称。如肖邦的夜曲，将大自然的描绘与细腻的心理刻画有机地融合在一起，充满着诗情画意；他钢琴前奏曲结构短小、形式精致，好比是文学中的散文，往往采用单一的音乐形象，表现作者内心瞬间的体验和印象。肖邦这样的创作风格与他的创作方式有很大关系。据说，他作曲离不开钢琴键盘，他喜欢在钢琴上即兴创作，一气呵成。

优异的成绩从华沙音乐学院毕业。这时的肖邦已经是一位出色的音乐家了，但当时的波兰处在沙俄的统治之下，这使肖邦十分痛苦。1830年，20岁的肖邦被迫离开祖国到国外去寻找艺术前程。他先是到维也纳，第二年到了巴黎。在巴黎肖邦遇上了许多有才华的作家和艺术家，如缪塞、雨果、巴尔扎克、希勒、海涅、李斯特等，他们十分欣赏肖邦的艺术才华。在他们的帮助下，肖邦在巴黎很快取得了惊人的成绩。

成名之后的肖邦没有忘记自己的祖国波兰，在国外他经常为同胞募捐演出。遇到有困难的同胞他总是解囊相助。一次，他去参加一个重要的音乐会，在路上遇见了一个流亡国外的波兰青年，肖邦毫不犹豫地将用来买音乐会门票的钱给了那个青年，结果兜里没有一分钱的他只好走回家。1837年，沙俄授予肖邦"俄国皇帝陛下首席钢琴家"的职位，并用高薪聘请他回华沙为沙俄贵族演出，肖邦严词拒绝。

肖邦只活到39岁，但在他短暂的一生中，创作了许多抒发自己爱国深情的歌曲，如与波兰民族解放斗争相联系的《第一叙事曲》、《bA大调波兰舞曲》等；充满战斗热情的《革命练习曲》、《b小调谐谑曲》等；哀恸祖国命运的《降b小调奏鸣曲》等；还有不少怀念祖国、思念亲人的夜曲和幻想曲。他以伟大的爱国精神和非凡的音乐才华赢得到了世界人民的尊重。

成才启示

没有加倍的勤奋，就没有才能，也没有天才。

奋斗是万物之父。

合抱之木，生于毫末；九层之台，起于垒土；千里之行，始于足下。

狄更斯，19世纪英国著名小说家。少年时代做过童工，16岁以后做过律师事务所的学徒、抄写员、记录员。20岁时在报社做采访员。1836年出版了《博兹写集》，1837年完成《匹克威克外传》，后创作《雾都孤儿》、《大卫·科波菲尔》、《双城记》等作品。

狄更斯

名人小档案

■ 姓　　名：查尔斯·狄更斯
■ 生 卒 年：1812年～1870年
■ 出 生 地：英国朴次茅斯特市

——在磨砺中成长起来的大文学家

◆狄更斯像

永远不要把你今天可以做的事留到明天做，延宕是偷光阴的贼。

如果自以为凭着一股热情，不论什么大小事情都能办到，那你不如趁早打消这种错误的想法。

——狄更斯

狄更斯出生于英国南部的朴次茅斯特市一个富有的家庭。狄更斯童年过得十分快乐。母亲是一个温和善良的人，很小的时候，母亲就教他读书写字。5岁时，狄更斯就能够独立阅读较为浅显的书籍了。

他经常一个人在房间里翻阅有插图的文学作品。大人们对小狄更斯的强烈的读书兴趣感到很吃惊，便提问他看过的书的内容，小狄更斯总能按自己的理解说出来，而且回答得很准确。这样，狄更斯从小便有"小神童"的称号。6 岁的时候，狄更斯开始上学。小狄更斯学习特别用心，放学后他从来不出去玩，总是用最快的速度将老师留下的作业做完，然后便看自己喜欢的书。他利用课余时间

狄更斯成名作《匹克威克外传》

《匹克威克外传》是狄更斯的长篇小说之一，也是他最有代表性的作品之一。本书的故事梗概是：匹克威克社创始人匹克威克先生带着几个"匹克威克派"出去游历。他们原本是为了增长见识，但由于他们天真幼稚、善良轻信，途中遇到了许多麻烦，陷入种种不愉快的境地。作品以喜剧的手法写严肃的社会现实，真实地反映了 19 世纪上半期英国的社会状况。

读了菲尔丁的《汤姆·琼斯》、塞万提斯的《堂·吉诃德》、笛福的《鲁滨孙漂流记》等大量的文学作品。

　　狄更斯 11 岁的时候，家里的经济条件开始不好了。父亲由于不善理财借了许多债，后来又因久拖不还，而被抓进了监狱。狄更斯不得不离开了学校，和母亲一起挣钱养家。他到了一家鞋油工场当学徒。工场设在一个阴暗潮湿的地下室里，狄更斯每天吃不饱，一天还要工作十几小时，而且干活慢了还要挨打。狄更斯小小年纪就受到了非人的虐待，有一次，老板居然将狄更斯放在橱窗里当众为顾客表演生产操作过程。狄更斯被当成了活广告受人围观，这件事深深地伤害了狄更斯幼小的心灵，他多么希望自己能回到以前快乐的读书生活。在压抑的生活中，读书成了狄更斯唯一的乐趣。他每天从工场里回家后，便躲在屋里看书，有时候他还将自己的读书感受记下来，时间长了便对写作产生了浓厚的兴趣。

　　12 岁时，祖母去世了，父亲继承了一笔财产，家里还清了以前的借债，父亲被释放了。狄更斯又可以进学校读书了，做学徒时的痛苦生活使狄更斯更懂事了，他十分珍惜这来之不易的学习机会，学习很用功，每门功课成绩都很优异。在学校中，他的文学天赋逐渐展现出来，文学课上老师经常拿狄更斯的文章做范文让同学们欣赏。然而好景不长，16 岁时家里的生活又陷入了窘境。本来很有希望入大学读书的狄更斯，只能告别了学生生活开始工作。他开始是在一家律师事务所做小职员，这段时间里他接触了形形色色的人。后来他又在一个报社做新闻记者，每天都出去采访，他接触的人和事多了，见识也增加了，对于社会也逐渐有了深刻的认识。这些都为狄更斯后来的创作积累了大量的材料。

　　工作期间，狄更斯从来没有放弃过读书。每天下班不论多晚他都要看书学习，他坚持着做读书笔记的习惯，一有感想就写下来。渐渐地，狄更斯发现自己离不开写作了。他每天晚上都要写一些东西，将自己一天的见闻、喜怒哀乐诉诸笔端。

◆《雾都孤儿》剧照

　　《雾都孤儿》是狄更斯的第一部社会批判小说。狄更斯笔下描绘的主人公所遇到的艰难和困苦，都是他个人亲身经历的写照。

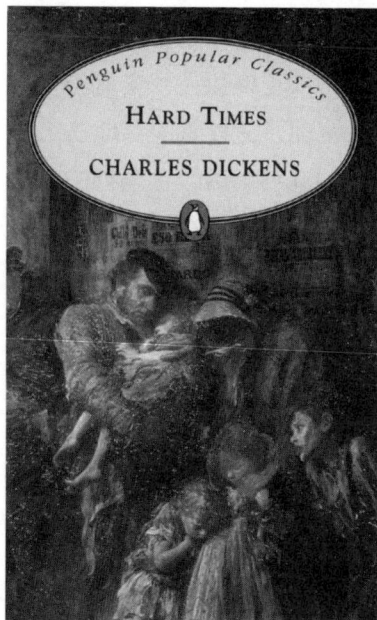

Penguin Popular Classics

HARD TIMES

CHARLES DICKENS

◆狄更斯《艰难时代》封面

后来狄更斯开始以"博兹"的笔名在报刊上发表文章，这些文章因写得深刻很受读者欢迎，这使狄更斯很受鼓舞。1836 年，狄更斯又出版了《博兹写集》。这本书使得狄更斯在文学界崭露头角，许多报社开始向他约稿。

　　狄更斯并没有因此而满足，他知道只有不断地充实自己，提高自己的水平才能使自己不被淘汰。这期间，狄更斯又读了许多文学大师的书。他认真读每一本文学巨著，学习作者的写作方法。通过读别人的作品，狄更斯察觉到自己在写作上的不足。渐渐地，在吸收别人经验的基础上，狄更斯的写作技巧成熟了，并且形成了自己的写作风格。1837 年，他完成了《匹克威克外传》，这本书一出版，便引起了轰动。一时间狄更斯成为英国文学界备受关注的人物。此后狄更斯又创作了《老古玩店》、《雾都孤儿》、《大卫·科波菲尔》、《双城记》等优秀作品。这些作品为狄更斯在世界文学史上赢得了很高的声誉。

成才启示

不断向别人学习，才会逐渐完善自己。

只有全力以赴，梦想才能起飞。

马克思，马克思主义的创始人，第一共产国际的组织者和领导者，全世界无产阶级和劳动人民的伟大导师。1835年，进入波恩大学学习法律。第二年，转入柏林大学。1842年，为《莱茵报》撰稿。1848年，与恩格斯共同起草了《共产党宣言》。1861年，开始写《资本论》。

马克思

——用信念支撑理想

我们的事业并不显赫一时，但将永远存在；而面对我们的骨灰，高尚的人们将洒下滚烫的泪水。

——马克思

1818年5月5日，马克思出生于德国莱茵省特里尔城。马克思的祖父是一名法律学家，他的父亲是一名律师。

马克思从小聪明好学，善于独立思考。10岁那年，有一天，他从父亲的书柜里翻出一本关于昆虫学的书籍。翻了两页，他觉得这本书非常有意思，便津津有味地看了起来。然而看了一会儿，他发现书里有些知识和他知道的不一样。他琢磨了半天还是想不出其中的道理，于是他便拿着书去问父亲："爸爸，金龟子和七星瓢虫不是一种虫子吧，怎么这本书上说它们是一样的呢？"当时，父亲正在忙着手中的

◆马克思像

活儿，看了一眼马克思手中的书，随口答了一句："这本书可是一个生物学家写的，肯定没问题。"马克思想了半天仍然觉得不对。于是，他决定到田野里去观察一下这两种虫子。连着好几天，马克思都跑到郊外去"研究"这两种虫子，还捉了几只带回家。经过细致地观察，他断定书中是弄错了。于是，他拿着虫子去找父亲："爸爸，您看这是七星瓢虫和金龟子，我观察过了它们的生活习性根本就不一样。"父亲看儿子对待知识这么认真，很受感动，便鼓励他给出版社的人写信，将这个错误告诉他们。没想到几天后，出版社回了信，他们夸奖了马克思一丝不苟的学习精神，还给他寄了一份小奖品。

马克思没上过小学，但他凭着自己的刻苦努力，掌握了许多知识。12岁时，他直接进入了特利尔城著名的威廉中学读书。

1835年，马克思以优异的成绩考入了波恩大学法律系，第二年转入柏林大学。大学期间，马克思对哲学、历史、艺术都很感兴趣。他十分喜欢读书，一有时间便去图书馆看书。广泛的阅读使他成为一个知识渊博、有独立见解的人。在柏林大学期间，马克思被黑格尔哲学所吸引，他加入了青年黑格尔派组织的"博士俱乐部"。这段时间，他的哲学思想开始逐步形成。

大学毕业后，马克思开始为柏林的一些报刊撰稿。他写了大量的政论文章，开始了他反对专制统治、争取民主的斗争。1842年，马克思为《莱茵报》撰稿，不久后，担任了该报的主编。在他的影响下，该报越来越倾向于革命民主主义。由于总是发表反对专制统治的文章，1843年4月，《莱茵报》被普鲁士政府查封。这年10月，马克思同新婚

马克思和恩格斯正在审阅新印的报纸。在马克思的领导和帮助下，《莱茵报》发行量增加了两倍，成为普鲁士一家很有影响力的报纸。

妻子燕妮迁居法国巴黎。在巴黎期间，马克思开始关注德国、法国的工人运动，并开始钻研德国的古典经济学和法国的空想社会主义。他还与德国和法国的工人运动领导人建立了密切的联系，积极参与工人运动。1844年8月，他与恩格斯在巴黎

《资本论》

《资本论》从经济学的角度，揭露了资本主义社会的内在本质和矛盾，指出社会主义革命的必然性以及人类实现共产主义的必然性。《资本论》分三卷：第一卷研究了资本的直接生产过程，重点阐述了剩余价值理论，揭示了作为阶级关系的资本的本质；第二卷，研究的是资本在流通过程中的各种形式，进一步揭示资本的本质及其内在的深刻矛盾；第三卷探讨了剩余价值如何在剥削阶级内部分配的问题。马克思逝世后，第二、三卷经恩格斯整理出版。《资本论》是人类的一笔宝贵的思想遗产。

会面，两人志同道合，从此，开始了伟大的合作。1848年，马克思和恩格斯共同起草了《共产党宣言》，并于这年的2月28日发表。《共产党宣言》的发表，标志着科学共产主义的诞生。马克思的革命活动引起了欧洲各国政府的恐慌，他们多次迫害并驱逐他。面对残酷的迫害，马克思从没放弃过自己的政治理想。

马克思一生大部分时间是在英国伦敦度过的。在那里他进行了伟大著作《资本论》的创作。

马克思不论做什么事都非常用心。他在写《资本论》时，每天都到伦敦大不列颠图书馆的阅览室查阅资料。他每天在那里至少工作10小时，而且不管刮风下雨从未间断。图书馆里的工作人员都认识这位起草《共产党宣言》的伟大工人领袖。后来一个图书管理员和别人谈起马克思时说："几年来，马克思天天到这儿来工作，一天足足工作10小时。我在这里已经20年了，在我所见到的读者中，他是最勤劳最准时的。"马克思还从没有忘记过要深入群众中，他特别喜欢到伦敦的一些酒馆去，跟工人、手工业者和德国流亡者往来。他跟他们坐在一起，向他们宣传共产主义思想，同时询问他们的意见，热诚地向他们学习。

马克思的一生都在为无产阶级理论的创建和革命实践奔波，为此付出了一切，他也因此得到了全人类的敬仰。

成才启示

勤劳加毅力可以征服一切。

成功始于勤奋，奇迹源于积累。

好的木材并不在顺境中生长；风越强，树越壮。

111

惠特曼，美国著名诗人。幼时上过五年学，后做过勤杂工、印刷工人、小学教师。1846 年在纽约《鹭鹰报》做主编。1848 年开始漫游美国各地。1855 年出版《草叶集》。1865 年出版《桴鼓集》。代表诗作有《我听见美国在歌唱》、《最近紫丁香在庭院里开放的时候》、《哦，船长，我的船长！》。

惠特曼

名人小档案
■ 姓　　名：瓦尔特·惠特曼
■ 生 卒 年：1819 年～1892 年
■ 出 生 地：美国长岛

——勇敢前行的"美国现代诗歌之父"

尽管在命运的迎头痛击下，我头破血流，但我仍然要勇敢前行。

——惠特曼

◆惠特曼像

1819 年 5 月 31 日，惠特曼出生于美国长岛的一个海滨小村。父亲是个农民，早年经营农场。惠特曼 5 岁那年，父亲破产，全家人迁到了布鲁克林。在那里父亲做起了木工，后来经营起了一个小手工作坊。父母共生了九个孩子，惠特曼排行第二。这样一个大家庭，日子过得很艰难。惠特曼从小就很懂事，他很小就成了父母的帮手。

　　6 岁的时候，惠特曼上了小学。小惠特曼懂得父母供自己读书的艰辛，学习非常用心。他听老师讲课特别认真。每天放学后，小惠特曼从不和小伙伴们出去玩，总是早早地回家帮父母干完活，然后便一个人复习功课。上学期间，小惠特曼的成绩总是特别突出。然而家里穷，小惠特曼只读了几年书便退学了。不过惠特曼并没有因此放弃学习，他总是想方设法找书看。

　　后来，惠特曼到当地一个有名望的律师家做杂工。律师非常喜欢聪明朴实的惠特曼，就把自己的藏书借给他看。惠特曼高兴极了，他每天做完工回家后，便认真读书。他一读起书来就忘了时间，经常很晚才睡。惠特曼真希望自己也能有

惠特曼代表诗作《哦，船长，我的船长！》

哦，船长，我的船长！我们险恶的航程已经告终，
我们的船安渡过惊涛骇浪，我们寻求的奖赏已赢得手中。
港口已经不远，钟声我已听见，万千人众在欢呼呐喊，
目迎着我们的船从容返航，我们的船威严而且勇敢。
可是，心啊！心啊！心啊！
哦，殷红的血滴流泻，
在甲板上，那里躺着我的船长，
他已倒下，已死去，已冷却。

哦，船长，我的船长！起来吧，请听听这钟声，
起来，——旌旗，为你招展——号角，为你长鸣。
为你，岸上挤满了人——为你，无数花束、彩带、花环。
为你，熙攘的群众在呼唤，转动着多少殷切的脸。
这里，船长！亲爱的父亲！
你头颅下边是我的手臂！
这是甲板上的一场梦啊，
你已倒下，已死去，已冷却。

我们的船长不作回答，他的双唇惨白、寂静，
我的父亲不能感觉我的手臂，他已没有脉搏、没有生命，
我们的船已安全抛锚碇泊，航行已完成，已告终，
胜利的船从险恶的旅途归来，我们寻求的已赢得手中。
欢呼，哦，海岸！轰鸣，哦，洪钟！
可是，我却轻移悲伤的步履，
在甲板上，那里躺着我的船长，
他已倒下，已死去，已冷却。

◆林肯遇刺

　　1865 年 4 月 14 日晚上，林肯及夫人玛丽在华盛顿福特剧院观看演出《我们的美国兄弟》时，被一个名叫约翰·布思的悲剧演员刺杀。这位伟大的总统死后，惠特曼写下了《哦，船长，我的船长！》，沉痛表达了美国人民对林肯的哀思和悼念。

许多书，这样他便能随时翻看了。后来他便想了一个办法——抄书。每当遇到自己特别喜欢的书，他便全部抄下来。时间长了，惠特曼便有了自己的"藏书"，他的小房间里摆满了一册册自己手抄的书。

　　13 岁的时候，惠特曼到一个印刷厂当学徒，由于他踏实好学，很快便成了一名正式的排版工人。印刷厂的工作使惠特曼接触了大量的书。这段时间里，他接触了但丁、莎士比亚、拜伦、歌德等人的诗作，对诗歌产生了很大的兴趣，并开始尝试自己写诗。惠特曼对周围的一切都充满好奇。他喜欢观察、善于发现，对于他来说，每一天都有让他感动和惊喜的事情。他兜里总是放着一个本子，一有感想便写成诗。时间长了，周围的同事都知道自己身边有一个小诗人惠特曼。

　　17 岁那年，惠特曼回到家乡长岛，在那里做了一所工农子弟小学的教师。这期间，他和一个朋友共同创办了一份叫作《长岛人》的报纸。报纸从排版、印刷到发行都是由他们自己做的。

　　惠特曼开始在报纸上发表自己的诗作、散文，不过由于报纸的发行量比较小，他的作品并没有引起人们的注意。

　　四年之后，惠特曼离开长岛来到纽约谋求发展。惠特曼先是在一家报社做记者。惠特曼很喜欢这份工作，工作起来十分卖力。为了采访到最新的消息，他每天四处奔波，晚上回到家还要整理采访到的信息。不过在忙碌的生活中，惠特曼并没有放弃自己的写作。每天忙完工作睡觉前的一段时间是他一天中最快乐的时光，因为这时他便可以用文字自由表达心声了。这期间，惠特曼发表了许多小诗，还出版了小说《富兰克林·埃文斯》。惠特曼的诗作很受年轻读者的喜爱，他在美国的文学界逐渐有了一些名气。

　　1846 年，纽约市比较有影响力的报纸《鸳鹰报》聘请惠特曼担任主编。这时的惠特曼对政治充满热情，他加入了"自由土地党"，反对美国的蓄奴制，主张土地改革。他不断在报纸上发表反对奴隶制、反对雇主剥削的论文和短评，这引起了报社中许多保守派人士的极大不满，他们总是想方设法阻止惠特曼发表这方面的文章。惠特曼并没有因此而放弃自己的立场，1848 年，他毅然辞去了《鸳鹰报》主编的职务。

　　之后，惠特曼开始了他的漫游生活。他在新奥尔良考察了黑奴生活状况，又沿密西西比河直上，游览了圣路易斯、芝加哥等工业名城，观赏了尼亚加拉大瀑布的壮丽风光，最后回到了自己成长的地方布鲁克林。这段时间，惠特曼接触了大量的美国下层劳动人民，与这些勇敢善良的人们的接触，使惠特曼的心态逐渐平和起来。

　　漫游生活开阔了惠特曼的眼界、激发了他的创作热情，他将自己的所见、所感都写成了诗歌，1855 年出版了诗歌集《草叶集》，从此成了美国诗歌界备受关注的人物。惠特曼的诗以优美的语言、昂扬的激情，歌颂了美国的劳动人民，赞美了美国的山山水水。他的诗深受美国人民的喜爱，他本人也被誉为"美国现代诗歌之父"。

成才启示

要想取得成功，必须付出代价——奋斗。

不倦地追求，才能使人生趋于完美。

勤于耕种的人，才会体会到收获的幸福。

南丁格尔，现代护理学的开创者，著有《护理笔记》、《医院记录》等。青年时代立志做护理工作。1850年赴德国进修护理。克里米亚战争爆发后，主动向政府申请到前线做救护工作。1860年在圣·托马斯医院开办了世界上第一所护士学校——南丁格尔护士学校。

南丁格尔

名人小档案

- 姓　　名：佛罗伦萨·南丁格尔
- 生 卒 年：1820年~1910年
- 出 生 地：意大利佛罗伦萨

——拥有天使般的心灵

◆南丁格尔像

　　南丁格尔是英国人，她的故乡是英国的汉普郡，父母是旅意英国商人。1820年，南丁格尔出生于意大利的佛罗伦萨城，父母以这座美丽城市的名字为她取名。南丁格尔的父亲是一个博学有教养的人，家里有许多书。南丁格尔从小博览群书，她通晓历史、医学、哲学，擅长音乐和绘画，精通英、法、德、意四国语言。

　　南丁格尔从小心地就很善良。邻居间有许多家里条件不好的孩子，她经常将自己喜欢的玩具和吃的东西送给他们。看到大街上小动物受伤，她总是抱回家细心照料。

　　父亲有一个精通医道的牧师朋友。村民们都爱找他看病，南丁格尔也喜欢向他请教医术。牧师和南丁格尔都喜欢骑马，他们经常一起出游。在路途中，牧师经常救助一些病残的穷人，南丁格尔就在旁边做一些护理工作。看到许多人在自己的照料下病情有所好转，南丁格尔十分高兴。时间长了，南丁格尔便对

116

护理产生了浓烈的兴趣。她觉得护理工作在医疗过程中实在是太重要了。但当时护理工作在人们眼里还是个很卑贱的职业。做护士的都是一些普通的女佣，甚至还有一些是刑满释放的女囚，做护理工作的人一般都没有什么知识。南丁

南丁格尔护士学校

学校在圣·托马斯医院开办，开始创建时只有 15 名学生。学生年龄在 25～35 岁之间，上学时间为一年。学生在校期间的学费和制服、食宿费用全部由学校承担。学校每年还给学生 10 英镑的助学金。学校托给圣·托马斯医院护理主任管理。南丁格尔生前只去过学校两次，但她却一直关注着学校的发展。学校的管理者定期向南丁格尔汇报情况，南丁格尔总是适时地对学校的发展进行指导。

格尔想应当建立一支有素养的护理队伍，并下决心学习专业的护理。

南丁格尔 21 岁的时候，父亲想让她进大学读书。但南丁格尔只想学习护理，父亲看女儿这样坚定，就没有再强迫她去上大学。1850 年，30 岁的南丁格尔通过父亲的关系去了德国学护理。3 年以后，她又去法国巴黎学习了半年护理组织工作。1853 年，南丁格尔回了英国，她在伦敦一家医院担任护理主任。同年 8 月，在英国慈善委员会的资助下，南丁格尔在伦敦办起了一个看护所，看护所中收容了许多穷苦的病人。南丁格尔在这里带出了一支素养很高的护理队伍。

也是在这一年，克里米亚战争爆发了，战争进行到第二年，英国对俄国宣战。一天南丁格尔在报纸上看到一则这样的消息："英国在前线的军队中紧缺医生、包扎员和护士，受伤的战士得不到最起码的医疗护理。"看完后，南丁格尔心中十分难过，经过几天的思考，南丁格尔最后决定去前线为伤病员服务。她把这个想法告诉了母亲，母亲和兄妹们一致反对她这样做。因为在 19 世纪中期的英国，妇女担任公职抛头露面都会遭到人们的嘲笑，并且前线炮火连天也十分危险。但南丁格尔决心已定，她很快向政府做了申请。1854 年 10 月 21 日，南丁格尔经政府批准，带领她培训过的 38 名护理人员离开了伦敦，前往克里米亚前线承担护理工作。在克里米亚前线，南丁格尔和她的护理队为伤员付出了很多心血。她带领护士冒着随时被疾病传染的危险，没日没夜的进行抢救工作。除了为伤员进行医疗护理外，她们还为伤病员倒屎端尿、洗衣服、烹调食物。南丁格尔关心每一个伤病员，在她的努力下，伤员的死亡率达到了最小。南丁格尔还深深地理解病人的心理，为了能让那些精神空虚的伤病员安定情绪，她还自己出钱在前线医院附近建立了阅览室、咖啡馆。她成了病人的知心人，很多伤病员在写给家里的信中都一直称赞南丁格尔这个热情善良的护理专家。

很快南丁格尔的故事传开了，英国人民都想亲眼见一下这位善良的南丁格尔小姐。1856年克里米亚战争结束了，11月，南丁格尔作为最后的撤离人员离开克里米亚，返回英国。英国人民为了欢迎她，特意为她组织了隆重的欢迎仪式。但淡泊名利的南丁格尔却化名为"史密斯小姐"悄悄地回到了英国。

◆晚年的南丁格尔
1908年3月17日，87岁的南丁格尔被授予伦敦城自由奖。

1860年，南丁格尔用公众捐助的南丁格尔基金在伦敦正式创办了"南丁格尔护士学校"，这是世界上第一所正式的护士学校。此后，世界各地的护理学校也纷纷创办起来，护理学也真正作为一门学科受到人们的关注。

南丁格尔一生为护理事业做出了重大的贡献。为了护理事业，她献出了毕生的精力，终身未嫁。后来为了纪念这位伟大的女性，人们将南丁格尔的生日——5月12日，定为"国际护士节"。

成才启示

爱心能点燃生命之灯，热情能推动生命之舟。

坚定的信念是前进的力量源泉，也是成功的利器之一。没有它，天才也会在矛盾中徘徊，最终失去前进的方向。

法布尔，法国著名昆虫学家。1840年进入一所中等师范学校学习，两年后开始教师生涯。1854年获得自然科学学士学位，后创立了动物心理学说和动物本能学说。著有长达200万字的《昆虫记》。

法布尔

名人小档案
- 姓　　名：亨利·法布尔
- 生　卒　年：1823年～1915年
- 出　生　地：法国弗赞镇

——视昆虫如挚友

在科学上最好的助手是自己的头脑和思考。
——法布尔

1823年9月，法布尔出生于法国南部山区的一个古老村落。父母是普通的农民，法布尔从小就跟着他们在田地里跑来跑去。他每天面对的都是广阔的大自然，他喜欢看蜜蜂和蝴蝶在菜地里飞来飞去，喜欢赶着鸭和鹅到池塘看它们游泳。

小法布尔对于小昆虫十分感兴趣。他每天都从田野中带回许多小昆虫，但从来都不伤害它们。他总是将它们放在盒子里，给它们放好菜叶和水，然后就津津有味地看它们在里边活动。一天早晨，小法布尔看到一棵松树上有好多条松树毛虫在列队前行。他们沿树干而下，行动的队伍十分整齐。

◆正在考察植物的法布尔

119

小法布尔很感兴趣，他便仔细盯着毛虫们看。不一会儿，小法布尔发现了这些毛虫中为首的吐一种很细的丝，后边的队伍就是沿着这条"丝路"前进的。如果将它们的丝弄断了会怎样呢？小法布尔想。于是他捉了好几条毛虫回家，将这些虫子放在一

法布尔的《昆虫记》

《昆虫记》是一部严谨的科学著作，作者通过翔实的第一手资料，记录了大自然中各种昆虫的本能、习性、劳动、繁衍和死亡情况，真实地呈现给读者一个纷繁复杂的昆虫世界。但《昆虫记》并不仅仅局限于真实地记录昆虫的生活，它更糅进了作者自己的情感。

整部作品充满着作者对生命的关爱和对自然万物的赞美之情。正是法布尔对于生命的尊重与热爱之情，给这部普通的科学著作注入了灵魂，使它成为人类获得知识、趣味、美感和思想的鸿篇巨制。

个花盆中。结果发现没有了领头的虫子再也排不成队伍了。小法布尔对于这个发现很兴奋，他想看看这些毛虫接下来的行动。于是他摘了一些松树叶放在盆里，然后就守着花盆一动不动地看。中午太阳出来了他也感觉不到热，直到母亲发现了才将他拉回屋里。

法布尔 7 岁的时候，父母将他送进了村中的小学。学校条件特别差，里边既有课堂，又有鸡窝和猪圈。然而小法布尔却十分乐意在这样的环境中学习。他回家便对妈妈说："有趣极了，学校里既有粉红的小猪，又有扑扑棱棱的小鸡，什么时候我也捉了小虫去学校养。"

10 岁的时候，法布尔一家搬到了城里，父母将他送进了一所公费学校读书。这下可把小法布尔闷坏了，因为他不能再像以前那样接近大自然，亲近他的小昆虫了。后来他每天放学后便和小伙伴们一起到市郊的野地里去玩，这样便可以继续看到各种各样的小虫子了。小法布尔对昆虫的喜爱到了一种痴迷的程度。有一次，他在野外看到树上有一个马蜂窝，他特别想知道蜂窝里的秘密，便要走近去看。同学们及时制止了他，但他总不甘心，于是，他把衣服领子紧了紧，将头包好，毅然闯进了蜂群。这一天，法布尔终于窥探到蜂窝的秘密，但手也因此被蜇得肿了老高。但过几天伤好之后，他依然去田野里看他亲爱的小虫子。

通过细心观察，法布尔懂得了许多有关昆虫的知识。后来他在课本中也学了一些动植物知识。为了了解更多的知识，法布尔开始用自己节省下来的钱买一些有关昆虫研究的书籍。他读书不忘结合实际，每当在书中看到一些新知识，他便要亲自到大自然中观察一番。对于昆虫研究他总是乐在其中，经常忘了吃饭和睡觉。

◆晚年的法布尔

法国文学界曾以"昆虫世界的维吉尔"为称号，推荐他为诺贝尔文学奖候选人。遗憾的是还没来得及做最后决议，1915年11月便传来法布尔已经在法国逝世的消息。

17岁时，法布尔考进了一所公费的师范学校。在学校里，他几乎全部的课余时间都花在昆虫身上。他课桌的抽屉里存放了各种各样的昆虫标本，一有时间便拿出来钻研。在这段时间中，法布尔积累了大量有关昆虫的知识。

19岁时，法布尔从师范学校毕业后进了一所中学教博物课。从这之后他便把自己全部的精力都致力于昆虫研究。他在自己的家里建立了实验场地——"荒石园"，在园子里，法布尔精心照料着他的昆虫朋友们。这里的每只昆虫在法布尔眼中都是一个迷人的小宇宙，值得让他花费宝贵的时间去研究。因为总是四处观察昆虫，法布尔的衣服被树枝、荆棘撕了许多洞。有时新换上的衣服，不到一个小时就被刮破，但他却一点也不介意。他经常穿着满是洞的衣服四处转，妻子对此感到很无奈。

经过多年的实验和研究，法布尔在昆虫学方面有了很大发现。他创立了动物心理学说和动物本能学说。法布尔完成了长达200万字的《昆虫记》，向人们展示了多姿多彩的昆虫世界。他将自己的一生都奉献给了昆虫学研究，为世界生物学做出了卓越的贡献。

成才启示

才华是长期不懈努力的结果。
天天走的地方会成一条路，坚持做的事情一定会成功。
只要持续地努力，不懈地奋斗，就没有征服不了的东西。

小施特劳斯，奥地利著名音乐家。青年时在工业学校学习，后做过银行职员。1844 年开始组建自己的乐队，并在维也纳首演一举成名。一生创作颇丰，包括 400 多首圆舞曲、120 多首波尔卡舞曲、几十首其他舞曲和多部轻歌剧。代表作有圆舞曲《蓝色多瑙河》、《维也纳森林的故事》，轻歌剧《蝙蝠》、《吉卜赛男爵》等。

小施特劳斯

名人小档案

■ 姓　　名：约翰·施特劳斯
■ 生 卒 年：1825 年～ 1899 年
■ 出 生 地：奥地利维也纳

——不屈不挠的"圆舞曲之王"

只有音乐让我忘记一切，因为这个时候我很专心地去面对它。

——小施特劳斯

1825 年 10 月 25 日，小施特劳斯出生于音乐之都维也纳。父亲是奥地利著名音乐家老施特劳斯。小施特劳斯是家里的长子，他出生时父亲的音乐作品已风靡全国。父亲觉得自己一直很幸运，便给儿子起了一个和自己一模一样的名字——约翰·施特劳斯。人们为了区别父子两个，于是便在儿子的名字前加了一个"小"字。

小施特劳斯很小的时候就表现出很高的音乐天赋，他 5 岁的时候，便能演奏小提琴曲，7 岁时就创作了第一首圆舞曲。他也希望长大后能像父亲一样站在舞台上神气地表演。但父亲却不想让小施特劳斯学音乐，他觉得做个有成就的音乐家实在太难，这不单纯需要杰出的艺术才能，还得

◆约翰·施特劳斯像

122

有各种机遇。他希望儿子好好读书，以后能有安稳的生活。因此他给小施特劳斯买了好多书籍，让他好好学习文化知识。但在家庭环境的影响下，小施特劳斯却早已对音乐产生了浓厚的兴趣，他总是趁父亲不在的时候偷偷练琴。一天，他练琴的时候，父亲回来了。父亲气得暴跳如雷："不好好学习，偷着练琴，说了多少次你都不听！"暴躁的父亲竟然找来一根皮鞭，他让小施特劳斯保证以后再也不学音乐了。然而倔强的小施特劳斯却一声不吭。母亲回来后才在皮鞭下救出了儿子。

父亲的专制没有扼制小施特劳斯对音乐的热情，反而更坚定了他学习的决心。他暗暗下决心一定要学出个样子来。家里不能练琴，他便到同学家去，有时候甚至到僻静的市郊野外去练。没有老师指导他便到音乐俱乐部去学。母亲见他对音乐那么痴迷，学得这么辛苦，便把自己的私房钱拿出来暗中为他请了老师。父亲发现后，狠狠地训斥了儿子，还对母亲大发雷霆。父亲的不讲道理没有阻止小施特劳斯的进步。他的音乐才华一天天展现出来。他是学校乐队中的核心成员，他的小提琴演奏水平总是让同学和老师们惊叹。

中学毕业后，小施特劳斯按照父亲的意愿进了工业学校学习。毕业后在父亲的安排下，他又到一家银行做了职员。然而这期间小施特劳斯从未放弃过对于音乐的执着追求。他几乎把所有的精力都倾注到了音乐学习和创作中，随着岁月的流逝，他对音乐的感情日益加深，小施特劳斯觉得自己再也离不开音乐了。1844 年，19 岁的小施特劳斯在朋友的资助下，向维也纳市政当局提出申请后，组建了自己的管弦乐队，他当上了乐队

小施特劳斯在一年一度的哈布斯堡官廷舞会上指挥乐队演奏。像往常一样，他用琴弓当指挥棒，一位观众以欣赏的口吻评价说："他就像天使一样指挥着一个纯粹的提琴乐队，观众们随着这神奇的琴弓沉思、旋转、摇摆。"

约翰·施特劳斯圆舞曲代表作《蓝色多瑙河》

《蓝色多瑙河》作于1866年，是小施特劳斯最重要的圆舞曲代表作之一。该曲最初是小施特劳斯为维也纳男声合唱协会写的合唱曲。半年后小施特劳斯将其改编成管弦乐，在巴黎国际博览会上演奏后，轰动巴黎。《蓝色多瑙河》是按典型的维也纳圆舞曲的结构写成，渗透了维也纳人热爱故乡的深情厚谊。乐曲旋律优美欢快，至今常演不衰，是世界经典名曲。

的指挥。经过精心的准备，小施特劳斯要在当年的4月20日晚上举行首次公演。父亲得知这个消息后，对儿子不服从自己的意志感到十分气愤。为了打消小施特劳斯的念头，他立即宣布在同一时间举办盛大音乐会。面对父亲的百般阻挠，小施特劳斯没有退缩，他如期举办了自己的音乐会。

首场演出在维也纳金色音乐厅举行，这一天小施特劳斯身穿崭新的礼服，镇定自若地站在指挥席上。人们看到这支乐队都是一些年轻人，而且指挥还是一个稚气未脱的孩子，都抱有一种怀疑态度，有的人甚至在下面开始窃窃私语。但随着小施特劳斯慢慢抬起双手，美妙的音乐在演播厅里响起的时候，人们渐渐安静下来。乐队在演奏小施特劳斯自己创作的圆舞曲《母亲的心》，人们仿佛看到如水的音乐在小施特劳斯挥舞的手指尖间倾泻而出，听众陶醉在美妙的音乐中，一曲结束了，演播厅里一片沉默，之后又响起了雷鸣般的掌声。接下来，乐队又演奏了他创作的《理性诗篇》，这首曲子曲调清新、节奏明快，将音乐会推向了高潮。台下的观众挥舞着帽子和手帕高声喝彩，在听众的要求下小施特劳斯的作品被一遍遍地演奏……演出结束了，激动的人们久久不能平静，小施特劳斯谢幕达19次。

小施特劳斯的乐队和作品一炮打响，父亲再也没什么可说的了。从此，这位天才的音乐家便一发不可收拾。四年后父亲不幸去世了，小施特劳斯将自己的乐队与父亲的合并起来，到世界各地旅行演出，赢得了巨大的声誉。

小施特劳斯一生创作了400多首圆舞曲，为世界现代音乐做出了巨大贡献，被誉为"圆舞曲之王"。

成才启示

坚强的意志能成就伟大的人物。
胜利属于最坚韧者。
人的意志和劳动能创造出奇迹。

易卜生，挪威著名戏剧家、诗人。15 岁时在药店当学徒，业余学习写作。1849 年，完成第一部戏剧《凯特莱恩》。1864 年旅居意大利，1891 年回国。一生发表了 25 部剧本，被誉为"现代戏剧之父"。

易卜生

名人小档案

■ 姓　　名：亨利克·易卜生

■ 生 卒 年：1828 年～ 1906 年

■ 出 生 地：挪威东海岸的斯基恩城

——学徒出身的戏剧大师

人的灵魂表现在他的事业上。

——易卜生

1828 年 3 月 20 日，易卜生出生于挪威东海岸的斯基恩城一个富裕的家庭。他的父亲是一个大商人，母亲出身于书香世家。家里有很多书，易卜生 4 岁时，母亲就开始教他认字。小易卜生很聪明也很爱学习。他总是一个人翻看母亲给他买的有插图的书，而且还能根据自己的理解把书中的故事讲给别人听。易卜生 6 岁的时候，父亲送他到当地最好的学校读书。在学校里易卜生学习认真，成绩非常好，他的文科成绩尤为突出。易卜生 8 岁的时候，父亲突然破产了，家里欠下很多债。家里原来的大房子给人抵了债，易卜生一家只得搬到了乡下住。小易卜生再也进不起正规的学校接受教育了，只好跟

◆易卜生像

125

着母亲在家读书。母亲很喜欢文学，她指导易卜生读了许多文学作品。这些书给易卜生的童年带来了许多乐趣。

家里的情况再也没有好起来。15岁的时候，易卜生只得离开了家，到离家70多公里的格利姆斯达镇当药店学徒。学徒的生活枯燥而艰苦，易卜生每天要干很多活，老板还动不动就骂人。易卜生多么希望自己能有机会再去上学啊。

一天，一位牧师来店里抓药，牧师见给自己拿药的

易卜生名剧《玩偶之家》

《玩偶之家》，易卜生的著名社会剧，作于1879年。女主人公娜拉出身中等家庭，美丽活泼，天真善良。她真诚地爱着自己的丈夫海尔茂。为替丈夫治病，她曾冒名举债，又熬夜抄写文件，偷偷挣钱还债。但后来升为银行经理的丈夫，却是个自私虚伪的资产阶级市侩。他平时表现得很爱娜拉，可一旦知道娜拉曾冒名向银行借债，危及自己的社会名声时，便一反常态，大骂她是"犯罪女人"，还扬言要剥夺她教育子女的权利，对她进行法律、宗教制裁。后来，当债主被娜拉感化，退回了冒名借据时，他又转变态度，表示要永远爱她和保护她。经过这件事，娜拉终于看清了自己在家中的地位，发现自己不过是丈夫的"玩偶"。她还对保护家庭关系的资产阶级法律和宗教，提出了严重的质疑和激烈批判，并毅然离开了这个"玩偶之家"。娜拉是个具有资产阶级个性解放思想的叛逆女性。她觉醒后的离家出走，被誉为妇女解放的"独立宣言"。

易卜生年龄不大干活却很麻利，就和他攀谈了起来。易卜生就将自己的经历和渴望读书的想法跟这位慈祥的牧师说了。牧师被小易卜生的上进心感动了。"那你有空来教堂找我吧。"牧师说，"我那里除了神学书外，还有一些文学著作，你可以都拿去看。"从此，易卜生在做完一天的繁重工作后，便去教堂里借书看。在这里他读了许多以前在家没有读过的书。他看完了莎士比亚的全部作品，对戏剧产生了浓厚的兴趣，他希望自己有一天也能成为一个大戏剧家。

后来在牧师的鼓励下，易卜生开始写剧本。周围的人都嘲笑易卜生说："还是省省力气吧，写剧本可不是那么容易！""别异想天开了，不看看自己是不是那块料！"然而这些话并没有动摇易卜生的决心，他抓紧一切时间进行写作。由于白天要做工，他总是利用晚上的时间写到很晚。经过不懈努力，他的第一个剧本《凯特莱恩》终于诞生了。但当他拿着剧本到当地的剧院去给剧院的负责人看时，并没有受到重视，因为在人们看来易卜生不过是个没文化的小学徒而已。易卜生没有灰心，他接下来又创作了一部独幕剧《诺尔曼人》。

1850年，易卜生离开了格利姆斯达镇到当时挪威的首都奥斯陆来寻求发展。经人介绍易卜生到克里斯坦尼亚大学的学生报刊做编辑。他一边工作，一边进行剧本创作。为了提高自己的文化水平，易卜生经常在克里斯坦尼亚大学旁听。为了不耽误工作，

爱德华·蒙克所绘的1906年上演的易卜生戏剧《群鬼》的背景。《群鬼》讲的是阿尔文太太的丈夫是一个放荡、自私的花心中年男人。她选择了忍受被欺骗的伤害，继续留在他身边，并尽力伪装给外界一个和睦高尚家庭的假象。然而，十多年来的忍辱负重却换来了丈夫的变本加厉。该剧往往被视为《玩偶之家》的续篇。

易卜生总是带几个干面包去听课，生活过得十分艰苦。后来易卜生结识了当时挪威著名的音乐家奥尔·布尔。奥尔·布尔很欣赏他的才华，便推荐他到卑尔根剧院作编剧和舞台顾问。易卜生终于有了施展才华的机会，他在这段时间创作了《圣约翰之夜》、《奈尔豪格的宴会》、《渥拉夫·克列克朗》等很受欢迎的作品。

但生活又出现了波折。

1862年，34岁的易卜生创作了《恋爱喜剧》，这是一部讽刺剧，揭露了当时挪威上流社会一些人的丑恶嘴脸。易卜生因此受到了当时社会上顽固势力的大肆攻击。当时奥斯陆的大小剧院也不敢再上演易卜生的剧作。作品被封杀使易卜生十分痛苦。1864年，易卜生离开了祖国，来到意大利的罗马，开始了他27年的侨居生活。在罗马，易卜生坚持创作，他坚信自己的作品终有一天会得到社会的承认。易卜生不分昼夜地进行创作，为了写作他常常忘记了吃饭。有时为了完成一个剧情的创作，他经常整夜地不休息。在这段时间里他创作了剧本《布朗德》。后来在国内朋友的帮助下，这本书在挪威出版了。《布朗德》一出版就引起了轰动，以前在挪威被拒绝上演的作品也纷纷登上舞台。易卜生很受鼓舞，后来他又创作了《社会支柱》、《玩偶之家》等脍炙人口的名作。他的作品在世界戏剧史上有着重要的影响，这位把毕生精力都献给戏剧创作的文学大师也受到了世人的尊重。

成才启示

自信是成功的第一秘诀。

每一个成功者都有一个开始。勇于开始，才能找到成功的路。

理想是人们心中一盏明亮的灯，它能指给我们前进的方向。

托尔斯泰，19世纪俄国伟大的作家、思想家。出身于贵族家庭，幼年时受过良好的教育，1845年入喀山大学学习。后退学，在自己领地尝试社会改革。19世纪50年代，开始走上文学创作，主要作品有《战争与和平》、《安娜·卡列尼娜》、《复活》等。

托尔斯泰

名人小档案
- 姓　　名：列夫·托尔斯泰
- 生 卒 年：1828年～1910年
- 出 生 地：俄罗斯图拉省

——富有同情心的文豪

人类被赋予了一种工作，那就是精神的成长。

理想是指路明灯。没有了理想，就没有了坚定方向；没有方向，就没有生活。

——托尔斯泰

　　1828年9月9日，托尔斯泰生于莫斯科一个世袭贵族家庭。他的曾祖父是彼得大帝的亲信，祖父、父亲生前也都身份显赫。托尔斯泰的母亲出身于书香世家，温柔善良，知书达理。托尔斯泰很小的时候，母亲就开始教他读书认字，稍大一点在母亲的指导下，就读了一些文学著作。小托尔斯泰读书特别投入，家里人经常看到他抱着一本书，不是愁眉紧锁，就是哈哈大笑。在书的世界里，托尔斯泰早早地接触了许多事物。

　　托尔斯泰8岁的时候，母亲去世了，这样教育孩子的担子就落在父亲身上。父亲虽然是贵族出身，但却十分有教养。他经常告诉孩子们，不要

◆列夫·托尔斯泰像

◆反映托尔斯泰晚年亲自耕种的油画

对沙皇专制和农奴制不满的托尔斯泰，曾和平民们一起生活，帮助农民耕种。最后因厌恶贵族生活，在1851年自愿去高加索服兵役。

因为家庭条件好就看不起下层人民。在父亲的教育下，小托尔斯泰的心灵里从来没有贵贱之分。他喜欢和穷人家的孩子在一起，还经常将自己的吃的东西和玩具分给他们。他还喜欢和家里的仆人一起到乡下玩。有一年冬天，他跟着家里的老车夫到乡村办事。在路上，小托尔斯泰看见有个农夫正凿开河上的坚冰，把手伸进冰冷的河水中捞鱼。小托尔斯泰感到很纳闷，于是向老车夫问道："爷爷，这里的河水是不是不冷啊？"

"当然冷啦，冷得很。"

"那么他们是不是不怕冷啊？"

"傻孩子，他们如果不捞鱼就挣不到吃饭的钱。"

一会儿，他们来到了村里。小托尔斯泰看见这里和自己差不多大的孩子，都穿得很破旧，于是便问老车夫："爷爷，这里的爸爸妈妈是不是都不喜欢孩子啊？他们为什么不让自己的孩子穿新衣服呢？"

"孩子，这里的爸爸妈妈没有钱，所以他们的孩子不能像你一样穿漂亮衣服。

这里的人都是穷人啊。"

"他们为什么是穷人呢？谁要他们做穷人的。"

老车夫没办法回答小托尔斯泰的话，于是自言自语道："也许是上帝安排的吧。"

"爷爷，你告诉我上帝在哪儿住着，我要去找上帝，告诉他把这里的人都变成富人。"小托尔斯泰喊道。

这天回家后，小托尔斯泰将一天看到的事告诉了父亲，并请求父亲告诉自己上帝的住处。父亲看到小托尔斯泰这么认真，便告诉他等长大后自然会明白这其中的道理。

10岁的时候，托尔斯泰的父亲因车祸去世了。托尔斯泰兄妹四人被托付给萨坚姑妈监护照管。萨坚姑妈心地善良，小托尔斯泰经常看见姑妈周济穷人，这对小托尔斯泰产生了很大影响。萨坚姑妈还很喜欢文学，她经常给孩子们讲一些著名的文学家的故事，并指导小托尔斯泰兄妹几个看了大量的世界文学名著。但三年以后，萨坚姑妈也不幸去世了，小托尔斯泰兄妹的监护权又转给了伊里尼奇娜姑妈。伊里尼奇娜姑妈与萨坚姑妈不同，她生活得很奢侈，总在家里举行豪华的舞会。托尔斯泰很反感伊里尼奇娜姑妈的生活方式，他不愿在这样的家里生活，总是一个人到安静的地方去读书。读书成了托尔斯泰最大的快乐，这段时期他读了很多书，对他后来的文学创作有很大影响。有时候读书读累了，托尔斯泰便到附近的乡村去散步，他看到穿着破旧的农民们总是在拼命地干活。这些农民的生活比起伊里尼奇娜姑妈的花天酒地真是有着天壤之别。这种对比下的反差对于托尔斯泰的触动很大，他下决心长大后一定要改变这种不合理的状况。

17岁时，托尔斯泰考入了喀山大学。大学期间，他一边读书，一边研究俄国当时的社会状况。这段时间，他提出了解放农奴，将土地分给农奴的社会变革主张。1848年，20岁的托尔斯泰决定退学在自己的家乡进行土地改良的实践活动。他回到自己的庄园，把庄园由劳役制改为代役制，还放走了庄园中的农奴。但由于托尔斯泰缺少必要的社会经验，不久这

托尔斯泰的《战争与和平》

创作于1863～1869年，是一部长篇历史小说。小说展现了1805～1820年之间俄国发生的一系列重大历史事件，尤其详细地介绍了1812年库图佐夫领导的反对拿破仑的卫国战争。作品中主要探讨了19世纪下半期俄国的前途和命运问题，特别关注当时俄国封建贵族的社会地位和出路问题，同时歌颂了俄国人民的爱国热忱和英勇斗争精神。小说塑造了形形色色的人物，结构宏大，是一部具有编年史特色的文学巨著。

次改良活动便失败了。这次失败没有使托尔斯泰气馁，为了改变下层人民的生活状况，他后来又自己出资兴办了农民子弟学校，不过后来也因没有实际经验而以失败告终。

在对社会的不断探索中，托尔斯泰对社会的理解也逐步加深了。后来，托尔斯泰决定走文学创作的道路，将自己的社会理想和对社会的认识通过文学作品表达出来。1869 年托尔斯泰完成了《战争与和平》的创作，这部小说一发表，立即引起了轰动，托尔斯泰很快成为当时俄国文学界关注的焦点。托尔斯泰很受鼓舞，后来他又创作了《安娜·卡列尼娜》、《复活》等作品，这些小说都洋溢着善与美的光辉，是世界文学史上不朽的巨著。

◆电影《战争与和平》的宣传海报

成才启示

哪里有理想，哪里就有威力。
善于操纵命运的人，才能最终取得成功。
有了伟大的理想，才能成就伟大的天才。

麦克斯韦，19 世纪杰出的物理学家、经典电动力学的创始人、统计物理学的奠基人之一。1847 年考入爱丁堡大学学习物理和数学，1850 年转入了剑桥大学，1854 年毕业后留在了剑桥大学三一学院做了研究员，后转向电磁学研究。1873 年，出版电磁学集大成著作《电磁通论》。

麦克斯韦

名人小档案

- 姓　　名：克拉克·麦克斯韦
- 生 卒 年：1831 年～1879 年
- 出 生 地：英国爱丁堡市

——科学道路上一路前行

> 许多发现发明都是"无心插柳柳成荫"，前提是必须投入，必须干。
>
> ——麦克斯韦

1831 年，麦克斯韦出生于英国的爱丁堡。父亲是爱丁堡城中一位有名的律师，他喜欢读书、爱好广泛，经常自己绘制图纸，制作机械部件，对自然科学颇有研究。在父亲的影响下，麦克斯韦从小就对自然科学产生了浓厚的兴趣。父亲绘图、制作的时候，他总爱在旁边看。他小小的年纪似乎也能看出一些门道，经常一边看一边一本正经地问父亲问题。父亲经常去听爱丁堡皇家学会的科学讲座，小麦克斯韦总缠着要去，父亲便把他带上。科学讲座上讲的是几何、化学、天文等深奥的自然科学知识，使父亲吃惊的是，小麦克斯韦居然每次都听得津津有味。

5 岁的时候，麦克斯韦上小学了。由于长期受父亲的熏陶，麦克斯韦对数学特别感兴趣。一次，父亲在桌上摆了一瓶玫瑰花，布

◆麦克斯韦像

置好背景，教麦克斯韦学写生。父亲给他讲了一些静物写生要领后便留下麦克斯韦一个人画。一会儿小麦克斯韦画完了便拿给父亲看。父亲发现儿子画中的玫瑰花全是由几何图形拼成的：花朵是一组大小不等的椭圆；叶子是形状不一的三角形；花瓶是个梯形。父亲没有责怪他，而且从这幅与众不同的玫瑰花中隐约看出了麦克斯韦的数学天赋。从此以后，父亲便有意识地让儿子多接触一些数学知识，他经常买回许多数学书籍指导儿子阅读，还和麦克斯韦一起比赛做数学题。小麦克斯韦看书、做题特别投入，经常为了算出一道题而忘了吃饭。有了自己的刻苦努力，再加上父亲的精心辅导，麦克斯韦数学成绩总是特别突出。他在上小学的时候，已经能独立解答高中的几何、代数题了。

10岁的时候，麦克斯韦以优异的成绩考入当时苏格兰最好的中学——爱丁堡中学。爱丁堡中学的理科教学水平十分突出，麦克斯韦在这里遇到了许多很好的老师，他们非常喜欢这个年龄不大却聪明好学的学生，对他总是格外用心培养。在老师们的鼓励下，麦克斯韦学习更加刻苦，他希望通过自己的努力长大后在科学研究上有一番作为。

16岁那一年，麦克斯韦考入了爱丁堡大学学习物理和数学。这时候，他的才华充分展露了出来。入校后不久，他就在《爱丁堡皇家学会学报》上发表了题为《滚动曲线的理论》的论文，这篇文章在爱丁堡学术领域引起了很大反响，人们都想不到这篇颇有建树的论文出自一个16岁的少年之手。麦克斯韦善于思考，在课堂上他经常对老师讲授的内容提出质疑。一次，他指出一个老师讲的公式有错误，老师以为这个稚气未脱的大学生在

◆剑桥大学

1854年，麦克斯韦以第一名的成绩从这所大学毕业，并获得了数学博士学位。但他此后并未离开剑桥大学，而是留校从事物理学研究。

故意哗众取宠，不相信他真能看出什么错误。于是带着嘲笑的口吻说："好，那咱们下课后再算一下，要是你对了，我就将这个公式称为麦克斯韦公式。"但后来一算，果然发现是自己算错了。老师诚恳地向麦克斯韦认了错，从此不得不对他刮目相看。

1850 年，麦克斯韦转

麦克斯韦的实验室

麦克斯韦还有一个重要贡献，就是筹建了剑桥大学的第一个物理实验室——著名的卡文迪什实验室。该实验室对整个实验物理学的发展产生过极其重要的影响，世界上许多著名科学家都曾在这里工作过。卡文迪什实验室甚至被人们称为"诺贝尔物理学奖获得者的摇篮"。麦克斯韦的本行是理论物理学，但他却清楚地认识到实验在科学研究中的重大作用。作为实验室的筹建者和第一任主任，麦克斯韦在 1871 年的就职演说中对实验室的教学方针和研究精神作了精彩的论述，这是世界科学史上一个具有重要意义的演说。他批评了当时英国传统的"粉笔"物理学，阐述了加强实验物理学研究的紧迫性，为后世确立了实验科学精神。

入剑桥大学继续学习数学和物理。剑桥汇聚了世界顶级的物理学家和数学家，这让麦克斯韦感到十分高兴。他如饥似渴地学习老师传授的知识。为了提高自己的整体知识水平，他拼命地读书。他每天除了上课就是在图书馆，他什么书都读，一遇到自己喜欢的书就一字不落地抄下来，同学们都喊他"书痴"。一次，数学家霍普金斯来图书馆借一本深奥的数学专业书，正好麦克斯韦将书借走了。他很想知道这么深奥的书是谁在看，于是经旁人指点，来到了麦克斯韦桌旁，发现这个年轻人正在伏案摘抄。麦克斯韦的刻苦精神让霍普金斯感动了，便和他聊起了数学，结果发现这个年纪不大的学生在数学方面有着独到的见解，于是便收他做了研究生。后来麦克斯韦在剑桥又遇到了斯托克、汤姆生等名师。在他们的指导下，麦克斯韦在学业上有了很大进展。

1854 年，麦克斯韦毕业了，他留在剑桥大学三一学院做研究员。后来他对电磁学产生了浓厚的兴趣，就转向了这方面的研究。经过不断的努力，他创立了经典电动力学，建立了完整的电磁理论体系，为世界近代电磁学做出了重大贡献。

成才启示

常用的钥匙最光亮。
学习能达到你所希望的境界。
学无止境，不断学习才能不断进步。

诺贝尔，瑞典化学家、工程师和实业家，诺贝尔奖奖金的创立人。生于瑞典，1842年随家迁居俄国圣彼得堡。1850～1855年先后到德国、美国、法国留学，回国后致力于化学研究。1867年研制出硝化甘油炸药。

诺贝尔

名人小档案
- 姓　　名：艾尔弗雷德·诺贝尔
- 生 卒 年：1833 年～ 1896 年
- 出 生 地：瑞典斯德哥尔摩

——毅力与智慧的宠儿

◆诺贝尔像

1833 年，诺贝尔出生于瑞典首都斯德哥尔摩的一个普通家庭。诺贝尔在家排行第三，他还有两个哥哥、一个弟弟。父亲有文化，头脑聪明，喜欢机械设计，他经常自己制造一些东西，但发明的东西却总是不被当时的人接受，因此诺贝尔小时候家里并不宽裕。诺贝尔从小聪明好学。母亲有许多书，诺贝尔在不识字时就爱翻看一些有插画的书。母亲看诺贝尔如此好学，很早就开始教他认字读书，小诺贝尔的理解力和记忆力非常好，在上学以前，就已经认识很多字了。

7 岁的时候，诺贝尔上学了。诺贝尔学习特别认真，老师留的作业他总能提前完成，老师也因此特别喜欢这个聪慧的孩子。诺贝尔还对发明制作特别感兴趣。他喜欢看父亲搞发明，并总是向父亲问许多问题。在父亲的影响下，诺贝尔也开始动手搞一些小制作。他总是一个人憋在小屋里不出门，母亲很奇怪，就去看小诺贝尔到底在做什么。开门后发现小诺贝尔在地上、桌子上摆了好多机械零件，而且他自己还制作出好多小东西。母亲很高兴，从此家里的东西坏了就让这个聪明的孩子来修，诺贝尔也因此有了"小发明家"的绰号。

9岁那年，诺贝尔全家搬到了俄国的圣彼得堡。不久，父亲在这里开设了一家火药厂，家里经

◆诺贝尔的实验室

诺贝尔一生共获得355项专利权，其中129项和炸药有关。他在英、美、法、俄、意、德等十几个国家都开办有工厂，是当时世界上的大富翁之一。后来，他立下遗嘱，将920万美元的遗产作为基金，设立了诺贝尔奖。

济开始有些好转，父亲就请了一个家庭教师给几个孩子讲课。小诺贝尔学习特别用心，很快就掌握了俄语。后来他又自学了德语和意大利语，并自己借了许多化学、物理、机械方面的书来看。

诺贝尔和几个兄弟总喜欢到父亲的工厂去玩，工厂里生产出来的黑色火药深深地吸引了他。但是因为怕孩子出事，父亲总不让孩子在工厂里逗留，并严厉禁止孩子们拿着火药玩。诺贝尔却总是偷偷地从工厂拿出一些火药，回家后自己制成小水雷、小地雷。后来，父亲发现就没收了诺贝尔的火药。诺贝尔并没有气馁，因为经常看工厂怎么生产火药，他已经懂得了火药的制作过程，于是就找来硝石、炭末和硫黄等，自己动手制作起火药来。诺贝尔还买了许多有关化学方面的书，结合书上的理论研究起了火药。在这段时间里，诺贝尔通过自己的思考和实验懂得了许多有关火药的知识。

16岁时，父亲送诺贝尔到德国、美国和丹麦等国家去专门学习化学，诺贝尔在这期间不断研究火药，参观了国外许多化学家的实验室，而且经常到火药工厂去学习。几年的国外学习，增加了诺贝尔的知识和见识，使他在化学领域特别是火药制作方面有了独到的见解。21岁时，诺贝尔回国后不顾危险，开始专门研究炸药，他总是躲在自己的实验室里做实验。为了研究炸药，诺贝尔付出了极大的代价。1864年，诺贝尔最小的弟弟埃米尔死于诺贝尔硝化甘油炸药的爆炸中，诺贝尔十

诺贝尔的金钱观

诺贝尔一生金钱观念都很淡薄。他生前的财富达到了 920 万美元，但他却几乎将自己的全部财产捐给了世界人民。他说："金钱这东西，只要能够解决个人的生活就够用了，若是多了，它会成为遏制人才的祸害。有儿女的人，父母只要留给他们教育费用就行了，如果给予除教育费用以外的多余的财产，那就是错误的，那就是鼓励懒惰，那会使下一代不能发展个人的独立生活能力和聪明才干。"

分痛苦。由于火药的危险太大，当时的瑞典政府下令诺贝尔停止对火药的研究。面对这样的情况，是做下去还是放弃，诺贝尔有些踌躇了。一天，诺贝尔到野外散步，他看见一些工人在开山挖矿，巨大的山摆在面前，工人们一点点地挖地十分卖力，但成效并不是很高，诺贝尔突然想：如果研究一种炸药既安全，又能帮助人们解决生产中的困难，那多好啊？这样的念头一出现，使诺贝尔突然做出了继续研究炸药的决定。诺贝尔顶住了当时来自各方面的压力，他想，只要自己坚持，不放弃，总会研究出安全并有益于人们生活的炸药。于是诺贝尔就将实验搬到了一个小游船上去做。

1867 年秋天的一天，诺贝尔偶然看见工人搬运硝化甘油罐，一些油罐裂缝流出了一些液体，液体滴在了地上。这一情景突然给了诺贝尔很大启示：用硝化甘油混上泥土这不就是最安全的炸药么？ 经过多次实验，诺贝尔终于成功了。诺贝尔的新炸药试爆这一天，附近的人们纷纷赶来躲在拦水坝后观看。诺贝尔将炸药埋入一个山洞中，用引爆剂引爆后，炸药使石子乱飞，而周围的山却安然无恙。诺贝尔的努力终于被人们认可了，后来人们将炸药广泛地应用到工业、矿业等建设中。

诺贝尔一生致力于炸药的研究，共获得了 355 项专利。他的这些重大发明对于人类美好生活的建设有很大的贡献，但同时也被一些好战分子应用在战争中，给人们造成了很大伤亡。诺贝尔为此深感痛心，他后来将自己全部财产都捐给了世界人民，并立下了一份遗嘱：将这些财产分为 5 份，分别奖给世界上在物理、化学、文学、医学和维护和平方面做出杰出贡献的人。尤其是他那为祈求世界和平而设立的诺贝尔奖，在人类和平事业中永远闪烁着耀眼的光辉！

成才启示

人之所以能，是因为相信能。
任何成功的取得都离不开不懈的努力。

门捷列夫，俄国著名化学家、物理学家。1850 年进入圣彼得堡师范学院学习。1857 年任教于圣彼得堡大学化学系。1860 年发现"气体的临界温度"，提出"液体热膨胀的经验式"。1863 年提出"溶液的水合物"学说，奠定近代溶液学说基础。1869 年发现化学元素周期律，并写成《化学原理》一书。

门捷列夫

名人小档案

■ 姓　　名：特米里·门捷列夫
■ 生 卒 年：1834 年～1907 年
■ 出 生 地：俄国西伯利亚托
　　　　　　博尔斯克市

——时间就是生命

没有比时间更容易虚掷，更值得珍惜的事，倘若没有时间，我们在世上将一事无成。
——门捷列夫

1834 年，门捷列夫出生在俄国西伯利亚托博尔斯克市。父亲思想进步、学识渊博，是一所中学的校长。母亲是一个善良而坚强的劳动妇女。家里共有 11 个孩子，门捷列夫最小。众多的孩子对父母来说是一个沉重的负担。但更为不幸的是，门捷列夫几个月的时候，父亲患白内障而双目失明了。父亲不能工作了，本来生活就很拮据的家庭陷入了困境。为了维持全家人的生活，年届中年的母亲将家搬到了离市区很远的一个小村庄。在那里母

◆门捷列夫像

138

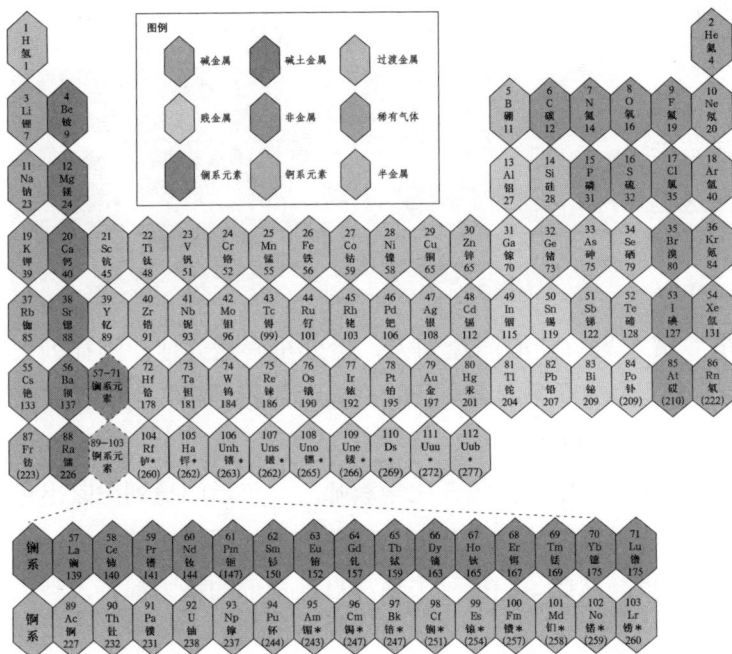

亲接管了她兄弟的一个将要倒闭的小玻璃厂。由于母亲善于经营，玻璃厂生意渐渐好了起来，家里慢慢渡过了难关。

门捷列夫从小就聪明好学，父母很早就开始教他认字了，小门捷列夫总是能很快就掌握了父母教给的东西。7岁的时候，门捷列夫看到哥哥姐姐每天都上学特

◆元素周期表

这个周期表使当时的人们注意到元素的化学性质之间具有复杂的内在联系。如今，它已成为大部分化学理论的骨架。

别羡慕，便吵着也要上学。但当地农村规定儿童9岁才能入学。父母有心培养门捷列夫，便三番五次找学校协商。校长终于答应了，但同时强调如果小门捷列夫的成绩不理想的话，就必须重读一年。终于能上学了，小门捷列夫也很高兴。他学习十分努力，听老师讲课特别用心，放学回家后总是一个人安安静静地学习。一个学期下来，小门捷列夫每科成绩都是班里最好的，这让父母感到十分欣慰。

从小学到中学，门捷列夫的成绩都特别好，他的理科成绩尤其突出。老师们十分喜欢这个聪明好学的学生，对他都格外用心培养。小门捷列夫也暗暗下决心一定不辜负父母和老师的期望。但不幸的事又发生了，13岁的时候，父亲和能干的大姐相继去世了。也是在这一年，母亲经营的玻璃厂因遭遇了一场大火而倒闭，一家人的生活再度陷入了极度困难中。面对家里接踵而来的灾难，本来就很懂事的门捷列夫变得更加成熟。他每天放学后都早早地回家帮母亲到地里干活，为了不影响学习，他总是一边吃饭一边看书，而且每天晚上都看书到很晚。

16岁那一年，门捷列夫以优异的成绩从中学毕业。为了让儿子能继续读

书，母亲变卖了家里所有值钱的东西，带儿子来到了圣彼得堡。经过几番周折，门捷列夫进了圣彼得堡师范学院理化系进行学习。在这里他遇到了老师奥斯克列辛斯基——当时俄国著名的化学

终生努力便是天才

门捷列夫发现"元素周期律"后，一次，一位记者采访他："请问先生，听说元素周期律是你在玩牌的时候发现的，是这样吗？"门捷列夫哈哈大笑："哪有这样的美事？为了它我整整花了 10 年的时间。""好多人都说你是天才，你觉得是这样吗？""天才嘛，对我来说，终生努力便是天才。"

家。奥斯克列辛斯基很欣赏才思敏捷的门捷列夫，十分用心培养他。门捷列夫很快迷上了化学。他经常到老师家请教化学知识，在老师的指导下，他阅读了大量化学方面的书籍，积累了丰富的专业知识。

大学毕业后，门捷列夫在一所中学里担任化学教师。一年后门捷列夫以出色的成绩通过了圣彼得堡大学的硕士考试。23 岁时，门捷列夫成了俄国第一校——圣彼得堡大学最年轻的副教授。从此，门捷列夫便将自己全部的精力都投入到化学教学和研究中。

门捷列夫生活的年代，人们已经发现了 63 种化学元素。但对于这些化学元素之间的内在联系人们还没有太多的研究，门捷列夫决心找出元素之间的规律。他每天除了正常的教学工作外，便是扎在他小小的实验室里刻苦钻研。他还自制了一套元素卡片，一有闲暇的时间，便摊开来研究。然而科学的道路是十分艰难的，起初门捷列夫并没有什么成果，许多人都劝他不要再浪费时间了。有的人甚至还当面讥讽他是异想天开。面对别人的嘲笑，门捷列夫没有动摇，他坚信自己一定能成功。

功夫不负有心人，经过十年的研究，门捷列夫终于找出了 63 个化学元素之间的规律，1869 年 3 月他向科学界发表了化学元素周期律的报告，并预测了 3 种未知元素的性质，这个发现引起了全世界的轰动。门捷列夫通过不懈的努力终于获得了成功，他的伟大发现开辟了化学的新时代。

成才启示

勤奋是好运之母。
自信可以让一切困难低头。
勤奋可以使最平常的机遇变成良机。

马克·吐温,美国批判现实主义文学的奠基人,世界著名的短篇小说大师。12岁辍学到报馆当学徒。21岁开始在密西西比河做船员。1862年,在内华达州的《事业报》做专职记者,正式开始文学创作的生涯。代表作有《汤姆·索亚历险记》、《哈克贝利·费恩历险记》、《王子与贫儿》、《镀金时代》、《百万英镑》。

马克·吐温

名人小档案

■ 姓　　名:萨缪尔·兰亨·克莱门斯

■ 生 卒 年:1835年~1910年

■ 出 生 地:美国密苏里州

——自学成才的短篇小说巨匠

◆马克·吐温像

不要放弃你的幻想。当幻想没有了以后,你还可以生存,但是你虽生犹死。

你要选择正道而行,不论人家喜不喜欢你,你都要去做。

——马克·吐温

马克·吐温原名萨缪尔·兰亨·克莱门斯,马克·吐温是他的笔名,1835年出生于美国密苏里州一个名为佛罗里达的偏僻小镇。父亲是当地法院的书记官,读过许多书。母亲是一个乐观开朗的人,很喜欢给孩子们讲故事。马克·吐温很小就从母亲那里听来许多好听的故事。他记忆力特别好,母亲只要讲过的故事他都能从头到尾记下来,小马克·吐温的脑袋里有形形色色的故事。他还喜欢把故事讲给别人听,而且总能在母亲讲的故事的基础上,加上自己的理解讲出来。他讲故事时慢条斯理、表情丰富,总是逗得周围的人捧腹大笑。

马克·吐温4岁半时，看到哥哥每天都上学读书很羡慕。在他的请求下，母亲便让他和哥哥一起上学读书。小马克·吐温特别爱学习，他总是认真听课，放学后

马克·吐温代表作《汤姆·索亚历险记》

长篇小说《汤姆·索亚历险记》完成于1876年，是马克·吐温最具代表性的作品之一。小说主人公汤姆·索亚是个天真活泼的孩子，一天他约伙伴哈克夜间去坟场玩耍，目睹伊江杀人的经过。经过激烈的思想斗争，汤姆·索亚揭发了伊江的罪恶行径。伊江企图杀害汤姆，结果失足坠入深谷而死。汤姆和哈克发现了伊江埋的一箱金子，两人平分，都成了富翁。小说运用幽默手法讽刺了当时美国的社会陋俗，鞭挞了社会上的一些丑恶现象。

便和哥哥一起写作业，很快他便可以读书写字了。年龄稍大一些，学校的课程已经不能满足马克·吐温的求知欲了。于是一有时间他便钻进爸爸的书房找书看。他看书特别入迷，在屋里一钻就是一天，时间长了就有了"小书迷"的绰号。

12岁时不幸的事情发生了，父亲得了一场重病去世了。家里没有了经济来源，马克·吐温只好恋恋不舍地离开了学校去挣钱。他先是到当地一个印刷厂做学徒，学徒的生活对于未成年的马克·吐温来说非常辛苦。他每天要搬着一大堆沉重的报纸挨家挨户去分发，老板还特别吝啬，总是克扣学徒工的伙食。由于长期的劳累和吃不饱，马克·吐温特别瘦弱。马克·吐温小小年纪便尝尽了人世的辛酸。在这样艰难枯燥的生活中，马克·吐温唯一的乐趣便是读书。每天做完工，和他一块的工人们都出去喝酒了，他却总是一个人待在房间里看书，在马克·吐温看来书有着无穷的魅力。

有一次看书的时候，他实在太累了，便不知不觉趴在桌子上睡着了。天亮时该去做工了，和他一起的伙伴便喊他："克莱门斯，快起来！"还在睡梦中的马克·吐温，便迷迷糊糊地答道："你们先睡吧，我还得看会书才睡呢！""哎，真是个书呆子，天都亮了，该干活了，还看什么书。"马克·吐温喜欢读书在工人中是有名的了。许多人看他整天捧着书看这么辛苦，于是对他说："像咱们这样的穷人，是上天安排下来过苦日子的，你又何必这么苦自己呢，能有什么结果呢？还不如和我们一样出去喝酒呢。"一些人甚至讥讽马克·吐温说："还想做有学问的人，简直是在做白日梦。"但马克·吐温从不理会这样的话，因为他读书不是为了名利，而是为了从书中探索无穷无尽的奥秘。

后来，马克·吐温离开印刷厂又去密西西比河上做了一名船员。船员的工作要比报馆学徒轻松一些，他在这里不但有了稍微充裕的读书时间，还广泛地接触

了社会。这段时间里，他漂流在大河上下，结识了许多水手、猎户、移民，认识了密西西比河沿岸各州的许多种植园主和农场主，遇到过许多离奇的事情。这些都为马克·吐温后来的创作提供了丰富的素材。马克·吐温在这段时间还读了大量的书籍，他阅读面十分广，包括文学、天文、地理各方面的书刊。读的书多了，渐渐地马克·吐温萌发了创作的念头。他开始写一些通讯和幽默小品，投在内华达州的《事业报》上，他的文章一发表，便受到了读者的欢迎。

1862年，27岁的马克·吐温被聘为《事业报》的专职记者，从此马克·吐温找到了自己的人生方向。他每天四处采访，收集了大量的

◆英文版《王子与贫儿》1948年版插图

《王子与贫儿》一书自1880年第一版以来深受成人与儿童的喜爱，儿童只注重对故事情节的欣赏，成年人则在离奇的情节之外感触到更深层的含义。

材料写成文字，真正开始了文学创作的道路。马克·吐温写作十分投入，为了完成一篇小说他经常整夜不睡，有时为了写成一部作品他将自己关在屋里很多天。他的一生写了许多优秀作品，如《哈克贝利·费恩历险记》、《汤姆·索亚历险记》、《王子与贫儿》、《镀金时代》等，这些作品受到了世界各国人民的喜爱。

成才启示

一分耕耘，一分收获。

奇迹有时候是会发生的，但是你得为之拼命努力。

人生如播种，投入越多，收获也越多。

柴可夫斯基，19世纪俄国杰出音乐家。5岁正式学钢琴。1852年，进彼得堡法律学校学习。毕业后，在彼得堡司法部任职。1862年，进入彼得堡音乐学院学习。1866年，到莫斯科音乐学院任声学教师。代表作品有：《天鹅湖》、《睡美人》、《如歌的行板》、《西班牙舞曲》、《悲怆》等。

柴可夫斯基

——命运掌握在自己的手中

不是血肉的联系，而是情和精神的相通，使一个人有权利去援助另一个人。

——柴可夫斯基

　　柴可夫斯基生于俄罗斯卡玛河畔的伏特金斯克市。父亲是当地有名的矿山工程师，在当地官办金矿当厂长。母亲受过良好的教育，酷爱音乐。小柴可夫斯基是听着母亲的歌声长大的。每天晚饭后，母亲还会为家人用钢琴弹奏上一首美妙的曲子。每当这时候，小柴可夫斯基总是站在一旁静静地听。柴可夫斯基从母亲那里秉承了很高的音乐天赋。4岁的时候，他便能弹出流畅的曲子了。

　　5岁那年，母亲给小柴可夫斯基请了一位钢琴教师。有了老师的指导，小柴可夫斯基练琴更刻苦了。他常常在钢琴前一坐就是半天，总是到了吃饭时间，哥哥将

◆柴可夫斯基像

144

历经坎坷的《天鹅湖》

《天鹅湖》舞剧音乐是 1876 年柴可夫斯基应莫斯科大剧院艺术指导弗·别吉切夫之约写的。然而，最初担任舞剧编导的奥地利导演，对柴可夫斯基音乐风格以及俄罗斯文化理解存在巨大偏差，这使得舞剧《天鹅湖》在 1877 年 2 月 20 日的莫斯科大剧院首演中惨遭失败，柴可夫斯基为此十分伤心，他甚至表示，以后再也不写舞剧音乐了。1888 年 2 月 21 日，《天鹅湖》在捷克的国家剧院演出获得成功，舞剧音乐才逐步为人们所知。柴可夫斯基去世后，为了纪念这位伟大的音乐家，1894 年编舞家伊凡诺夫根据《天鹅湖》舞剧音乐重新编排了舞剧，此后这部天才的舞剧音乐，才真正为人们所认识。

他从琴房里拉出来。柴可夫斯基在音乐的海洋中如鱼得水，不到三年工夫，他就和那位年轻的老师弹得一样好了。

柴可夫斯基 8 岁那一年，全家搬到了彼得堡。这样一来，家庭教师只好重新找。后来，热情洋溢的拉娜妮娅成了柴可夫斯基的音乐教师。拉娜妮娅不仅琴弹得好，还非常善于引导学生。上了一段时间课后，拉娜妮娅发现小柴可夫斯基虽然练琴比较刻苦，但他情绪却不太稳定：有了进步后，他会显得骄傲；有时候练琴不顺，他会急躁、沮丧。这对于一个学音乐的人来说，是个非常大的缺点。为了使柴可夫斯基有一个好的心态，拉娜妮娅老师便利用练琴休息时间，给柴可夫斯基介绍世界上著名音乐家的奋斗故事。失聪的贝多芬、生活贫困的舒伯特、流落异乡的肖邦……这些人对小柴可夫斯基启发非常大。渐渐地，小柴可夫斯基心态平和了，他练起琴来更加用心了。这期间，柴可夫斯基的弹奏水平有了很大的提高。母亲有许多懂音乐的朋友，他们经常来做客。他们听了柴可夫斯基的弹奏，都为他小小年纪竟然有如此高的弹奏水平而惊叹不已。

然而，父亲却并不打算让柴可夫斯基在音乐上发展。他认为音乐可以增加生活情趣，孩子们学学倒没有坏处，但靠音乐谋生会是很艰难的事。12 岁那年，父亲送柴可夫斯基进了彼得堡法律学校。彼得堡法律学校专门为沙皇司法部门培养官吏，学校制度非常严格，柴可夫斯基在这里感觉非常压抑。枯燥的生活中，柴可夫斯基最大的乐趣，就是下午放学后到学校附近的大歌剧院听音乐。他对音乐到了痴迷的程度，一听到音乐就忘了一切。好几次，他都因为听音乐忘记了时间，晚上被锁在学校外边。

在柴可夫斯基读三年级的时候，学校开了钢琴课。柴可夫斯基高兴极了，上第一堂课时，还不到上课时间，柴可夫斯基便冲进了琴房忘情地弹起来。

"真好听，真是个音乐天才。""嗯，比我在歌剧院听的曲子都好听。"……同学们小声地赞叹着。钢琴老师克斯丁格尔听到美妙的音乐也来到琴房。看到学生中有这样的音乐天才，他非常激动。从那以后，他便格外留意对柴可夫斯基进行培养。这期间柴可夫斯基开始尝试作曲，著名的《献给安娜丝塔莎小姐圆舞曲》就是在这个时间创作的。

1859 年，19 岁的柴可夫斯基从法律学校毕业，他进了彼得堡司法部任一等文书。在好多人眼里，这是个稳定而且体面的工作。然而，柴可夫斯基却

◆《天鹅湖》第三幕剧照

提不起兴趣来。他不爱巴结领导，从不参加同事们的应酬活动。每天下班后便躲在自己的房间里弹琴、写曲子。这期间，他又重新研究了莫扎特、贝多芬、格林卡等大音乐家的作品，整体水平上又有了一个大的提高。

这段时间内，柴可夫斯基非常迷茫，他不喜欢当时的工作，也不知道自己的人生方向在哪里。平淡乏味的生活中，音乐成了他唯一的精神寄托。1862 年，柴可夫斯基创作了自己第一部出版乐曲《夜半：浪漫曲，女高音曲或男高音独唱，钢琴伴奏》，这首曲子受到了音乐界的好评。柴可夫斯基很受鼓舞。经过再三考虑，他决定放弃司法部的工作，在音乐道路上发展。他将这个想法告诉了家人和朋友。他们都不赞成柴可夫斯基放弃安稳的工作。哥哥尼古拉甚至认为，弟弟要走音乐之路是"有损尊严"，并且挖苦他说："想成为第二个格林卡，那是不可能的。"面对这样的情况，柴可夫斯基没有退缩。这年 7 月，他毅然辞去了司法部工作，报考了彼得堡音乐学院，并顺利通过了考试。

从此，柴可夫斯基便将自己的全部身心投入到了音乐学习和创作中，后来终于成为一个伟大的音乐家。

成才启示

清楚地认识自己，才能少走弯路。
拥有好的心态，是事业成功的重要条件。
有主见的人才可成大事。

罗丹，法国著名雕塑家。从小爱好绘画，14 岁随法国著名画家荷拉斯·勒考克学画，后又随著名雕塑家巴耶学雕塑，当过雕塑家加里埃－贝勒斯的助手。代表作有《青铜时代》、《思想者》、《雨果》、《加莱义民》、《巴尔扎克》、《吻》、《夏娃》等。有绘画理论著作《艺术论》传世。

罗丹

——善于发现美

生活中不是缺少美而是缺少发现。
——罗丹

名人小档案
■ 姓　　名：奥古斯迪·罗丹
■ 生 卒 年：1840 年～1917 年
■ 出 生 地：法国巴黎

1840 年 11 月 12 日，罗丹出生于法国巴黎拉丁区的一个普通家庭。父亲是当地警察局一名普通的职员。

罗丹从小喜欢画画，他总是在母亲买的东西的包装纸上画许多图案。父亲、母亲、姐姐、哥哥、房子、桌椅、小动物等，只要他看到的都喜欢画下来。他小小年纪画的东西都像模像样的。罗丹 5 岁的时候，父亲就送他去上学。父亲对这个聪明过人的小儿子寄予厚望，希望他能好好读书将来出人头地。但罗丹对学校里老师们讲的枯燥的课程一点儿也不感兴趣。他只喜欢画画，因此成绩很不好。一次，吃饭的时候，罗丹发现父亲的脚边有一张纸，于是来了兴致，

◆罗丹像

罗丹名作《思想者》

《思想者》创作于 1880～1900 年，是罗丹最重要的雕塑作品之一，现收藏于巴黎罗丹美术馆。作品原名《诗人》，象征着意大利文艺复兴时期的伟大诗人但丁对于地狱中种种罪恶幽灵的思考。《思想者》高 1.98 米，这个巨人弯着腰，身子前倾，右手托着下颌，目光深沉，他拳头触及嘴唇的姿态，表现出一种极度痛苦的心情。作者通过对面部表情和肌肉起伏的艺术处理，生动表现了伟大诗人但丁俯视人类苦难生活时内心的苦闷。为了塑造这个形象，罗丹倾注了很大心血。

便趴在饭桌下画起了父亲的皮鞋。哥哥见罗丹趴在地上不吃饭，就喊他："罗丹，你趴在地上干什么呢？"父亲一低头看见罗丹又在画画，生气地说："你成绩那么不好，原来整天就是在画画啊！"于是将罗丹拉起来狠狠地揍了一顿，并且还让罗丹保证以后好好读书不再画画了。那次之后，罗丹再也不敢在家里画画了，于是他就在课堂上画。有一次，他在上课的时间画起了地图，因为太投入了，老师走过来他也不知道，被老师发现后用戒尺教训了一顿。

从那以后，罗丹更不爱上课了。他经常跑到大街用画笔在墙上画画。逃学的事被父亲知道了，父亲用皮带抽了他一顿，并让他去向老师承认错误，但罗丹就是不肯认错。父亲没有办法，为了让他好好学习，后来将他送到了叔叔在乡下开办的学校去读书。叔叔是一个和蔼的人，读过许多书，他从不强迫罗丹做不喜欢的事。这样罗丹虽然在乡下待了四年，成绩却没有多大的起色。不过罗丹的绘画水平却有了很大提高，他的画经常让老师惊叹。

父亲对这个只知道画画的儿子彻底失望了，他决定让罗丹退学开始工作。"可是，父亲，我想学画画。""学画画能当饭吃吗？我可没钱供你学那玩意儿。"父亲已经对罗丹失去了耐心。

"听说巴黎有一所美术学校是免费的。"姐姐在一旁帮着罗丹说话。

"可是那个学校对学生的专业水平要求很高。"父亲叹气道，"你要是能考上，你就去上，我也不想管你了。"

为了考进这所学校，罗丹更加认真学画了。他还利用闲暇时间到书店看美术专业书，自学了许多专业知识。因为他几乎天天去看书，书店的店员们都认识这个爱看书的孩子。经过努力，14 岁的罗丹终于考上了这所工艺美术学校。这个学校教学水平很高，学校内有好几位教师在当时巴黎很有声望。罗丹很珍惜这来之不易的学习机会，他暗暗下决心一定要好好学习，以后做一个有建树的画家。每次上课罗丹都是早早地到教室，课下他从不浪费时间，总是一个人默默地作画。罗丹总是随身带着笔和绘画本，不管走到哪，只要有了灵感他便画下来。有了刻苦努力的精神，再加上超人的天赋，罗丹的才华很快崭露出来。他的画想象丰富，充满个性。当时巴黎著名画家——荷拉斯·勒考克老师十分喜欢这个勤奋而有灵气的学生。在荷拉斯·勒考克的指导下罗丹有了很大进步。除了在学校学习外，罗丹还常到巴黎著名的罗浮宫去临摹名家的名画。在这段时间他对米开朗琪罗和伦勃朗的画做了深入的研究。

◆罗丹作品——《思想者》

《思想者》是罗丹最重要的作品之一，现收藏于巴黎罗丹美术馆。

该选专业课了，为了减轻家里的负担，罗丹选了只需要木头和泥土这些廉价绘画工具的雕塑。为了挣出自己的生活费，罗丹一边学习一边帮人当杂工，有时还去给雕塑家当助手。这样的生活过得很紧张，但也使罗丹养成了坚韧的性格。从绘画学校毕业后，为了维持生活，罗丹当过木匠、泥水匠、首饰匠，还在雕塑工作室做过一些辅助性的工作。但在艰辛的生活中，罗丹从未放弃过艺术创作。1877年，他完成了雕塑《青铜时代》的创作，作品具有高超的艺术水平，在巴黎引起了极大的反响。后来他又创作了《思想者》、《雨果》、《加莱义民》和《巴尔扎克》等举世闻名的雕塑作品。罗丹成了继米开朗琪罗之后最杰出的雕塑家之一。

成才启示

勤奋是打开成功之门的金钥匙。

让智慧自由活动能成就伟大的天才。

只有启程，才能到达理想的目的地；只有拼搏，才会获得辉煌的成功；只有播种，才能有收获。

爱迪生，美国电学家和发明家，幼年时只受过3个月的学校教育，11岁开始打工，做过报童、小贩、报务员。一生共有2000多项科学发明，除了在留声机、电灯、电话、电报、电影等方面的发明和贡献以外，在矿业、建筑业、化工等领域也有发明创造。

爱迪生

名人小档案

■ 姓　　名：托马斯·爱迪生
■ 生 卒 年：1847年~1931年
■ 出 生 地：美国俄亥俄州

——刻苦钻研，孜孜不倦

黎明前总是黑暗的，我希望你记住这一点。

如果你年轻时没有学会思考，那么就永远学不会思考。

如果你希望成功，当以恒心为良友、以经验为参谋、以谨慎为兄弟、以希望为哨兵。

——爱迪生

1847年，爱迪生出生于美国俄亥俄州一个农民家庭。小时候的爱迪生对什么都很感兴趣，他总有问不完的问题。到郊外放风筝，他会问"风筝为什么会在天上飞呀？"到河边钓鱼，他就会问"鱼儿为什么会游啊？"。因为爱问问题，爱迪生从小就得了个"小问号"的绰号。

爱迪生不只是好问，对什么还都喜欢亲自试一试。5岁的时候，有一天，爱迪生早饭后就不知道去哪了。父亲急得四处寻找，后来终于在邻居家的库房附近找到了他。父

◆爱迪生像

亲看到小爱迪生正神情专注地蹲在一个鸡窝里，就气呼呼地问他："你在这干什么呢？"小爱迪生神秘地指指屁股下面的一堆鸡蛋说："我在孵小鸡呢！"父亲听后哭笑不得，一把拉起他说："你怎么会孵出小鸡呢？""可是妈妈养的母鸡就是这样孵蛋的啊！"爱迪生不解地问，"为什么母鸡能孵鸡蛋，我不能呢？"

8岁时，爱迪生开始上学了。他总是在课堂上提出莫名其妙的问题，许多问题老师都回答不上来，这让老师很难堪。学校对爱迪生很头痛，后来就对爱迪生的母亲说："这个孩子智力有问题，可能属于低能儿，他总是提可笑的问题妨碍课堂秩序，还是别让他上学了。"做过小学教师的母亲只好将爱迪生领回家，在家里亲自教他。

爱迪生学习非常勤奋，在母亲的指导下他阅读了大量的书籍，如帕克的《自然与实验哲学》、吉本的《罗马帝国衰亡史》等。爱迪生尤其喜欢物理和化学，他在家里建立了一个小型的实验室，里边摆满了化学药剂、杠杆、滑轮、小发动机等实验用品。他喜欢做实验来证明书中的道理。广泛的阅读和不断的实践，使爱迪生掌握了丰富的科学文化知识。

11岁以后，为了减轻家里的负担，爱迪生决定自己挣钱来买书和实验用品。他一开始是做报童，每天都去火车上卖报纸。在卖报的空闲时间，爱迪生经常在车上做一些实验。爱迪生做实验十分投入，有一次，他带了一瓶黄磷，火车不停地震动将黄磷打翻了，他却一点也没察觉到。黄磷在车上燃烧起来，吓坏了旅客，列车长气得狠

◆爱迪生发明的留声机

留声机的发明大大丰富了人们的精神生活，它被誉为"改变人们生活的三大发明之一"。

151

狠地打了他一个耳光，并将他的实验用品，全部扔到了窗外。这件事虽然给了爱迪生很大的教训，但他并没有因此停止"科研活动"。

15岁时，有一次爱迪生在车站，看见一个小男孩在车轨上玩耍。火车疾驰而来，小男孩没有听见。爱迪生飞

爱迪生的实验室

爱迪生在美国新泽西曼娄公园建立了一个研究室。在这个研究室里，爱迪生聘用了一大批有才干的助手，他们之间相互协作，形成一个分工合作的整体，研究室有着惊人的工作效率。后来许多工业公司老板，都纷纷效仿爱迪生的做法，在自己的公司内建立了大型的研究室，使公司的整体效益有了很大提高。新泽西曼娄公园的研究室是爱迪生的一项重要的发明，它虽然不像爱迪生的科学发明一样可以获得专利权，但一样有着重要意义。

奔过去，奋不顾身地救了他。后来他才知道这个孩子是站长的儿子。为了感谢爱迪生，站长主动提出教爱迪生电报技术，爱迪生学习很用心，只用了一个月就全部学会了。后来，站长介绍他到当地的电报局当报务员。爱迪生非常珍惜这份工作，干起活来十分卖力。工作期间，他发现电报发送速度非常慢，而且还经常出问题。爱迪生决定发明一种新的发报机。他日夜钻研、反复实验，三个月过去了，新的发报机在他手中诞生了。新发报机发报准确、速度快，得到了人们的认可——这就是著名的二重发报机。后来他又不断改进、完善二重发报机，先后发明了四重、六重发报机。

爱迪生不仅勤奋好学，还乐观自信。他发明灯泡时，因找不到合适的灯丝，实验失败了1200多次。一个商人嘲笑他说："我看还是算了吧，这样下去，全世界的金属会让你试遍的！"爱迪生哈哈大笑："我已经有了很大的成就，至少我证明了1200种金属材料都不适合做灯丝。"

爱迪生一生把全部精力都投入到了科学发明事业中，后来他又相继发明了留声机、电话机、调速器、印刷电机、蓄电池、电影等，为人类做出了巨大的贡献，最终成为闻名世界的"发明大王"。

成才启示

只有知识才能走进智慧的大门。

自己动手去实践，能使知识掌握得更牢固。

失败并不可怕，关键是要学会从失败中总结经验。

巴甫洛夫，俄国生理学家、心理学家、高级神经活动学说的创始人。1870年进入圣彼得堡大学。1875年考入军事医学院。1883年获医学博士学位。1904年因消化腺生理学研究的卓越贡献而获诺贝尔奖。1927年，公布条件反射研究成果，引起世界生物界的轰动。主要著作有：《心脏的传出神经》、《主要消化腺机能讲义》、《消化腺作用》、《动物高级神经活动（行为）客观研究20年经验：条件反射》、《大脑两半球机能讲义》。

巴甫洛夫

名人小档案

- 姓　　名：巴甫洛夫·伊凡·
　　　　　彼得洛维奇
- 生 卒 年：1849年～1936年
- 出 生 地：俄国中部梁赞市

——世界生理学无冕之王

科学要求人们有最大的紧张和高度的热情。

——巴甫洛夫

◆巴甫洛夫像

1849年，巴甫洛夫生于俄国中部的梁赞城郊一个贫穷的农民家庭。父亲是一名教士，母亲靠给别人打杂工挣些零用钱。巴甫洛夫兄弟姐妹共10个，他是家中的老大，一家人生活得十分艰辛。但父亲却是一个十分乐观的人，他经常带领孩子们在田地里除草施肥，一边劳动一边给他们讲故事、教他们唱歌。这样的童年养成了巴甫洛夫勤劳朴实的品质，对他以后的人生起到十分重要的作用。

巴甫洛夫家里有一个破旧的大书

巴甫洛夫的爱国精神

巴甫洛夫将自己的一生都献给祖国的科学事业。"十月革命"后的最初几年，俄国经济处于相当困难的境地。巴甫洛夫的实验研究受到很大影响，他的实验室经常断水断电，实验用的动物也因缺少饲料而不断死去。一些外国人动员他去国外发展，许多国家都花高薪聘请他。巴甫洛夫总是拒绝，他说："我过去是，现在是，将来也是一名俄国公民，我是祖国的儿子，我会永远忠于她。"

架，里面装满了书。这些书都是父亲省吃俭用，挤出钱买来的。父亲虽然是一名教士，却非常喜欢非宗教方面的书刊。他的书内容十分丰富，包括自然、文学、历史、哲学等各方面的书。巴甫洛夫从小就聪明好学，父亲看书的时候，他总是缠着父亲给他讲书上的内容。于是，父亲便开始教他认字，小巴甫洛夫记忆力超群，几乎不费什么劲儿就能学会。渐渐地他认得字多了，便开始自己翻书看。小巴甫洛夫对自然科学的书特别感兴趣，在父亲这个破书架前，他接触了大量的自然科学知识。

7岁的时候，巴甫洛夫上了小学。他的成绩特别突出，他总能以最快的速度掌握老师讲的知识。随着年龄的增长，巴甫洛夫的求知欲越来越强，他开始向老师借书看。巴甫洛夫的数学老师有许多自然科学方面的书籍，他很乐意将自己的书借给勤奋好学的巴甫洛夫。巴甫洛夫读的书多了，慢慢地便有了自己的思想。大自然实在是太神奇了，那么上帝又是怎么回事呢？巴甫洛夫总是在思考这样的问题。

一次，巴甫洛夫随爸爸到一个农民家，替一个危重病人做临终祈祷。回家后，巴甫洛夫想起那个病人痛苦绝望的样子，便担心地问："爸爸，那个人会好起来吗？""那个人的病很难治好，但我的祈祷能挽救他的灵魂。""那灵魂在哪里？"巴甫洛夫一本正经地问。"在上帝手里。""爸爸，那人就是上帝创造的了。"巴甫洛夫若有所思地问父亲。"对，孩子，《圣经》上都是这样说的。""可是，爸爸，那么上帝为什么总爱让人生病，不让大家身体健康一些呢？"父亲被小巴甫洛夫问愣了，笑着说："孩子，那你好好读书，长大后把这些事情弄清楚吧。""嗯，我在老师那里看过许多生理学方面的书，爸爸，我长大了要当个生理学家，让人们变得更健康！"从此以后，巴甫洛夫对生理学知识产生了强烈兴趣，他总是想方设法借这方面的书看。

中学的时候，巴甫洛夫上的是教会中学。教会中学有很多神学课程，巴甫洛夫对这些一点也不感兴趣。每当上神学课的时候，他都会偷偷地跑出去，到学校附近的图书馆去看书。在这里他看了大量生理学书籍，弄懂得了许多生理知识，比如动物的睡眠规律、人的心脏跳动情况等等。他对这些书太痴迷了，为了能随时翻看，他经常将一些书一字不落地抄下来。他学的知识越多，当生理学家的想法越坚定。还未从教会中学毕业，巴甫洛夫就考入了圣彼得堡大学数理系的生物学部。由于家里穷，巴甫洛夫的大学生活过得十分清苦。但他学习十分勤奋，每个学期都能拿到

图为巴甫洛夫和他的同事，还有他的一条狗。巴甫洛夫的一生可以说与狗结下了不解之缘，通过对狗的观察和实验，提出了著名的条件反射生理学说。

学校的最高奖学金，而这些奖学金他全都用来买了书。

从圣彼得堡大学毕业后，巴甫洛夫又以优异的成绩考入俄国军事医学院继续深造。1883 年，巴甫洛夫获得了博士学位，后他又去德国留学两年。这期间他对生理学已经有了很深入的研究，他发表的论文常得到国内外专家的好评。1885 年巴甫洛夫回国后，受聘在俄国著名临床医师波特金教授的实验室工作。从此他便将全部的心血都用在了生理学研究上。他常常用自己有限的收入买一些实验用的动物和设备。有一段时间为了节省开支，他不得不将新婚妻子送到乡下姐姐家居住，自己就借住在实验室。这样倒方便了他搞研究，他一天除了睡觉的时间，全都用在了实验上。实验室领导见他这么辛苦，便特批给他一些补助资金，但他第二天就用这笔钱买了实验器材。正是这种忘我的精神，使巴甫洛夫在科学研究上取得了许多惊人的成就。

巴甫洛夫一生为世界生理学做出了许多重大贡献，他创立了震惊世界的条件反射学说，发明了许多生理学研究的实验方法，为现代生理学奠定了重要基础，被人们称为"世界生理学的无冕之王"。

成才启示

好的品质，对于一个人是否成才，有很大的作用。

目标伟大，人的活动才随之伟大起来。

古今之成大事者，不惟有超世之才，亦有坚韧不拔之志。

155

莫泊桑，法国优秀批判现实主义作家。从小痴迷于文学，中学时随卢昂著名诗人路易·步耶学习写作。19世纪70年代师从著名作家福楼拜。一生创作了300多篇短篇小说、6部长篇小说、3部游记和大量的文艺随笔。短篇小说代表作有《羊脂球》、《一家人》、《项链》、《我的叔叔于勒》等，长篇代表作有《一生》、《俊友》等。

莫泊桑

——痴迷文学始于少年时

才能来自于创造性。独创性是思维、观察、理解和判断的一种独特的方式。

——莫泊桑

◆莫泊桑像

1850年，莫泊桑出生于法国诺曼底省狄埃卜市一个没落贵族的家中。从莫泊桑记事起，父母的关系就很不好，后来两人分居了，小莫泊桑便跟随母亲到了海边的一个乡村生活。莫泊桑的母亲读过很多书，十分爱好文学，她总是给小莫泊桑讲好听的童话故事、神话传说。在母亲的启发下，莫泊桑从小就对文学产生了浓厚的兴趣。莫泊桑稍大一些时，母亲便开始教他认字。莫泊桑记忆力非常好，母亲教过的东西他总是很快就能学会。6岁的时候，莫泊桑便掌握了大量的字，可以通读很长的文章，这让大人们感到很吃惊。莫泊桑总爱到母亲的书房找书看。他非常喜欢看文学著作，挺厚的一本书他都能耐心地读完。开始时，母亲以为他只是翻翻而已，并不一定能读懂。但当他读完一本书，母亲提问他时，他却能说出书的大概内容。

莫泊桑成名作《羊脂球》

《羊脂球》写于1880年，讲的是普法战争时期，法国一群贵族、政客、商人、修女等"高贵者"，和一个叫羊脂球的妓女，同乘一辆马车逃离普军占区过程中发生的一件事。小说通过这些"高贵者"在不同时期对羊脂球表现出来的悬殊态度，讽刺了资产阶级上层人物的自私、虚伪和无耻，同时也歌颂了社会底层人民的爱国精神和牺牲精神。小说对比鲜明，悬念迭生，引人入胜，具有很高的艺术水平。

10岁的时候，莫泊桑进了一所修道院读书。莫泊桑不喜欢修道院里枯燥的课程，便把大部分时间都用在读课外书上。他什么书都看，尤其喜欢文学作品。这段时间，他读了莎士比亚、雨果、狄更斯等大文学家的著作。这些书让他爱不释手，他不管走到哪儿都要在兜里放上一本书，一有时间便拿出来看。不过修道院学校制度很严格，学校不允许学生做规定以外的事，莫泊桑总是因为看课外书被老师批评。有一次，老师在课堂上讲《圣经》，莫泊桑偷偷拿出一本莎士比亚作品来读。他读书太投入了，以致老师走到身边都没有察觉。严厉的老师没收了他的书，还罚他从那以后站着听一个月的课。还有一次，莫泊桑禁不住书的诱惑，在教父做弥撒的时候看了起来。老师发现了，将他叫出来狠狠地揍了一顿。不过，学校严格的制度非但没有扼制莫泊桑读书的兴趣，反而使他产生了很强的叛逆心理，他暗下决心以后一定要做一个出色作家。

后来，莫泊桑进了在法国颇有名气的卢昂中学读书。在这里他遇到了卢昂著名诗人路易·步耶老师。路易·步耶老师在莫泊桑的习作中看出了他的写作天赋，便格外注意对他进行培养。他总是单独给莫泊桑出一些作文题目让他练习写作，还在写作方法上给了他很多指导。有了老师的悉心指导，莫泊桑学习写作十分用心，他一有感想便写下来，灵感来了经常半夜三更爬起来写东西。他的写作水平提高很快，中学期间就在报刊上发表了好多小文章。

莫泊桑中学毕业的时候，正赶上普法战争爆发。战争使莫泊桑的学业没有办法继续下去，他参了军。退伍后，他在卢昂市海军部和教育部当过职员。工作之余，莫泊桑读了大量的世界名著，并坚持练习写作。这时，莫泊桑有幸遇到了当时法国的文学大师福楼拜。福楼拜是莫泊桑母亲的朋友，正好他也住在卢昂市。莫泊桑一有时间便去福楼拜家里，他每次去都带上自己的习作让福楼拜看。福楼拜很欣赏才华出众的莫泊桑，就收他做学生。莫泊桑高兴极了，他下决心要走文学创作的道路，做一个像老师一样的大文学家。

◆法文版《羊脂球》插图

　　《羊脂球》是以一真实事件为素材而创作的，整篇小说构成了一幅战争时期的法国社会画面。

　　福楼拜是一位很好的老师，他告诉莫泊桑要想写出好的文章，必须学会细致入微地观察事物。有一段时间，他要求莫泊桑每天都要写一篇有关马车的文章，他对莫泊桑说："你要把整个马车行进的画面细致描绘出来，并且要像画家一样，刻画出赶车人和坐车人的行为动作，传神地表达出他们的内心世界，使别人看了你的文章不至于把他们和任何其他的赶车人和坐车人混同起来。能达到这种程度，你的写作便能过关了。"

　　于是，每天一下班莫泊桑便按老师的要求，站在路边观察来往的马车，他记下了各种各样的马车行进场面。他观察得特别投入，经常在马路上一站就是几个小时。为了扎实自己的写作功底，莫泊桑还读了许多文学大师的作品，细致揣摩他们的写作技巧。白天没时间，他就利用晚上的时间来读，经常很晚才睡。

　　经过长期不懈的努力，莫泊桑的文学创作有了很大提高，后来他写下了《羊脂球》、《一家人》、《我的叔叔于勒》、《两个朋友》、《项链》等一大批思想性和艺术性完美结合的短篇佳作，这些作品为他赢得了很高的声誉。莫泊桑只活了43岁，但他一生创作颇丰。他共创作了300多篇短篇小说、6部长篇小说、3部游记和大量的文艺随笔。他的短篇小说艺术成就很高，在世界范围内广泛流传，他也因此被人们称为"世界短篇小说巨匠"。

成才启示

　　勤奋是世界上一切成就的催生婆。

　　勤勉而顽强的钻研，永远可以使你百尺竿头更进一步。

　　志向是引导人走向成功的指路灯。

凡·高，19 世纪荷兰著名画家，后期印象主义画派的代表人物。做过美术商店店员、教师、牧师和煤矿记账员。1886 年去巴黎创作。1888 年转移到法国南方居住，期间精神失常。1890 年自杀。代表作有《向日葵》、《咖啡馆》、《星夜》、《加歇医生》、《吃土豆的人》等。

凡·高

名人小档案
- 姓　　名：凡·高
- 生 卒 年：1853 年～1890 年
- 出 生 地：荷兰布拉特省

——历经苦难，痴心不改

只有懂艺术的人，才知道怎样生活，因为他知道，什么是美什么是丑。

——凡·高

1853 年 3 月 30 日，凡·高出生于荷兰北部布拉特省的一个牧师家里。

凡·高从小性格孤僻、倔强，是一个非常叛逆的孩子。12 岁那年，凡·高上了当地的一所教会中学。父亲希望凡·高以后也能像自己一样做个牧师，便给了他一大堆晦涩的神学书让他读，并说要定期检查。凡·高不喜欢这些书，他觉得这些书根本让人学不到任何东西。于是他便在自己的小屋里，一本接一本地读起小说来。他读得入了迷，从早到

◆凡·高自画像

晚也不出门。一天，父亲回家吃饭，因为不见凡·高出门，便问："凡·高呢？""在屋里看书呢！"母亲回答。父亲以为凡·高在按自己的要求研读神学著作，非常高兴，便在全家人面前说要好好奖励一下他。弟弟提奥知道哥哥是在看小说，便偷偷地

159

跑来提醒他不要让父亲发现。然而凡·高看得太投入了，他根本没听清提奥的话，只是随便答应了一下。过了一会儿，父亲进屋来看凡·高。"凡·高，来给我说一些，你这几天都学到了什么。"然而他看到凡·高手里拿的却是一本《巴黎圣母院》。父亲气坏了，因为在他看来读小说就等于不务正业。他狠狠地训了凡·高一顿。然而不管父亲怎么教训，凡·高就是不读那些神学书。为此，父亲对他十分不满意。

16岁的时候，凡·高离开了学校，到一个美术商店做店员。这期间，凡·高接触了大量的绘画作品，为他后来的创作打下了很好的基础。凡·高对艺术有着独特理解，而且不管在什么场合，他总是毫不隐讳地将自己的看法表达出来。他在美术商店做店员时经常和顾客发生"冲突"。一次，一个顾客表示要买一幅客厅挂的画时，凡·高竟然顶撞顾客说："画的确有好与坏的区别，但却没有挂在客厅与餐厅之分。"还有一次，当一个顾客认为一幅很好的画太大时，凡·高毫不客气地说："你是从什么时候开始根据大小来评价一幅画的！"因为总是得罪顾客，商店负责人告诫凡·高不要再这样做，但凡·高总忍不住要发表自己在艺术方面的看法。几个月后，凡·高被老板以"不适合这份工作"为由辞退了。

从艺术商店出来以后，凡·高做过教师、牧师和煤矿记账员，不过这些工作都没有让凡·高保持持久的热忱。这段时间内，凡·高非常迷茫，他不知道自己的人生方向在哪里。还是在博里纳煤矿做记账员的时候，凡·高

◆《向日葵》

这是凡·高最著名的作品之一，值得注意的是，凡·高的绝大部分绘画都用了鲜艳的黄色。

开始画画。起初，他只是为了打发时间。渐渐地，他发现自己喜欢上了画画。只有画画时，他才会将所有的烦恼都忘掉。后来，凡·高开始整天画：画矿山周围的景物，画矿上辛勤劳动的矿工，画矿工的妻子和孩子们……

凡·高和他的代表作《向日葵》

《向日葵》作于1888年，是凡·高最杰出的作品之一。该画以绚丽的色彩表现画家强烈的心理感受。在凡·高看来，黄色代表太阳的颜色，而阳光又象征幸福的生活和绚烂的爱情，他以此来表达自己的愿望。而就向日葵来说，它的花开于短暂的夏季而且花期不长，凡·高的一生亦如向日葵般短暂而绚烂，可以说《向日葵》是凡·高的化身。因此，人们称凡·高为"向日葵画家"。

他着了迷，一画起来就忘记了吃饭和睡觉。有人讽刺他说："得了，凡·高，连饭都快吃不上了还画那些玩意儿有什么用！"凡·高却一点儿也不在乎。

凡·高决心要当一个画家，他把这个想法告诉了与自己最亲密的人——弟弟提奥。提奥为哥哥终于找到了人生方向而感到高兴，并表示愿意资助他。于是凡·高便在海牙市申克维格大街租了一间虽然简陋倒还宽敞的房子，当作自己的画室。这期间，受过严格的学院派绘画训练的画家表哥毛威，劝说凡·高"应该画些石膏素描之类的画"，并给他送去了许多石膏模型。然而凡·高却认为"这种没有生命的东西根本没有画的价值"。他始终按照自己的想法画画。

1884年，凡·高到法国南部小城阿尔进行创作。接下来的6年，凡·高的生活十分贫困。他的画不被当时的人认可，他的大量作品都静静地躺在画室里无人问津。凡·高靠弟弟提奥每月寄来的100法郎维持生活。在这样的情况下，凡·高没有放弃自己的创作，他穿破烂的衣服，每天只吃简单的食物，提奥寄来的钱他大部分都用来买绘画材料。

这段时间，他画出了《向日葵》、《咖啡馆》、《星夜》、《加歇医生》等杰作。虽然由于长期的焦虑、绝望，凡·高最终情绪失去了控制，并于1890年离开了人世，但他的作品一百年之后却得到了人们的认可。1987年，日本安田火灾海上保险公司以2250万英镑的价格买下了《向日葵》，创下了当时油画价格之最。

成才启示

根据自己的优点和兴趣来确定人生方向，才会走向成功。
成功的秘诀，在于永不改变既定目标。
天才的特点，就是不让自己的思想走上别人铺设的轨迹。

福特，汽车的发明者，福特汽车公司创始人，美国著名企业家。从小热衷于发明制造。1896年发明世界第一辆四轮汽车。1903年创建福特公司。

福特

——"秘密武器"打造出汽车大王

大部分人都在别人荒废的时间里崭露头角。

——福特

1863年7月30日，福特出生于美国密歇根州的迪尔本。父亲年轻时做过铁路工人，后来回到家乡兴建自己的农场和冶炼厂。福特从小就对各种机械充满着好奇心。他喜欢摆弄家里的旧钟表、父亲农场中的农具，还喜欢到父亲的冶炼厂去看工作起来发出轰隆隆的声音的机器。

6岁的一天，父亲带他到底特律办事。在底特律火车站，福特第一次看见了火车头。他对这个庞然大物十分感兴趣，还大胆地向列车长提出要坐一坐驾驶座。列车长觉得小福特一本正经请求的样子十分可爱，便破例地把他抱上了火车头，并且为他开动了火车。小福特回到家，一直

◆福特像

162

想着火车的事。第二天，他趁父母出门，从厨房拿出了两个水壶，其中一个灌上了滚热的开水，一个里边放满了烧得火红的煤炭。他又找来一个雪橇，把两个水壶放在上面。"火车头来了，火车头来了！"小福特一边吃力地拖着雪橇，一边喊。这时候父亲回来了，见这样危险，脾气暴躁的父亲狠狠地揍了他一顿。但这似乎并没有吓倒小福特，过后他继续玩一些危险的游戏。

7岁的时候，福特进了附近的一所学校读书。在学校里福特只喜欢数学，他不喜欢听别的课程，还经常不上课，偷偷地跑到附近的工厂看机器。每个学期总有这样的事情发生：福特的数学总是全年级最好的，而他的其他学科几乎都是学校里的倒数第一。

福特不喜欢学习，却醉心于发明制造。他房间的床头有一个上着锁的小柜，里边藏着7种"秘密武器"：锉刀、钻孔刀、锯子、铁锤、铆钉、螺栓、螺丝帽。锉刀是他用从父亲冶炼厂捡来的铁片制成的，钻孔机是拿母亲不用的棒针改造的。福特的所有发明制作都是用这些"秘密武器""打造"的。随着福特年龄的增长，他的胆子也越来越大。一次他在学校里制造小蒸汽机，结果引擎时发生了爆炸。当时铜片、玻璃、铁片四处飞散，同学中有的人头部受了伤，福特的嘴唇和胳膊也被割破，巨大的爆炸声甚至使学校的栅栏都被震倒了。老师严厉批评了他，并通知了他的家长。父亲气坏了，警告他如果再这样下去就让他退学到农场去干活。但这些一点儿也不起作用，倔强的福特第二天又开始了新的发明。

16岁那年福特中学毕业了，他离开家乡独自一人到底特律去闯荡。他决心要学到最好的机械制造技术，以后开办工厂。他先

亨利·福特生产出的第一辆性能稳定的汽油引擎汽车。图为福特坐在汽车上。

福特的企业经营之道

> "了解客户的观点，并且从他的角度和你的角度来观察事情。"
>
> "提高工人工资，让自己的工人买得起自己生产的产品。"
>
> "你可以没有资金，没有工厂，没有产品，甚至也可以没有人，但你不能没有品牌，有品牌就有市场，当然也会有其他。"
>
> "要把为顾客服务的思想置于利润之上，利润不是目的，只不过是为顾客服务的结果而已。"

来到一家车厂当学徒，但却在上班第 6 天就被开除了，原因很简单：他不费吹灰之力修好了那些老工人无法修理的机器，导致了同事们对他的不满。

离开车厂后，他又到了一家黄铜场当学徒，在那里学习造门阀、钟表和汽笛。

福特十分感兴趣，他虚心地向师傅学习，不到 6 个月便掌握了全部的技术，成为一个出色的技术工。学成技术的福特很快辞职了，他又到了一家造船厂工作。造船厂的工资比黄铜厂低了很多，有时一个月下来甚至吃饭钱都不够，他不得不找了几分兼职的零活来做。其实按照福特的技术水平，他完全可以找一份报酬很好的工作，但福特觉得这里能让他学到更多东西，所以他坚持了下来。在造船厂，福特有机会接触到了蒸汽内燃机，他对蒸汽机产生了很大兴趣。一有时间便摆弄机器的构件，这段时间他开始思考如何将庞大的蒸汽引擎改制成小型的，从而适应小型工厂的需要。这期间，福特还阅读了大量的关于内燃机方面的文章，他一有时间便去书店看书，几乎跑遍了底特律所有的书店。

在船厂工作了两年后，福特觉得经验学得差不多了，便回到了家乡，从此开

◆福特的 T 型 1914 款汽车

始了他汽车发明的历程。他低价收购了许多旧机器，放在自己家的储藏室，在这间小小的房间里开始了艰辛的探索。这一段时间他生活得很拮据，为了养家糊口，他找到一份晚上上班的工作。他晚上上班，白天自己搞发明，生活过得很艰辛，通常他一天只能休息两三个小时。这段时间内，他在蒸汽引擎改造上有了很大进展。

1927年5月26日，工厂车库里排着一批等待装配的汽车部件，旁边的工人正在紧张地忙碌着。自从福特公司实行了"8小时工作制"之后，汽车的产量和质量得到很大的提高。

　　1890年，福特来到底特律爱迪生照明公司担任火车发电机部门的工程师，这样他可以整天接触蒸汽机了。他利用自己全部的休息时间开始试制汽车。许多制造方案都失败了，但福特从没有气馁过。在一次次的失败中，福特积累了许多经验。1896年6月4日，福特终于制造出了第一辆四轮汽车。这在当时的美国引起了轰动。底特律市长梅贝利等人马上出资创办汽车公司。福特成了公司的总工程师。1903年，福特成立了自己的公司，并先后推出8种车型。到20世纪20年代，福特公司已成了世界最大的汽车公司。福特通过自己不懈的努力赢来了巨大的成功。

成才启示

勇敢的个性对于成功十分重要。
创造力的10%来自直觉，90%则是汗水。
不断努力！你最终会取得成功。

顾拜旦，法国著名教育家、史学家、现代奥林匹克运动创始人。1883年，毕业于巴黎政治学院。后到英国进行了长达四年的教育考察。回国后，大力倡导体育教育。1888年，担任了"学校教育、体育训练筹备委员会"秘书长。1894年，任国际奥委会秘书长，1896～1925年任国际奥委会主席。

顾拜旦

名人小档案
- 姓　　名：皮埃尔·德·顾拜旦
- 生 卒 年：1863年～1937年
- 出 生 地：法国巴黎

——对奥运事业的热情始终如一

◆顾拜旦像

一个人只要健康，什么事情都可以办到。我一向认为，即使孩子们过着极其平凡的生活，只要身体健康，幸福就在他们的身边。

——顾拜旦

1863年4月6日，顾拜旦出生于法国巴黎一个贵族家庭。顾拜旦从小聪明好学，5岁的时候开始识字。8岁的时候，顾拜旦便能独立阅读了。小顾拜旦非常喜欢一个人安静地读书，他经常躲在书房一待就是半天，家里的藏书很快被他看完了。顾拜旦最喜欢看历史方面的书籍，中学时他对古希腊历史产生了浓厚兴趣，阅读了大量的相关书籍。

在研究古希腊史时，顾拜旦从书上了解到古代奥林匹克的历史。他知道了奥林匹克运动增强了古希腊人的体质；这个古老的体育盛会充满了友好向上的气氛，体现了人类的阳刚之美。顾拜旦对于奥林匹克盛会没能继续举办下来感到十分惋惜。

顾拜旦生活的年代，法国由于刚经历了普法战争的失败，国势一直比较衰微。许多法国人都在思考着如何使国家强盛起来。顾拜旦也深为祖国的现状感到焦急，他迫切希望自己能为祖国的发展贡献一分力量，为此他学习十分刻苦。

20 岁那一年，顾拜旦从巴黎政治学院毕业。父亲安排他到巴黎法庭做律师助理工作。这份工作轻松体面，对于当时许多青年人来说是求之不得的。然而顾拜旦对这个工作却一点也不感兴趣，他希望自己能直接参与社会的改革。这年 9 月，他不顾家人的反对，自己筹集资金到英国进行考察。顾拜旦首先选择了英国的教育领域，因为在他看来教育是强国之本，而英国的教育在当时的欧洲是最成功的。

◆顾拜旦纪念章

顾拜旦为奥运事业的发展做出了杰出的贡献，如今奥运会成了世界上最盛大的综合性体育运动，他的名字也为越来越多的人铭记。

顾拜旦先后对剑桥、牛津、威灵顿、哈罗等名牌大学进行了考察。他发现英国的教育制度有许多先进之处，顾拜旦尤其对英国学校中的体育教育十分赞赏。顾拜旦看到英国的学校对体育非常重视，学校中的体育课、课外体育活动搞得非常好；学生们素质很高：个个身体强壮、精力充沛、举止大方，给人一种朝气蓬勃的感觉。这些对顾拜旦触动很大，他希望法国的学校也能重视起体育，在开展体育运动中，锻炼学生强健的体魄，培养青少年的刻苦精神和集体责任感。

英国之行，大大开阔了顾拜旦的眼界，他下决心要通过教育和体育救国。1887 年，顾拜旦结束了考察，回到法国，到巴黎的教育部门任职。他的教育改革、倡导体育的思想得到了教育部官员的支持。1888 年，他担任了"学校教育、体育训练筹备委员会"秘书长，从此开始了他的教育改革之路。他经常到法国各个大学中演讲，号召青年人投入到体育运动中；他还创办了《体育评论》，大力宣

传自己的体育思想。在顾拜旦的倡导下，法国学校里的体育活动蓬勃开展了起来，法国的教育事业呈现一派新气象。

顾拜旦为奥运会留下的丰富遗产

1. 设计了五环旗。
2. 起草了"运动员誓言"。
3. 赋予奥运火炬崭新的时代意义。
4. 确立了"更快、更高、更强"的奥运目标。
5. 主张奥林匹克运动是一个"自由超越的领域"，规定国际奥委会的独立性和中立性，奥委会不受任何政治势力的左右，不接受任何组织的津贴。
6. 留下了巨著《奥林匹克回忆录》，详细阐述了自己的奥林匹克运动的哲学思想。

正当顾拜旦在法国大力宣传体育的重要作用的时候，欧洲其他各国的"复兴奥林匹克运动"的呼声也越来越高。顾拜旦很早就有复兴奥林匹克运动的想法。后来他和自己的朋友创办了法国田径协会，决定以此为阵地复兴奥林匹克。但是顾拜旦的主张也受到了法国保守势力和教会势力的攻击。他们说顾拜旦复兴奥林匹克，倡导体育运动是将法国引入歧途，骂顾拜旦是"英国走狗"。这时候，顾拜旦的家庭也出现了问题。由于他把精力和钱财都投入到自己的事业中，引起了妻子的不满，她总是和顾拜旦吵架，还把家产控制得紧紧的。

面对各方面的压力，顾拜旦没有退缩，他坚信只要坚持下去，一定能成功。从1892年开始，顾拜旦开始走访欧美各国，宣传奥林匹克理想，鼓动人们的热情。长年奔波在外耗尽了他的心血，30多岁他的须发就全白了。

经过不懈的努力，顾拜旦终于取得了初步的成功。1894年6月16日，由顾拜旦发起的"国际体育教育代表大会"在巴黎隆重开幕。大会上，来自13个国家的79名代表在一起讨论了开展学校体育和复兴奥林匹克运动的问题，并通过《复兴奥运会》的决议，顾拜旦被选为国际奥委会秘书长。

1896年，首届现代奥林匹克大会在希腊雅典成功举办。之后，顾拜旦当选为国际奥委会主席。他担任这一职务达30年之久，为奥林匹克事业献出了毕生的精力，他也被世界人民称为"现代奥林匹克之父"。

成才启示

人生伟业的建立，不在能知，乃在能行。
拥有了伟大的理想，人也会随之变得伟大。
成功者不但具有坚强的意志，同时还具有对事业的奉献精神。

居里夫人，法国籍波兰科学家。幼年家贫，中学毕业后，当过家庭教师。1891年在巴黎大学求学，同时拿下物理学和数学学士学位。1896年起研究放射性化学元素。一生两度获诺贝尔奖。

居里夫人

名人小档案
■ 姓　　名：玛丽．斯可罗夫斯卡
■ 生 卒 年：1867年～1934年
■ 出 生 地：波兰华沙

——勤奋爱国，敢想敢为

弱者坐待时机；强者制造时机。

我的最高的原则是，不论对任何困难，都决不屈服。

唯一奢望是在一个自由国家中，以一个自由学者的身份从事研究工作。

在捷径上得到的东西决不会惊人！成功者在成名的道路上，流不尽的是汗水还有血水；他们的名字不是用笔而是用生命写成的。

——居里夫人

居里夫人的名字叫玛丽，1867年出生于波兰华沙的一个教师家庭。她是家里最小的孩子。玛丽出生不久母亲就得肺病去世了，她从小由姐姐哥哥带大。玛丽从小聪明过人，记忆超群。4岁时，她看到哥哥姐姐们都在读书，也吵着要认字，大姐教她"波兰"的写法，她马上就会了。后来哥哥姐姐还教她读诗，再长的诗只读两遍，她马上就能背诵，为此大人们十

◆正在做实验的居里夫人

169

分吃惊。玛丽的父亲是个物理教师，房间里摆满了做实验用的仪器和标本。小玛丽从小就很爱玩这些东西，并对父亲说："我长大也要学物理。"

玛丽6岁开始上学，她学习十分刻苦，一学起来就废寝忘食，从不为别的事分心。有一次她正专心看书，小伙伴想从书本中把她拉出来，就用椅子在她周围搭成一个小房子，将她围了起来。她们来回走动、搬桌椅，还不时笑出声来，但玛丽都没有察觉。玛丽读完了一章，想站起来活动一下身体，身子一动，椅子就全都倒塌下来，有一张还砸在了玛丽的手臂上，但是出人意料的是玛丽揉了一下手臂后，又换了一个地方继续读了起来。

玛丽上小学的时候，波兰已经被沙俄占领，沙俄政府规定波兰人必须得学俄语。但是学校的老师都很爱国，总是偷偷地教学生波兰语。玛丽波兰语学得十分认真，从小就懂得了亡国的痛苦。一天，俄国督学官来学校检查，测试学生对俄语的掌握程度，如果回答的不满意就要追究教师的责任。因为玛丽的俄语说得比较流利，老师只好让玛丽来回答。督学官问："谁统治你们波兰？"这对于波兰人来说是一个带有很大侮辱性的问题，玛丽咬着牙一字一顿地说："亚——历——山——大——

居里夫人是第一位在巴黎索邦大学执教的女教授。图中描绘了居里夫人1906年11月5日登上讲台讲课的情景。

二——世——陛下。"视察官见情况比较满意，才高兴地走了。但督学官一走，玛丽便痛苦地号啕大哭起来。这种失去国家尊严的生活使小玛丽感到十分痛苦，她暗暗下定决心：长大后一定要为国家争光。

14岁时，玛丽进入中学，每天她从家里出来，都要经过一个广场，广场上立着一块沙皇用来表彰波兰投降派的石碑。玛丽每次经过时都要对着石碑狠狠地吐口水。这年的暑假玛丽读大学的哥哥和读中学的二姐都取得了突出的成绩，这更激发了玛丽学习的热情。在以后的每个学期末，玛丽都能拿到全校第一的好成绩。16岁时，玛丽以优异的

甘于清贫的居里夫人

居里夫人的大半生都很清贫，她的大多数科学发现都是在极其简陋的实验室里完成的。居里夫妇把诺贝尔奖奖金和其他奖金基本上都用在科学实验中，他们还拒绝为自己的任何科学发现申请专利，为的是让世界上每个人都能自由地利用他们的科学成果，比如我们今天依然用放射性元素治疗癌症。

成绩中学毕业，但烦恼也随之而来。当时沙皇统治下的华沙不允许女子进入大学学习，而玛丽家经济困难供不起她出国留学。玛丽只好来到华沙的乡村做家庭教师。

就在这时玛丽经同学介绍进入了波兰爱国青年的秘密组织"流动大学"。"流动大学"定期组织教师用波兰文教授社会科学知识，加入这个组织的学生有义务帮助当地的工人、农民认字，提高本民族的科学文化水平。这个组织在当时很危险，如果被抓到是要坐牢的，但玛丽毅然报名参加了。在这段时间中，玛丽一边做家教，一边教当地的农民读书，晚上回家还要学习到很晚。

1891年，在姐姐的帮助下，玛丽来到巴黎大学求学。玛丽学习很刻苦，每天都从离学校很远的地方乘马车上学，但她到校却总是很早。上课时玛丽总是坐在离老师最近的位置听课。为了减轻姐姐的负担，玛丽决定自己边学习、边利用课余时间挣学费。玛丽找了一份家教的工作，她白天上课，晚上做家教，每天做家教回来后还要坚持学习，在巴黎求学的一段时间，真是在咬紧牙关过日子。但玛丽的成绩却十分优秀，先后获得了巴黎大学的物理学、数学学士学位。

1894年，玛丽大学毕业，在这一年中她结识了物理学家居里，为科学献身的共同理想将他们结合在了一起，他们共同努力，互相支持，以巴黎的家作为实验室夜以继日地工作。居里夫人虽然身在法国却时刻不忘自己的祖国。1898年，玛丽对当时已经知道的80种化学元素进行测试，发现了两种放射性很强的元素，为了表示对祖国的深切怀念，她用祖国波兰命名了新发现的元素"钋（Po）"、"镭（Ra）"。玛丽·居里一生对科学做出了巨大贡献，她是世界上唯一一位两度获得诺贝尔奖的科学家。

成才启示

只要功夫深，铁杵磨成针。

1个有信念者所具有的力量，大于99个只有兴趣者的总和。

伟人们所达到的高度并不是一飞就到的，而是在他们的同伴睡着的时候，一步步艰辛地向上攀爬的。

莱特兄弟，飞机的发明者。自幼对飞行有浓厚的兴趣，成年后致力于飞机研究。1903年，制造出第一架依靠自身动力载人飞行的"飞行者1号"，并试飞成功。

莱特兄弟

名人小档案

■ 姓　名：威尔伯·莱特
　　　　　　奥维尔·莱特
■ 生 卒 年：1867年~1912年（威尔伯）
　　　　　　1871年~1948年（奥维尔）
■ 出 生 地：美国俄亥俄州

——实现了飞的梦想

◆莱特兄弟像：威尔伯（左）和奥维尔（右）

没有追求的人必然是怠惰的。
——莱特兄弟

莱特兄弟出生于美国俄亥俄州一个牧师的家里，哥哥威尔伯生于1867年，弟弟奥维尔生于1871年。父亲是当地一位十分有名的牧师，母亲出身于中等家庭，温柔善良、知书达理。他们从小就比较注意对孩子兴趣的培养。

莱特兄弟从小聪明活泼，喜欢摆弄机械、钟表等。他们总是闲不下来，一有时间就在一块拆拆弄弄。有一次父亲新买了一块手表放在家里，莱特兄弟看见了，便趁父亲出门将手表拿下来。他们特别想弄清手表的构造，便躲在自己的小屋里对手表进行"解剖"。他们一边拆装一边讨论，最后终于弄清了手表能走动起来的道理。后来父亲回来了，见自己新买回的手表被两个小家伙弄得面目全非，有些生气了。莱特兄弟见父亲脸色不太好看，忙说："爸爸，你别急，我们马上就将它恢复原状。"父亲见他们这么一本正经，又好气又好笑。但没一会，两个孩子果然将装好的手表拿给了父亲看，爸爸很惊讶，因为这么细致的小机械表大人们都不好拆装，他们居然能再次让它正常走动，便问："你们弄了半天明白手表是怎么走动的了吗？"

"当然了！"于是两个小家伙便津津有味地给父亲讲起了手表的内部构造和工作原理。父亲听他们说得头头是道特别高兴，从此不但不再限制他们拆弄东西了，而且还经常给他们买一些机械玩具。玩具刚买回来还是好好的，但没多久，便被两个孩子弄得"支离破碎"，但一两天后玩具便又恢复原来的面目了。

莱特兄弟还特别喜欢到野外去玩，他们看到田野里的小鸟能在空中飞，特别羡慕，回家便告诉母亲他们也很想飞到空中。母亲便告诉他们鸟儿能飞是因为有翅膀。为了满足他们的好奇心，母亲便教他们做借助风力飞上天的风筝。他们很快便入了迷，为了自己亲手做成风筝，兄弟两个连饭都顾不得吃。风筝做好了，他们便拿到野外去放，风筝飞得好高，兄弟两个很高兴，但还是遗憾自己不能飞上天。后来，父亲给他们带回一个会飞的螺旋桨，螺旋桨上有一根皮筋，只要将皮筋绞紧，一松手小螺旋桨便可以飞到空中。兄弟两个看着空中飞着的螺旋桨突然高兴地喊道："啊，我

威尔伯·莱特驾驶飞机在法国进行表演，这次表演获得了巨大的成功。

们知道怎么飞上天了！我们长大以后可以制作大的螺旋桨，人坐上去就可以飞了！"从此，飞天的梦想一直激励着莱特兄弟。

淡泊名利的莱特兄弟

> 莱特兄弟试飞成功后，各界人士都纷纷请他们发表公开演讲，他们总是拒绝。为什么不做公开演说呢？对此哥哥威尔伯说了一句耐人寻味的话："我知道鸟类中会说话的只有鹦鹉，但是它却飞不高。"他们从不张扬，只是默默无闻地为航空事业献出毕生的精力。

上学读书以后，他们总留心有关飞翔记载的书籍。一有时间，兄弟两个便在一起交流关于飞行方面的知识。他们还用家里的一些废旧物品制作飞天模型。兄弟俩还商量长大后要去大学专门学习这方面的知识。但莱特兄弟中学毕业后，家里经济条件开始不太好了，他们只得离开学校挣钱养家。后来他们有了一些资金，为了能在一起研究飞行，两人一块开了一个自行车行。从此，他们便将大部分时间和精力用在飞翔问题的研究上。

那个年代，人们为了能飞上天，已经研制了很多架飞机，有的甚至还装上了蒸汽发动机，但人们的这些尝试无一例外都失败了。而且做飞行研究很危险，许多人都在试飞时不幸遇难。1896 年，当时德国著名的飞行家李林达尔在一次试飞中不幸失事丧生。于是好多人都提醒莱特兄弟不要再去冒险试飞。有人甚至讥讽他们说："你们想飞，别做梦了，不如去悬崖上闭着眼跳下来，否则怎么死的都不知道。"莱特也认识到搞飞行是一件很危险的事，但他们也更清楚：如果没有人去尝试、去冒险，人类永远难以实现飞行的梦想。他们深入钻研了当时几乎所有的有关航空的书籍，不断总结前人的经验和教训。

1900 年至 1902 年，他们先后制作了三架滑翔机，并进行了近千次的飞行试验，修正了以前飞行家们的许多错误做法。1903 年，他们终于制造出第一架依靠自身动力载人飞行的"飞行者 1 号"，同年 12 月 17 日，莱特兄弟制造的装有内燃发动机的飞机试飞正式成功。莱特兄弟终于为人类实现了千百年来的飞翔梦想，他们不怕困难、乐观向上和大胆尝试的精神也得到了世人的肯定。

成才启示

只有全力以赴，梦想才能起飞。
知之者不如好之者，好之者不如乐之者。
哪里有理想，哪里就有威力。
理想犹如天上的星星，我们犹如水手，虽不能到达天上，但是我们的航程可凭它指引。

高尔基，原名阿列克赛·马克西莫维奇·彼什科夫。苏联作家，社会主义现实主义文学奠基人。4岁丧父，10岁起开始谋生，当过学徒、搬运工。1884年流落喀山，1892年开始发表作品。主要作品有《母亲》和自传体三部曲《童年》、《在人间》、《我的大学》等。

高尔基

名人小档案

■ 姓　　名：阿列克赛·马克西莫
　　　　　　维奇·彼什科夫
■ 生 卒 年：1868年～1936年
■ 出 生 地：俄罗斯下诺夫哥罗德市

——苦水里泡大的文学天才

不要慨叹生活的痛苦！慨叹是弱者。
　　　　　　　　　——高尔基

1868年，高尔基出生于俄罗斯下诺夫哥罗德市一个普通家庭。在高尔基4岁的时候，父亲就去世了。母亲只好带高尔基回到外祖父家。外祖父家开着一个小的染坊，染坊的生意并不景气，所以一家人过得也十分艰难。不过，外祖母是一个十分乐观慈祥的老人，她总是一边干活一边给小高尔基讲故事。外祖母讲故事十分生动，小高尔基总是听得入了迷。高尔基从小记忆力就非常好，他总是将听到的故事绘声绘色地讲给别人听，他小小的脑袋瓜里装满了离奇古怪的故事。

◆高尔基像

10岁的时候，高尔基到城郊上学。这时外婆家小染坊的经营状况越来越差了。为了给家里挣些钱，懂事的高尔基每天放学后就边走边捡破烂，然后将破烂换取微薄的钱交给外婆，但这并没有影响小高尔基的学习成绩。他总是按时完成老师留下的作业，放学后没有时间读书，他便充分利用晚上，经常学习到很晚。

就在这年的冬天，不
幸的事发生了，母亲生病
因为没钱治疗离开了人世，
紧接着外祖父的染坊也倒
闭了。家里再也没钱供高
尔基上学，小高尔基只好

高尔基的自传体三部曲

包括《童年》、《在人间》和《我的大学》三部小
说。自传体三部曲不仅反映了作家本人的生活经历以及
他接受马克思主义以前艰苦的思想探求过程，同时描写
了19世纪70～80年代俄国社会中形形色色的人物，
展现了当时劳动人民的悲惨生活，广泛概括了俄国十月
革命以前的社会生活，堪称是俄国一部伟大的历史画卷。

含着泪离开学校到一家鞋店当学徒。在鞋店里，高尔基除了要做好店里的工作，
还得帮老板干各种家务活：洗衣服、拖地板、带小孩……每天都累得筋疲力尽。
鞋店的老板十分凶，动不动就打骂高尔基。有一次到吃饭时间，老板催高尔基上
饭，高尔基知道慢了又会挨骂，一着急手里端着的滚热的汤全都泼在了自己的脚
上，高尔基的脚被烫伤了，老板不但没有送高尔基上医院，还狠狠地骂了高尔基。
脚烫伤了没办法干活，高尔基只好回家养伤，但也被解雇了。

后来，高尔基又到一条船上找到了一份洗碗的工作。高尔基在干完活之后，
总是偷偷地拿出自己带的书看。在这里，高尔基遇到了一个好心的老厨师。老厨
师读过几年书，在年轻时曾做过乡村教师，见这个孩子年龄不大却这么爱学习，
非常喜欢他。老厨师一有空便教高尔基一些知识，他还把自己的书全都拿出来给
高尔基看。就是在这段时间高尔基开始接触到一些世界著名的文学作品，认识了
巴尔扎克、果戈理等世界著名的文学家。高尔基总是被书里的情节深深地吸引。
有一次，在厨房烧茶的时候，他经不住书的诱惑，就将书从兜里掏出来看，结果
茶壶里的水烧干了，茶壶也被烧坏了。船主看到高尔基在干活的时候居然捧着书

看，狠狠地揍了高尔基一顿。这样的生活
使高尔基十分痛苦，他小小年纪便尝遍了
人世的艰辛。对于高尔基来说生活中唯一
的乐趣便是读书。为了读书，他总是将自

◆高尔基（右一）在贝纳塔朗
诵剧本《阳光之子》

　　高尔基一生共写了15部剧
本，其剧本全都被视为俄国戏剧
的经典之作。《阳光之子》是他
在1905年完成的剧本。

己挣到的一点钱节省下来，一有时间便去附近的小书店租书。有时他无偿地去给有钱人家做短工，只为了用自己的劳动换几本书看。

16 岁时，高尔基来到喀山闯荡。在这里他当过搬运工、面包坊学徒，日子过得十分艰辛。没事的时候高尔基总喜欢到喀山大学附近

作为苏联无产阶级文学的领旗人物，高尔基为苏联培养了一批杰出的作家。图为高尔基在书房与到访的斯大林等人讨论文学的发展情况。

转。看到许多同龄人在大学里读书，高尔基十分羡慕，他多么希望自己有一天也能走进大学校门呀！但对于一个穷孩子来说，填饱肚子都是十分困难的事，哪有钱上大学？高尔基暗暗下决心通过劳动挣够钱，然后去读书。他每天早晨都早早地出门找活干，跟流浪汉们一起劈柴、搬运货物，晚上就睡在大街上、公园里，甚至沟渠边、树洞里。有时为了省钱，他就捡别人扔在大街上的面包充饥。一年下来高尔基仍没有攒到多少钱，只好放弃了上大学的念头。大学梦虽然破灭了，高尔基却并没有灰心，他将自己节省下来的大部分钱都用在租书、买书上。他读书到了痴迷的程度，有时为了读一本书，经常忘记吃饭和睡觉。高尔基每读一本书，都要写出自己的感受，渐渐地他爱上了写作。1892 年，高尔基开始向报刊投稿，开始发表的机会并不多，但他没有气馁。他相信凭着自己的努力，一定会写出好的东西。功夫不负有心人，1892 年 9 月，高尔基发表了第一篇小说《马卡·楚德拉》。后来他又创作了《母亲》、《童年》、《在人间》、《我的大学》等，这些文学作品在世界文学史上占有重要地位。

成才启示

不断超越生活、超越自己，就能创造出奇迹。
选择了坚强，你就成功了一半。
顽强的毅力可征服世界上任何一座高峰。

丘吉尔，二战期间英国首相，杰出政治家。1895 年，毕业于桑德赫斯特皇家军事学院。1900 年，做随军记者，到南非报道战争。1905 年，担任殖民地事务次官。1908 年任商务大臣。1911 年任海军大臣。1917 年任军需大臣。1922 ～ 1929 年任财政大臣。1939 年再次任海军大臣。1940 年 5 月出任英国首相。1945 年 7 月下台。1951 年再次任英国首相。

丘吉尔

名人小档案
- 姓　　名：温斯顿·丘吉尔
- 生 辛 年：1874 年～ 1965 年
- 出 生 地：英国牛津郡

——为祖国献出辛劳、汗水和热血

绝不能在危险面前退缩逃跑！
我们必须为自己的祖国献出自己的辛劳、汗水和热血。

——丘吉尔

　　1874 年 11 月 30 日，丘吉尔出生于英国牛津郡一个贵族之家。童年时的丘吉尔长得结实健壮，十分调皮，不过他说话有些口吃。7 岁的时候，丘吉尔进了一所以严厉著称的贵族子弟学校。丘吉尔不喜欢学校里枯燥的课程，不过他非常喜欢阅读课外书，尤其喜欢看军事、历史方面的书籍。丘吉尔经常在老师讲课的时候看课外书。结果被老师发现，受到体罚。然而这非但没有抑制丘吉尔的阅读兴趣，却使他更加叛逆。后来，丘吉尔经常逃课到学校外边去读书，他看书十分投入，经常一整天不回学校。小学和中学期间，丘吉尔成绩非常差，不过他却阅读了大量的书籍，视野变得十分开阔。

◆丘吉尔像

178

19岁时，父母送丘吉尔进了桑德赫斯特皇家军事学院。军校的生活虽然十分枯燥，却给了喜爱军事的丘吉尔很大的发展空间。丘吉尔十分喜欢战术、军法、军政、地形学，体能和骑马训练也使他感到十分愉快。丘吉尔改变了以往的态度，学习十分用心。他听课特别认真，每堂课下来他都会记大量的笔记。一有时间，他就到图书馆去看书，大学期间他几乎读遍图书馆所有的书籍。渐渐地，丘吉尔成了一个知识渊博、有独到见解的年轻人。

　　在部队里，丘吉尔因为说话口齿不清而经常受到别人的嘲笑。丘吉尔决心改变这种窘境。为此，他每天早晨很早就起床到附近的山中去练习演讲。两年下来，丘吉尔不仅表达流利，而且还练出了出色的口才。

　　21岁时，丘吉尔以优异的成绩从军校毕业，被分配到陆军骑兵团，成了一名骑兵中尉。此时的丘吉尔充满雄心壮志，他希望能通过自己的努力为国家做出贡献。然而当时的英国宁静和平，丘吉尔没有在军队里找到施展抱负的机会。为了使自己得到充分的锻炼，丘吉尔决定去南非战场。他将这个想法告诉了家人。"什么，你放着国内安稳的日子不过，要去送死！"父亲气坏了。"是啊，孩子，现在南非的形势那么紧张，太危险了。"母亲也劝他。"可是，妈妈，我一定要去，我不想再浪费青春了。"1900年，丘吉尔不顾家人的劝阻，做了一名随军记者，到南非报道那里的战争情况。这期间，丘吉尔写成了《尼罗河上的战争》一书，并因此受到了英国人的关注。

◆ 1900年参加下议院竞选时的丘吉尔

　　高瞻远瞩的战略眼光和居安思危的心态是丘吉尔成功的重要因素。他能够站在全局的高度审视局势，正确判断历史的走向。

………丘吉尔的《第二次大战回忆录》………

《第二次大战回忆录》是丘吉尔在 1945 年第二次大选失败后完成的。该书共六卷、长达百万字。《第二次大战回忆录》真实地反映了 1919 至 1945 年欧洲的政治、军事情况。丘吉尔以自己的亲身体会来描写第二次世界大战，书中有他个人对战争的精辟评述。此书气势恢宏、叙述精彩。丘吉尔因此书而获得了诺贝尔文学奖。

从南非回来后，丘吉尔开始了他的政治生涯。1905 年，丘吉尔被任命为殖民地事务次官。后来，他又担任过商务大臣、内政大臣、海军大臣、军需大臣、财政大臣等职务，这些职务让丘吉尔充分展示了他的才能，也使他积累了丰富的从政经验。

20 世纪 30 年代初，欧洲法西斯势力开始抬头。1937 年，张伯伦出任英国首相，他在外交上采取绥靖政策，德国法西斯势力日益猖獗。丘吉尔以其政治家特有的敏感，意识到法西斯势力对世界和平的威胁。他一再提醒英国政府提高警惕，然而却没有受到重视。1939 年法西斯势力挑起了第二次世界大战，英国在对德战役中连连失败。这年 12 月，丘吉尔第二次出任海军大臣。这期间他表现出非凡的领导才能，得到了许多人的拥护。

1940 年 5 月 10 日张伯伦下台，丘吉尔临危受命出任英国首相，而后立即着手组织新内阁，从此开始领导英国人民抗击法西斯的侵略战争。面对德国法西斯猛烈的进攻，丘吉尔毫不畏惧，发表演讲鼓舞人民抗战到底。丘吉尔冷静地分析了战争情况，指挥部队构筑坚固的防线，挖掘防坦克壕，修建钢筋混凝土掩体，还组建了直接打击登陆敌军机动部队。丘吉尔将全部精力都投入到了抗战中，他经常一天只休息一两个小时。在丘吉尔的领导下，英国很快走出了失败的阴影，并最终取得了"不列颠之战"的胜利。

丘吉尔在领导人民保卫祖国的同时，还展开了积极的外交活动，他不断争取美国参战、支援苏联。在多方努力下，英、美、苏等国最终结成了反法西斯联盟，有效地遏制了法西斯的嚣张气焰。

丘吉尔是英国政坛上一位极有影响的人物，他为自己祖国的和平与发展做出巨大的贡献。

成才启示

奋楫者先。
无论做什么事，只要肯努力奋斗，是没有不成功的。
勇于面对失败的人，才能最终取得成功。

邓肯，美国女舞蹈家，现代舞派创始人。自幼喜爱舞蹈。1894年，到纽约发展，后因在纽约剧院的出色表演而成名。1900年，到法国巴黎，后定居法国。

邓肯

名人小档案
■ 姓　　名：伊莎多拉·邓肯
■ 生 卒 年：1877年～1927年
■ 出 生 地：美国圣佛朗西斯科

——舞蹈天才的灵感来自童年的放荡不羁

我说算我运气，因为我所创造的舞蹈无非是表现自由，其灵感正是来自童年时代放荡不羁、无拘无束的生活。

——邓肯

1878年5月11日，邓肯出生于美国的圣佛朗西斯科。邓肯的父亲是个诗人，母亲是音乐教师。邓肯是家中最小的孩子，她还有三个姐姐。邓肯很小的时候，父母就离婚了，从此邓肯和三个姐姐就跟着母亲生活。家里的生活非常困难，母亲为了生活整天奔波。不过母亲是一个坚强而乐观的人，她每天晚上回家后，不管多累都要教孩子弹琴、跳舞。在母亲的影响下，邓肯从小就对艺术产生了浓厚的兴趣。

邓肯5岁那一年，母亲找了好几份家庭教师的工作。于是，她不得不将孩子们都送到了学校。

◆邓肯像

181

就这样，小邓肯也上了学。邓肯不喜欢学校里沉闷的生活，但她非常喜欢读书。离学校很远的地方有一个图书馆，邓肯稍大一点便到那里去借书看。为了能赶着将书看完，邓肯总是到处捡蜡烛头，这样，她便可以晚上看书了。邓肯小学的时候就读了许多书，尤其是文学作品。大量的阅读使小邓肯的眼界很开阔，这为她以后很好地理解艺术打下了扎实的基础。

邓肯很早便表现出极高的舞蹈天分。上小学以后，她总是召集许多同学到家中排练舞蹈。一次，母亲下班回家后，看到邓肯的小伙伴们都围坐在地上，邓肯正在给他们表演。小邓肯步伐灵便、舞姿优美，母亲都看呆了，于是便坐到一边给她伴奏起来。

邓肯喜欢跳舞，周围的很多人都知道。一次，母亲的一位朋友看过邓肯自编的舞蹈后向母亲建议："这个孩子在舞蹈方面很有天赋，应该送她到舞蹈学校学习，将来一定会有出息的。"母亲听了很高兴，在极度贫困的情况下，仍筹集了一笔学费，送13岁的邓肯到旧金山一个著名的舞蹈教师那里去学习。但邓肯只去了三次就告诉母亲自己不愿去学了。母亲很惊讶，同时也有些生气，便问她为什么会有这样的想法。邓肯便告诉母亲，老师教的舞蹈都是用脚尖跳出来的，这样跳舞不仅不美，而且非常丑，和自己理想的舞蹈不一样。听完邓肯的回答，母亲陷入了深深的思考，毕竟这次为送邓肯求学花了一笔不小的钱。然而她却没有责备这个富有个性的女儿，经过再三考虑她同意了邓肯的要求，并对女儿说："如果你认为自己的舞蹈才能真正表现自己，那么就勇敢地跳下去。孩子，自由地表现艺术的真理，也是生活的真理。"

在母亲的支持

◆邓肯和她的学生

邓肯为同时代的一流音乐家、艺术家和作家所推崇，是知识界的一份启迪力量，但她常常是思想较为狭隘者的攻击目标，她的思想超前于时代太远，她太过激烈地蔑视社会习惯，因而被广大人群认为是个鼓吹"自由恋爱"的分子。

下，邓肯开始钻研自己的舞蹈方式。她对艺术的热爱到了痴狂的地步，她常常接连几个小时纹丝不动地站着，两手交叉地放在脑门，苦苦思索。在艺术面前，她表现出了比大人还要成熟的心智。一次，母亲看她这么辛苦，

怕她"走火入魔"，便带她到郊外去散步。大自然中清新的空气、广阔的天地，让邓肯感到无比的舒服，她开始自由自在地跳起舞来。她就像一只翩翩起舞的蝴蝶，舞姿自然而优美。灵感让她的舞步无法停止下来，母亲站在原地静静地看着女儿。好半天，邓肯终于停了下来，呆立了片刻，她对母亲大声地喊道："妈妈，我终于知道该怎么跳了！我终于找到自己理想中的舞蹈！将自己的心情自然地用身体表达出来，就是最成功的舞蹈！"这时的小邓肯对舞蹈艺术已经有了深刻的理解。

16岁那年，邓肯到芝加哥谋求发展。那时，刚好纽约大剧院的经理达利先生带领他的剧团来芝加哥大剧场演出。达利在当时是美国家喻户晓的人物，他被誉为"美国最喜好艺术、最有审美能力"的剧团经理。邓肯决定去见这位大人物。接连好几个下午和傍晚，邓肯站在剧场通往后台的门口，一次又一次将她的姓名通报给达利，求他接见。但是出来的人总是告诉她，达利先生太忙，没有时间。然而邓肯并没有气馁，她告诉自己一定要见到达利，这样才会争取到成功的机会。她一天天坚持着，终于到了第7天，达利被这个小姑娘不言放弃的精神感动了。他接见了邓肯，并看了她的舞蹈。达利非常欣赏邓肯的舞蹈才华，决定带她到纽约发展。

这年秋天，邓肯因为在纽约剧院的出色表演而一举成名，从此，邓肯拉开了现代舞的序幕。

成才启示

确定志向，就意味着要有所作为，有所创造。
学则明，不学则愚。
选择一个目标并坚持下去——这一步路，就将改变一切。

爱因斯坦，世界著名的物理学家。1900 年，爱因斯坦毕业于瑞士苏黎士大学。后定居美国。提出了"相对论"学说，开创了世界物理学新纪元。

爱因斯坦

名人小档案
- 姓　　名：阿尔伯特·爱因斯坦
- 生 卒 年：1879 年～ 1955 年
- 出 生 地：德国南部的乌尔姆

——从思考中获得乐趣和成功

追求真理比占有真理更难能可贵。

成功 = 艰苦的劳动 + 正确的方法 + 少说空话

——爱因斯坦

1879 年，爱因斯坦出生在德国南部乌尔姆小镇一个幸福的家庭，他的父母都是犹太人。爱因斯坦小时候并不是很聪明，4 岁才学会说话，七八岁时说起话来还支支吾吾。小爱因斯坦性格还有些"孤僻"，他不爱和小伙伴一起玩，喜欢一个人深思冥想。在爱因斯坦 6 岁时，父亲送他一个罗盘针，他发现无论怎么动罗盘针，上面的指针总是指向南。爱因斯坦感到很奇怪，一个人对这罗盘针冥思苦想了大半天。父亲看他专注的样子，便笑着给他解释了罗盘针的原理，

◆爱因斯坦像

184

小爱因斯坦从此对科学产生了很大兴趣。

10 岁的时候，爱因斯坦上了小学。他听课用心，老师留下的作业也总能认真完成。一次手工课上，老师布置了作业：让学生进行一次小制作。爱因斯坦做的是一只板凳。因为总是不满意自己做出的东西，他先后做了 3 只，并将自己认为最好的一只交给了老师。但下一次上课的时候，老师却在课堂上拿着爱因斯坦的小板凳对同学们说："我想，世界上再也找不出这么糟糕的板凳了！"爱因斯坦听后站起来认真地说："老师，我是十分用心做的，尽管这个板凳不令人满意，但要比前两个好得多。"说完，他还拿出前面做的两个板凳，让老师和同学们看。老师看看爱因斯坦手中的板凳，再看看自己手中的板凳，的确交上的板凳和前面两个比较起来，有了很大的进步。老师见爱因斯坦做事这么认真，不由得喜欢上了这个孩子，从那之后对他格外照顾。

进入中学后，爱因斯坦对数学和物理产生了浓厚的兴趣。这段时间他在书中结识了阿基米德、牛顿等科学家，并下决心以后也要进行科学研究。1896 年，爱因斯坦考入了瑞士苏黎世大学，他在大学中专修了数学和物理，并以优异的成绩同时获得两个学科的学士学位。

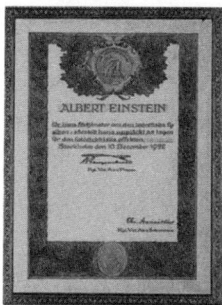

爱因斯坦于 1921 年获得诺贝尔奖的证书（左图）。1933 年爱因斯坦提出能量聚集的新理论，并邀请科学界的精英与记者一起参加他的学术论坛（下图）。

爱因斯坦的教育观

使青年人发展批判的独立思考，对于价值的教育也是生命攸关的，由于太多和太杂的学科（学分制）造成的青年人的过重负担，大大地危害了这种独立思考的发展。负担过重必导致肤浅。教育应当使所提供的东西让学生作为一种宝贵的礼物来接受，而不是作为一种艰苦的任务要他去负担。

——摘自《爱因斯坦文集第三卷》

1900 年，爱因斯坦大学毕业，经人介绍他进入瑞士伯尔尼专利局工作。爱因斯坦有了一份稳定而且收入不菲的工作，不过他并没有因此而放弃自己喜欢的数学和物理研究。白天上班，他便利用晚上时间进行运算研究。为了将白天的时间也充分利用起来，爱因斯坦在专利局工作总是很卖力，他往往不到半天就将局里安排的事情做完了。然后，他就拿出小纸片，做自己的物理学研究。后来为了使自己专心搞研究，他竟然从家里拿来一把锯子，将自己坐的椅腿锯下一截，这样他便可以埋头演算了。爱因斯坦一搞起研究来就什么都忘了。有一次他正专心算题，局长走过来在他身边站了半天，他竟然一点也没有察觉。直到局长拍拍他的肩膀说："小伙子，上班时间可不许做私事。"他才回过神来。

爱因斯坦搞起研究来，总是废寝忘食。为了研究问题，他经常忽略了生活细节。他对于衣着很不介意，经常穿着很破的衣服在大街上一面走一面思考问题。刚定居美国后，有一天，他在纽约街上遇到一位老朋友，朋友见他身上的衣服已经破得不成样子，就提醒他说："你看，你的衣服这么破了，赶紧换一件新的。"爱因斯坦听后说："用得着吗？反正这里没人认识我。"爱因斯坦毫不在乎地回答。几年后，爱因斯坦在纽约大街上又遇见了这位朋友，当时爱因斯坦已经是纽约家喻户晓的人物了，但身上依然还穿着几年前的破衣服。"哎呀呀，我的大科学家，你怎么还穿这件衣服！这回你无论如何也要换一件新的了！"可是，爱因斯坦仍然毫不在乎的回答："用得着吗？反正现在人们已经都认识我了！"就是凭着这股忘我的精神，爱因斯坦成为举世瞩目的科学家，他先后提出了相对论和光电子理论，对于近代物理学的发展具有重大的意义。

成才启示

无论做什么事，投入进去，才会有成功的可能。
要想成功，就得争取时间。
人生伟业的建立，不在能知，而在能行。

海伦·凯勒，美国聋哑女作家和教育家。童年时，师从于安妮·沙利文。后毕业于剑桥大学的拉德克利夫学院。终生致力于聋哑人和盲人的公共救助事业。1968年6月1日，海伦·凯勒与世长辞。

海伦·凯勒

名人小档案

■ 姓　　名：海伦·凯勒
■ 生 卒 年：1880 年～1968 年
■ 出 生 地：美国亚拉巴马州的
　　　　　　塔斯喀姆比亚

——不向命运低头

面对光明，阴影就在我们身后。

既然要忍受的，就不能躲避，既然命中注定要忍受的事，光说受不了，那是软弱和愚蠢的表现。

人格无法在平和中养成，只有经历锤炼与折磨，灵魂才得以强化，视野才得以明晰，雄心才得以激发，而后，成功才得以获得。

——海伦·凯勒

　　1880 年，海伦·凯勒出生在美国亚拉巴马州的塔斯喀姆比亚。小海伦在 19 个月大的时候因患猩红热导致双目失明，双耳失聪。从此，小海伦与有声有色的世界隔绝了。她面前只有无边无际的黑暗和死一般的沉寂。

　　生理上的缺陷使她不能与正常的孩子玩耍，不能倾诉心中的希望和要求。她的生活没有阳光，她的脾气越来越坏，有的时候异常暴躁。这时，家庭教师安妮·沙利文小姐来到了海伦身边。

◆海伦·凯勒像

她开始教小海伦摸读盲文。但是她的印象总是不深刻。一次，她们路过水井房，沙利文老师把海伦的小手放在水管口上，让一股清凉的水在海伦手上流过，然后又在海伦的另一只手上拼写"水"这个单词。海伦露出甜蜜的笑容，原来"水"是这样清凉而奇妙的东西。她心中充满了前所未有的亢奋。

在沙利文老师的悉心教诲下，海伦学会了拼写"泥土"、"种子"等许多单词，还学会拼写自己的名字。一旦发现学习和生活的乐趣，海伦便不分

◆**海伦（右）与沙利文在一起**

1887 年 3 月，沙利文走进了海伦的生活，她的出现，成为海伦一生中决定性的转折。沙利文循循善诱，海伦不仅获得了知识、意识，还有对人生的理解，世界对于她不再是无边际的黑暗和恐惧。

昼夜，拼命摸读盲文，不停地书写单词和句子，像一块干燥的海绵吮吸着知识的甘霖。她是这样的如饥似渴，以至小手指都磨出了血。沙利文老师心疼地用布把她的手指一一包扎起来。就这样，海伦学会了阅读、书写和算术，学会了用手指"说话"。

知识打开了海伦的心扉，增强了她生活的勇气和信心。她有时在林中漫步，有时和朋友们在湖上泛舟。海伦 10 岁的时候，越来越强烈地想开口说话。父母为她请来了萨勒老师。萨勒让海伦摸清舌头、牙齿、嘴唇和喉咙的位置，以此体会发音的步骤和过程。这种完全靠触觉学说话的方法，其难度可想而知。但她"夜以继日地努力，反复高声朗读某些词语或句子，有时甚至要读几个小时，直到自己觉得读对了为止……"

1900 年，海伦在沙利文的帮助下就读于马萨诸塞州剑桥女子学校，之后又进入剑桥的拉德克利夫学院。在大学期间她发表了第一本书《我生活的故事》，叙述了自己战胜病残的动人故事，不仅给盲人而且给成千上万的正常人带来了鼓舞。这本书先后被译成 50 种文字，在世界各国流传。大学毕业后，她决心向沙利文老师学习，为更多和自己一样不幸的人服务。她把自己全部的爱都倾

海伦·凯勒个人传记《假如给我三天光明》前言节选

写自传回忆从出生到现在的生命历程，真令我觉得惶恐不安，一道帷幕笼罩住了我的童年，要把它揭开，的确让我疑虑重重。

写自传本身是件难事，更何况童年已久远，至于哪些是事实，哪些只是我的幻觉想象，我自己也分不清楚了。只不过，在残存的记忆中，有些事情的发生，仍然不时鲜明地在我脑中闪现，虽然只是片断的、零碎的，但对于我的人生，却都有或多或少的影响。为避免冗长乏味，我只把最有兴趣和最有价值的一些情节，作一些陈述。

注在残疾人身上。

1904年，海伦·凯勒以优异成绩毕业。此后她为许多杂志撰写文章。作为盲人，凯勒很难迅速整理大堆的材料，因为她无法及时有效地对照、检查这些手稿。有的时候，写了几个小时之后必须停下来，到布瑞尔克利夫或其他什么地方去讲演。当她重新回到打字机旁时，原来的思路早就忘得一干二净。这个时候，她往往要重新思考写作的思路。先前所写的东西或许在后边能想起来一些，或许就完全忘记了。但凯勒凭借她那超强的毅力克服重重困难，不断著述，给后人留下大量生动感人的文字。比如，自传性小说《我所生活的世界》、《从黑暗中出来》、《我的信仰》、《中流——我以后的生活》和《愿我们充满信心》，以及著名散文《假如给我三天光明》。在这些作品中，作者没有因为黑暗与寂静而表现出丝毫的抑郁，而是异常乐观，充满活力与理智。

1936年，安妮·沙利文逝世，波丽·汤普逊接替了她，很快成为海伦·凯勒的新朋友。凯勒后来成了卓越的社会活动家，她到美国各地，到欧洲、亚洲发表演说，为盲人和聋哑人的教育筹集资金。第二次世界大战期间，她又访问了多所医院，慰问失明的士兵，让他们鼓起生活的勇气。她的精神受到人们广泛的赞誉。

1964年，海伦·凯勒被授予美国公民最高的荣誉——总统自由勋章。次年又被选为世界十大杰出妇女之一。著名的传记作家范怀克·布鲁克斯为她写了传记。

成才启示

只要不向命运低头，命运对你也就无可奈何。

对世界充满爱心，自己也会得到全世界的爱戴。

爱能让人努力奋进，能让人努力去爱别人，能让世界充满爱。

只有失去的才是可贵的，所以一定要学会珍惜。

健康是最宝贵的，生命是最具有意义的。

魏格纳，德国地质学家、气象学家。1900年考入柏林因斯布鲁克大学，学习天文和气象学。1905年获博士学位。1906年，首次到格陵兰岛探险。1915年，完成《海陆的起源》，系统提出"大陆漂移"学说。为搜集"大陆漂移"学说证据，1930年第4次到格陵兰岛探险，10月30日以身殉职。

魏格纳

——用生命谱写"大陆漂移说"

> 无论发生什么事，必须首先考虑不要让事业受到损失，这是我们神圣的职责。
>
> ——魏格纳

1880年11月1日，魏格纳出生于德国柏林。父亲是个探险爱好者，他年轻的时候去过很多地方。小魏格纳从小就喜欢听父亲讲他的探险经历，从父亲的口中，小魏格纳知道了世界上很多奇妙的地方，他梦想着自己有一天也能亲自到这些地方去看一看。父亲的书柜中有许多探险方面的书籍。魏格纳读书识字后，便开始翻阅这些书，在书中他认识了哥伦布、库克、约翰·富兰克林等许多探险家，他们的传奇故事震撼着魏格纳幼小的心灵，他下决心长大后，也要做个探险家。他把这个想法告诉了父亲。父亲拍着儿子的肩膀说："好孩子，有志向，不过要想当探险家必须具备两个条件：第一是丰富的科学文化知识，这样你才能解释你看到的东西；第二，

◆魏格纳像

190

魏格纳的"大陆漂移说"

魏格纳的"大陆漂移说"认为：在3亿年前的古生代后期，全球只有一块大陆，称为泛大陆，泛大陆周围是广阔的泛大洋。大约在2亿年前，泛大陆开始分裂、漂移，"大陆漂移"的结果是，陆块泛大陆被分裂为几块大陆和许多岛屿，把泛大洋分割为四大洋和一些小海，就是今天地球的样子。魏格纳的"大陆漂移说"，否定了自古以来人们一直认为大陆不变的观点，第一次成功地解释了地球上陆地和海洋分布现状的成因，为地质学研究开辟了新的道路；同时，它也为找矿、地震预报等提供了科学依据。

必须有一个好身体，才能支撑你到达要去的地方。"

魏格纳暗暗记下了父亲的话。从那以后，他便努力读书、发狠锻炼自己的身体。为了掌握丰富的科学文化知识，魏格纳读了许多课外书。他读书范围很广，包括天文、地理、生物、哲学、历史等各方面的书籍。他读书非常投入，经常到了废寝忘食的程度。为此，同学们都喊他"书痴"。为了使自己有一个强壮的身体，魏格纳每天都花费很多时间来锻炼。天寒地冻的时候，他咬着牙穿着一件单衣在雪地里一跑就是几个小时；酷热的夏天，他背着十几斤重的沙袋步行，一走就是十多公里。

1900年，魏格纳以优异的成绩从中学毕业。他当时就想结束学业，参加一个北极探险队。后来，魏格纳到高中地理老师家去做客，把自己的想法告诉了老师。这位年近六旬的老人语重心长地对他说："孩子，人们探险的目的有很多种：有人是为了获得黄金、古董等奇珍异宝；有人是为了寻求刺激；还有人是为了人类的科学研究。前两者都是从个人的得失或喜好出发。只有后者是为了全人类的幸福，为了征服大自然。这三者，你选择哪一个呢？"听了老师的话，魏格纳愣住了，他以前可从没考虑过这样的问题。老师接着说："你的文化基础好，又很聪明，我希望你能继续上大学，以后做一个真正有益于社会的大探险家。"老师的一番话对魏格纳的触动很大，他经过再三考虑，决定选择第三者，继续学业，以后做个对人类科学事业有所贡献的探险家。

这一年，魏格纳进了柏林因斯布鲁克大学，学习天文和气象学。毕业后，他又跟随著名气象学家柯彭教授学习高空气象学，并于1905年获得了气象学博士学位。这时，有许多研究院高薪聘请他，魏格纳都一一回绝了，他要实现自己探险家的梦想。1906年，魏格纳以官方气象学家的身份，应邀参加了丹麦一支著名的探险队，去世界第一大岛格陵兰东北部探险。这之后，魏格纳度过了两年异常艰辛的探险生活。探险经历中，他获得了大量珍贵的第一手气象学、地质学资料，这些对他后来的"大陆漂移"学说的提出，起到了重要作用。

　　1910 年的一天，魏格纳因风寒病躺在床上休息。不过他的大脑却闲不住，他看着对面墙上的世界地图不停地思索着。突然，他惊奇地发现，大西洋两岸，南北美洲的东海岸和欧洲、非洲的西海岸，轮廓非常的吻合，这边大陆凸出部分和那边大陆的凹进部分形状几乎完全一样。这是怎么回事呢？这些大陆板块之间有什么渊源吗？难道他们以前是一体的吗？魏格纳的大脑兴奋起来，他再也躺不住了，便起身去查阅地质学、地理学资料。这之后，魏格纳坚持不懈地研究着这个问题。1915 年，他写出《海陆的起源》，系统地提出了"大陆漂移"学说。

　　"大陆漂移说"一提出，就引起地质学界顽固派的抵制。他们坚持"海陆规定说"，认为这个看法证据不足，说它不过是"玩耍儿童七巧板的发明"。他们还组织了许多反对者和魏格纳辩论。面对巨大的压力，魏格纳没有退缩。为了找出坚实的证据，魏格纳组织了自己的探险队，到世界各地考察。为了研究事业，他长年累月在外奔波，健康状况受到了严重的损害。1930 年 4 月，他第 4 次到格陵兰岛探险，10 月份，在返回途中不幸遇到了暴风雪，在与风雪搏斗过程中心脏病发作，不幸殉职。

　　魏格纳死后 30 年，他的"大陆漂移说"得到了地质界的肯定。魏格纳以其献身科学的大无畏精神，得到了世人的尊重，他被人们誉为"地学的哥白尼"。

成才启示

理想是人前进的指路灯。
所有坚忍不拔的努力，迟早会取得报酬的。
毅力和志向是成功的双翼。

毕加索，西班牙著名画家，法国现代画派代表人物。从小酷爱绘画，1895 年进巴塞罗那美术学院学习。1897 年进入西班牙圣费尔纳多皇家美术学院学画。后长期在巴黎进行创作。代表作有《格尔尼卡》、《亚威农的少女》、《卡萨吉马斯的葬礼》、《蓝色背景的两张脸》等。

毕加索

——不可或缺的勇气和激情

艺术不是真理。艺术是一种谎言，它教导我们去理解真理。

——毕加索

1881 年 10 月 25 日，毕加索出生于西班牙南部城市马拉加。父亲是一位很有才华的美术教师。毕加索从小就喜欢到父亲的画室去玩，他喜欢看父亲画画，经常不声不响地看上几个小时。在父亲的影响下，小毕加索对绘画产生了浓厚的兴趣。他总是拿出父亲的画笔，在纸上和墙上画画。他喜欢用笔表达自己的想法和愿望。有一次，毕加索过生日，父母问他想要什么，小毕加索便在纸上画了大大的画夹和很多漂亮的画笔。父亲知道他想要学画画，从此便对毕加索进行绘画训练。小毕加索学习特别投入，父亲让他画苹果练基本功，他便一遍遍地画：他一边观察，一边认真画，画不好就从头再来。他常常忘记

◆毕加索像

193

了吃饭，总是母亲将他从画室里拉出来。在父亲的指导下，小毕加索很快就显出了他的绘画天赋。

不过，父亲并不希望毕加索像自己一样做个清贫的画家。他希望儿子能好好读书，将来找一份不错的工作。6岁时，父亲送毕加索进了当时马拉加最好的学校读书。毕加索对老师课堂上讲的内容一点也不感兴趣，经常偷偷地跑回家画画。父亲便耐心地给他做思想工作，但毕加索却说："爸爸，老师讲的东西一点也没意思，我想画画，如果不让我画画我就上不下去了。"父亲知道毕加索对画画已经很痴迷了，很难再扼制他绘画的兴趣，便同意了他继续画画。从此，毕加索便把画笔带到了学校，课下一有时间他便画画。每天放学回家后，父亲就给他讲一些绘画知识，毕加索听得很用心，他还特别聪明，总是能将父亲讲的知识很快地运用到自己的绘画中。几年下来，毕加索的作品已经达到了令人惊叹的水平。

┈┈毕加索的创作思想——"像儿童一样画画"┈┈

> "当我还是一个孩童的时候，我就可以像拉菲尔那样绘画了。但是我用了一辈子的时间来学如何像顽童那样涂鸦"，这是20世纪杰出画家毕加索的名言。毕加索认为儿童时代是人生最真诚、最富有激情和创造力的阶段，所以"我要向儿童学习，像他们那样的画画"是毕加索艺术追求的最高境界。他用这样的话来勉励自己努力地去追求创作中的最大激情、最丰富的想象，也引导后人在艺术创作中去充分发挥想象力。

1895年，毕加索全家搬到了巴塞罗那，也是在这一年，14岁的毕加索以优异的成绩考上了巴塞罗那美术学院。巴塞罗那美术学院有许多优秀的教师，学生的学习环境也很宽松。毕加索很喜欢这里，他学习特别认真，走到哪儿都带着画笔和画夹，一有灵感就画下来。他还特别虚心，有不懂的问题就向老师和同学请教。老师们很喜欢这个年龄不大但聪明好学的学生，对他格外照顾。在这段时间中，毕加索的绘画技艺逐渐成熟起来，他的作品经常被学校展出。1897年，毕加索创作的油画《科学与仁爱》在全国美展上捧得了金像奖。这幅画风格独特、主题深刻，为16岁的毕加索赢得了一片赞誉。面对众人的夸赞，毕加索没有骄傲，学习依然很努力。

这一年秋天，在叔叔的资助下，毕加索来到马德里，进入西班牙圣费尔纳多皇家学院学习美术。圣费尔纳多皇家学院虽然是当时西班牙最具权威的高等学府，但学校教学方式因袭守旧。这让毕加索感到很厌烦，他经常不去上课，整天待在马德里的普拉多博物馆看画、临摹大师的艺术作品，有时候干脆到大街上去写生。叔叔知道了他逃课的事，狠狠地训了他一顿，并说如果他还这样下去就中断对他

◆格尔尼卡　毕加索　西班牙

　　这幅作品创作于 1937 年，采用半写实的象征性手法和单纯的黑、白、灰三色营造出低沉悲凉的氛围，表现了法西斯战争带给人类的灾难。

的接济。但毕加索还是不去上课，叔叔不再给他生活费了。毕加索生活陷入了困境，但为了进行自由创作，他在创作之余，就去给别人打杂工，有时还去大街上卖画。艰苦的创作和整天劳碌的生活使毕加索的健康受到损害。后来他患上了猩红热，回到了巴塞罗那父母的家里。因为在学校逃课的事，毕加索回家后，父亲对他很冷淡，并说以后不会再给他一分钱。

　　面对艰难的生活和家人的冷落，毕加索没有放弃对艺术的追求。1900 年，19 岁的毕加索自筹资金来到他向往已久的巴黎。贫穷的毕加索在巴黎这样的大都市生活起来十分艰难，他经常为了买面包和颜料的钱到处给人打杂工。但为了自己热爱的绘画艺术，他咬紧牙关挺了过来。在巴黎，毕加索接触了各种艺术流派，他不断地向各流派的艺术大师学习，这段时间他的绘画水平有了质的飞跃。也正是在这段时间，在与各种困难做斗争的过程中，毕加索磨炼出了坚强的意志，使他一生都义无反顾地在艺术道路上前行。

成才启示

　　自己的命运应由自己创造。
　　没有理想，就达不到目的；没有勇气，就得不到成功。

罗斯福，美国前总统，杰出政治家。1900年，考入哈佛大学法律系学习，1904年，进入哥伦比亚大学学习。1910年，当选为纽约州参议员。1913年，担任海军部次长。1928年，任纽约州州长。1933年，任美国第32届总统，直至1945年病逝。

罗斯福

——为人民谋取利益和幸福

为我的人民谋取利益和幸福就是我的最高原则和义务。

——罗斯福

1882年1月30日，罗斯福出生于美国纽约州海德公园镇一个富有的家庭。父亲是百万富翁，母亲是航运业巨商的女儿，罗斯福是家中的独子。幼年的罗斯福没有进公立学校读书，父母给他请了家庭教师让他在家中学习。罗斯福因此有时间跟随父母多次到欧洲旅行。罗斯福很小的时候就到过许多国家，这使他的视野十分开阔。

15岁的时候，罗斯福进了格罗顿公学读书。

◆罗斯福像

196

1941 年 12 月 8 日，即珍珠港事件的第二天，罗斯福在国会上发表咨文对日宣战。

这是一所在纽约十分有名的贵族子弟学校，罗斯福在这里接受了良好的教育。在学校里，罗斯福学习很用心，他喜欢读书，课余时间读了大量的书籍。他的阅读范围非常广，涉及历史、地理、文学、政治、军事等各个领域。他读书特别投入，经常在书桌前一坐就是半天。广泛的阅读使他成为一个知识渊博、有思想的年轻人。18 岁的时候，罗斯福以优异的成绩考上了哈佛大学法律系。罗斯福学习很用心，他的专业课成绩在班里总是名列前茅。4 年后，罗斯福又进入哥伦比亚大学深造。大学期间，罗斯福就对政治产生了浓厚的兴趣。他读书之外的时间，大多用在参加各种政治活动上。

1907 年，罗斯福从哥伦比亚大学毕业，他立志从政，希望为国家做出自己的贡献。于是，他选择了能直接通往政治道路的律师职业。这一年，他参加了律师资格考试并顺利通过，此后便在一家律师事务所工作。1910 年，28 岁的罗斯福成功地当选为纽约州参议员，从此开始了他的政治生涯。在议会中，罗斯福很快显示出他非凡的才能，得到了很多人的拥护。1913 年，罗斯福被任命为海军部次长，此后他逐渐成为美国政界有影响的人物。

然而，正当罗斯福的政治事业蒸蒸日上的时候，却发生了一件不幸的事。1921 年 8 月，他在美国边界参加了一场扑灭森林大火的战斗。火灾结束后，过度疲劳的罗斯福下水游泳时，突然患上急症下肢失去了知觉。经诊断，他患上的是脊髓灰质炎（俗称小儿麻痹症）。面对突如其来的疾病，罗斯福没有消沉，他与疾病做着顽强的斗争。几个月后，他能够借助双拐和轮椅到处活动了。1924 年，他到佐治亚州西南的温泉疗养区进行了精心的治疗，一个多月后他能够不借助双拐自己行走，但并没有痊愈，从此成了跛足。

身体上的残疾没有使罗斯福放弃自己的政治追求。1928 年，罗斯福任纽约州州长，在任期间他推行了一系列的改革，取得了优异的政绩。此时的罗斯福在美国民众中已经有了很大的影响力。

罗斯福与他的佐治亚温泉医疗中心

罗斯福患上脊髓灰质炎后，在佐治亚州西南的温泉疗养区进行了精心的治疗，取得了非常显著的疗效。这使他萌生了将这里买下来，建成一个非营利性质的、小儿麻痹患者治疗中心的念头。1926 年，他花了 19.5 万美元购买了温泉区原有的旅馆、游泳池、1200 英亩山地，成立了非营利性质的佐治亚温泉医疗中心。1927 年，医疗中心接待了来自全国各地的众多小儿麻痹患者，各报纸对此作了报道。罗斯福的人道主义举措，使他在美国民众心目中树立起了更加完美的形象，为他以后大选中获胜起到了一定的作用。

1929 年，经济危机席卷了资本主义世界，美国的经济也受到了严重影响。当时的胡佛政府陷入了重重困难中。这样的时代呼唤一个有很强执政能力的政府出现。这无疑给了罗斯福提供了一个得以施展抱负的机会。1933 年，罗斯福以民主党的身份参加了总统竞选，在这次大选中民主党获全胜，罗斯福当选为美国第 32 届总统。

罗斯福上台后，面对不景气的经济状况，推行了新经济政策。在他刚上任的 100 天的时间里，接连颁布了"紧急银行法"、"黄金储备法"、"国家工业复兴法"、"农业调整法"等 15 项重要法案，同时还实行了一系列的社会福利措施，美国很快从经济危机中走了出来。在外交政策上，罗斯福打破了传统的"孤立政策"，积极参与国际事务。

第二次世界大战爆发后，罗斯福敏锐地洞察到希特勒称霸世界的野心，认识到美国必须援助欧洲方能"自救"，他积极支持英国、苏联和中国的反法西斯战争。1941 年，罗斯福与丘吉尔联合发表了《大西洋宪章》，为世界反法西斯联盟的成立奠定了基础。1941 年 12 月，珍珠港事件发生后，罗斯福立即向日本宣战，美国加入了世界反法西斯战争中。此后，美国在世界反法西斯战争中发挥了很大作用。

罗斯福是美国历史上唯一的一位连任 4 届的总统。他为自己的祖国和人民献出了毕生的心血，是一位深受美国乃至世界人民尊敬的杰出政治家。

成才启示

读万卷书，行万里路。
具有顽强的毅力，是才能得以施展的前提。
伟大的志向，成就伟大的人物。

香奈儿，法国时装设计师。出身贫寒，1903 年到巴黎。1910 年，在巴黎的坎朋街开设了自己的第一家女帽店。1913 年，又推出了"穷女郎时装"。1920 年，开设了在巴黎香奈儿设计沙龙，同年成立服装公司。1939 年第二次世界大战爆发，关闭时装公司，淡出时装界。1953 年，随着香奈儿的复出，掀起了服装的第二次革命。

香奈儿

名人小档案
- 姓　　名：加布里埃·香奈儿
- 生 卒 年：1883 年～1971 年
- 出 生 地：法国西南部小镇索缪尔

——长盛不衰的"时装女皇"

使衣服来配他，女人使自己去配衣服。

——香奈儿

　　1883 年 8 月 19 日，香奈儿出生于法国西南部的小镇索缪尔。香奈儿的父亲是小批发商，母亲是个心灵手巧的裁缝。香奈儿 4 岁的时候，父亲就遗弃了她们。从那以后，香奈儿就和母亲相依为命。为了养家糊口，母亲四处找活，给别人做衣服挣钱。香奈儿从小就聪明好学，她喜欢看母亲缝制衣服，总是守在母亲跟前问这问那。稍大一些了，她就自己找来废报纸，学着母亲的样子在报纸上裁制"衣服"。她做的衣服总是像模像样，别人看了之后，总是惊讶地向母亲夸赞说："你家香奈儿真聪明，以后一定会成为一个好裁缝！"每当这时候，小香奈儿都神气地说："我长大后要做全世界最好的裁缝！"

◆香奈儿像

199

　　不过，不幸的事又发生了。香奈儿 10 岁的时候，母亲得重病离开了人世。小香奈儿被送进了当地教会办的孤儿院。孤儿院的生活几乎是与世隔绝的，香奈儿在这里生活得十分压抑。她每天都必须很早就起床干活，一整天的工作都非常繁重，而且干活的时候一旦出现错误，就要受到体罚。不过孤儿院每周有老师定期教孩子们读书写字，小香奈儿非常爱学习，读书成了她生活中唯一的快乐。

　　12 岁那一年，香奈儿进了孤儿院开办的制衣厂干活。小香奈儿很高兴能做缝制衣服的工作，干起活来非常起劲。这段时间她遇到了善良的新格丽老师。新格丽老师是工厂的制衣师傅，她读过一些书，而且富有同情心。她非常喜欢聪明好学的香奈儿，总是格外耐心地将自己的裁缝经验传授给她。小香奈儿学制衣服十分用心，她兜里总是放一个小本子，老师讲的东西她都要记下来，以便以后翻看。她还设法找来许多报纸，自己学着设计服装。每设计一款样式，她都要拿给新格丽老师看，让老师给她指出问题。有了自己的努力，再加上老师的指点，香奈儿的制衣技术有了很大提高。

　　日益长大的香奈儿想独自去闯荡世界。15 岁时，她离开了孤儿院，来到离家乡较远的繁华的穆兰小镇。香奈儿在镇上一家有名的服装店找了一份工作。这家服装店里，有许多经验丰富的裁缝师傅，他们做的衣服样式都很新颖。香奈儿决心要学一流的裁缝技术，她总是虚心向师傅们请教，晚上回家后就自己绘制图样，那段时间她每天都很晚才睡。本来基础就很扎实，再加上勤奋好学，香奈儿的才华很快就表现了出

◆**香奈儿时装**

　　香奈儿设计的时装备受现代女性青睐，在追求时尚的同时，又不失自己独特的品位。

来。半年以后，她就被提拔为服装设计师。

这期间，香奈儿认识了当地的富家子弟艾蒂安·巴尔桑，两人一见钟情，坠入爱河。1903 年，香奈儿随艾蒂安·巴尔桑来到巴黎。巴

不变的高贵品牌——香奈儿

"当你找不到合适的服装时，就穿香奈儿套装。"这句至今仍在欧美女性中流传的经典名言，足以表现出香奈儿服装品牌的实力。突破传统，抛弃束缚，是香奈儿设计服装的一贯原则。然而香奈儿服装在追求时尚的同时，又不会失去其独特的品位。如象征纯洁与光明的山茶花，是香奈儿服装王国中的"国花"，它经常被运用在服装布料图案上；如典雅白色是香奈儿最钟爱的颜色。

黎是世界知名的大都市，香奈儿非常喜欢这里的文化氛围和繁荣景象，她下决心要在这片土地上闯出一片天地。对服装十分敏感的香奈儿，很快找到了自己的努力方向。她经常流连街头，细心观察，研究过往行人的衣着，她发现巴黎妇女们的着装穿戴毫无时代感。她决心要当巴黎时装界的一名勇敢的拓荒者。于是她把这个想法告诉了男友艾蒂安·巴尔桑。当时男友并不理解香奈儿的雄心壮志，他不愿意让香奈儿经常抛头露面。两人总是发生争吵，最后不得不分手。

和男友分手以后，香奈儿的日子过得十分艰难，为了挣钱养活自己，她四处奔波。一次偶然的机会，香奈儿结识了家世良好的军人卡佩儿，卡佩尔十分欣赏香奈儿的独立精神，出资帮助她开了一家帽子店。香奈儿的帽子店在繁华的坎朋街。善于经营的香奈儿以低价购进了一批过时、滞销的女帽。她把帽子上俗气的饰物统统拆掉，改制成时尚大方的新式帽子。新式女帽很受巴黎妇女的欢迎，她们将这种新颖的帽子称为"香奈儿帽"。香奈儿很受鼓舞。后来，她又将帽子店改为服装店，出售自己设计的服装。香奈儿设计的服装简洁、新颖，与巴黎传统的陈旧烦琐的服装样式形成了鲜明的对比。她很快成为巴黎服装界备受关注的人物。她设计的"穷女郎时装"、"香奈儿露膝裙"、"喇叭裤"等时装备受巴黎妇女的青睐。

后来，香奈儿扩大了自己的经营规模，将自己的服装推向了世界各地，从20 世纪初到 20 世纪 70 年代，香奈儿在世界时装界独占鳌头 60 年之久，被人们称为"时装女皇"。

成才启示

命运也往往是由自己造成的，每个人都是自己的建筑师。

勇气减轻了命运的打击。

勤奋和勇气，是人战胜困难的两大武器。

卓别林，世界著名的喜剧电影明星，20世纪杰出的批判现实主义电影艺术家。幼年丧父，少年和青年时期在游艺场打杂，后在巡回剧团卖艺。1913年在好莱坞开始了电影生涯，1919年开始独立制片。一生共拍摄80余部喜剧片。1952年后定居瑞士。

卓别林

名人小档案

■ 姓　　名：查理·卓别林
■ 生卒年：1889年～1977年
■ 出生地：英国伦敦

——出身寒门的喜剧大师

只要不失目标地继续努力，终将有成。

——卓别林

1889年，卓别林出生于伦敦一个贫困的艺人家里。父亲是杂技场的戏剧演员，母亲是个歌唱演员。在当时的英国，艺人的社会地位还很低下，收入也很少。卓别林出生的时候正赶上英国经济的萧条期。父亲失业了，他整天借酒消愁，不久便抑郁而死，家里的生活只能由母亲一个人来支撑。为了能让孩子过得好一些，母亲便每天拼命地赶场子挣钱。由于哥哥和小卓别林没人照看，母亲便带着他们两个去演出。母亲演出时，便让两个孩子站在舞台两侧的条幕后面。时间长了，聪明的小卓别林便学会了母亲唱过的所有歌曲。

由于每天要赶好多场演出得不到休息，母亲的嗓子越来越不好了。但为了能维持家里的生活，日子再苦也不得不熬下去。在卓别林5岁的时候，有

◆卓别林像

202

◆《寻子遇仙记》的宣传海报

《寻子遇仙记》是卓别林经典电影之一，影片拍摄于1921年，表现了流浪汉查理（卓别林饰）与一位弃儿的感情。

一次，小卓别林依然像往常一样站在幕后看母亲演出。母亲开始的声音十分动听，但不一会儿便发不出声来了。台下立刻乱了，有的观众甚至高声喊着要退票。老板急坏了，便大声训斥母亲。看到母亲受委屈，小卓别林从幕后跑出来，对老板说："你不许再骂我妈妈，我代我妈妈唱歌！"老板平常听过卓别林唱歌，感觉还过得去，而且又找不到合适的人替场，于是就对卓别林说："好吧，不过你只许给我唱好，唱砸了，你可小心点！"小卓别林不慌不忙地走到台上，接着母亲的调子便唱起来。他的声音清脆嘹亮，而且他还根据自己的理解加上了恰当的动作。骚动的人群立刻安静下来。一首曲子唱完，剧场响起了热烈的掌声，"好！再来一首！"台下观众一致要求。在观众的欢呼声中，卓别林又唱了好几首。

从那以后，母亲的嗓子便没有好起来，她开始打零工挣钱养家，家里的生活条件更差了。有空的时候母亲也会教卓别林兄弟两个唱歌和表演，卓别林模仿能力特别强，一学就会。为了帮助母亲减轻负担，卓别林经常到街上卖艺挣一些钱。7岁的时候卓别林上学了，他知道家里穷，读书机会来之不易，学习特别努力。他的成绩很好，还擅长朗诵，老师们非常喜欢这个聪明好学的孩子。但由于家里没钱，卓别林只上了一年学。8岁的时候，他便辍学四处找活干，他在杂货店做过小伙计，在有钱人家当过佣人，在印刷厂当过学徒，还自己贩卖过小玩具。小小年纪卓别林便饱尝了人间的辛酸，看尽了人世的苍凉。但这

◆《大独裁者》剧照

此图表现了卓别林在《大独裁者》中饰演的独裁者兴克尔与地球仪共舞的情景。

·············卓别林代表作《摩登时代》·············

这部喜剧片创作于1935年。当时电影早已进入有声时代，但卓别林认为影片中滑稽夸张的肢体语言，要远胜于对白。《摩登时代》中只有少许音响及对话。影片用辛辣犀利的讽刺，揭示出工人遭受资本家欺压，被资本家榨尽最后血汗的严酷现实。《摩登时代》一放映便招致国际资本主义势力的群起反击，并被一些评论家错误解读。然而舆论的曲解正好证明这部影片的尖锐和深刻。观众永远忘不了主人公查理被机器卷进卷出的镜头，以及被流水线弄得麻木机械，以致把一些圆形物体如人的鼻子、纽扣等当螺母拧紧的镜头。《摩登时代》后来成为世界影片中的经典之作。

样的经历也为他日后的创作积累了大量的素材。

10岁的时候，卓别林到当地一个比较著名的戏班当学徒。这里的老板特别严厉，他规定戏班里的孩子必须每天都要练木屐舞。卓别林一点也不喜欢跳这样的舞蹈，他倒是对丑角表演特别感兴趣。他爱看戏班里的丑角演出，还经常向他们请教。有时在街上看到丑角在卖艺他都要观摩半天。时间长了，他积累了许多丑角表演经验。有一年圣诞节，法国著名的丑角明星马塞林来到这家戏班和他们同台表演。马塞林的节目中需要一个配角，由于马塞林的名气太大，当时这个戏班中演丑角的人都不太敢演这个角色。这对于卓别林来说正是一个好机会。他自告奋勇向老板要求演这个角色，老板看他平常的表演天赋不错，便答应了。这次演出他和马塞林配合得相当默契，表演得十分成功。

这次演出的成功，使卓别林真正走上了丑角艺术生涯。他很快成为戏班中重要的丑角演员。几年后在戏班的一次欧洲巡回演出中，他被法国很有名气的卡尔诺哑剧团看中，后加入这个剧团。这给了卓别林很好的学习机会，他总是虚心向别人请教。为了提高自己的知识水平，卓别林还看了许多书。这期间他通读了莎士比亚和狄更斯的全部作品。由于他的勤奋好学，他的表演水平有了很大提高。

1913年，卡尔诺哑剧团到美国巡回演出，卓别林成功地表演了自己创作的《拿手好戏》，并在纽约市引起了轰动。此后，他和好莱坞电影制片商签订了拍摄喜剧短片的合同。后来他成功地塑造了许多喜剧角色，成了"世界丑角"喜剧明星，受到世界各国观众的喜爱。

成才启示

敢于尝试的人，会受到幸运女神的青睐。
勇气所到之处就是希望。
学习能达到你所希望的境界。

松下幸之助，日本著名企业家。9岁时辍学，做过学徒工、推销员、技术工。1918年建立松下电器器具制造所，1932年公司更名为松下电器公司，20世纪60年代，松下公司成为日本电器制造业霸主。

松下幸之助

名人小档案
- 姓　　名：松下幸之助
- 生 卒 年：1894 年～1989 年
- 出 生 地：日本和歌山县

——在贫穷中崛起

◆松下幸之助像

有时一个人受到厄运的可怕打击，不管这厄运是来自公众或者个人，倒可能是件好事。

人的一生，或多或少，总是难免有浮沉。不会永远如旭日东升，也不会永远痛苦潦倒。反复地一浮一沉，对于一个人来说，这是磨炼。

——松下幸之助

1894 年，松下幸之助出生于日本和歌山县海草郡和佐村。他在家里是最小的孩子，排行第八。父亲做生意，家里开始还比较富裕。松下幸之助出生不久，父亲的生意开始不景气，家里经济情况渐渐不好。6 岁时，松下幸之助开始上学，他从小就很懂事，知道上学机会来之不易，学习非常努力，成绩也很突出。但家里的条件越来越不好，9 岁时松下幸之助辍学，从此他开始了童工生涯。

松下幸之助先是到一个火炉店当学徒。这里的工作很苦，要擦刚烧好的火盆、打扫房间，还得帮店主看小孩。店主还很凶，动不动就打骂松下幸之助。松下幸之助小小年纪就尝到了生活的艰辛。后来松下幸之助又去了一家自行车店当推销员，推销员的工作很累，他每天总是很晚才回家。

他这么小，为了家里的生活却那么辛苦，母亲看了特别心疼，总是不断落泪。松下幸之助总是安慰她说："妈妈，你别难过，我要挣钱让你过上好日子。"松下幸之助工作起来十分卖力，他总是向师傅认真

松下幸之助的经营之道

1. 经营企业必须有责任感，经营者要对成败负全责。

2. 要有先见之明，了解未来至少一至三年的社会发展方向。

3. 重视公司形象，用心塑造良好公司形象。

4. 向员工清楚宣示公司未来经营目标和理想，以及员工将获得的回馈。

5. 让员工有学习成长的机会，留住优秀员工。

学习。慢慢地，松下幸之助熟悉了推销员的工作。因为他热情诚实，客人们也都很喜欢他，所以没多久他就成了一个十分出色的推销员。在这个自行车店工作了 7 年，他每年的销售成绩总是最好的。但松下幸之助并没有满足于这样的生活，他希望能到外面去闯荡，通过努力打造一片属于自己的天空。1910 年，17 岁的松下幸之助离开自行车店，到大阪一家十分有名气的电灯公司求职。

刚开始时，电灯公司的负责人见松下幸之助穿得那么破，就随口对他说："我们现在不需要人，你一个月以后再来吧。"一个月过去了，松下幸之助真的又来了。这位负责人见仍然是这个穿着破旧的青年，就毫不在意地说："过几天吧。"没想到过了几天，松下幸之助又来了。负责人见松下幸之助总是不死心，干脆说："你穿成这样，不合我们的要求。" 第二天，松下幸之助来了，不过这次他打扮得整整齐齐。负责人见松下幸之助这样执着，很吃惊，于是一本正经地对他说："你了解电器知识吗？我们需要懂电器知识的人。"两个月后，松下幸之助又来到了这家电灯公司，他找到负责人，对他说："我已经学了不少电器知识，您看现在合不合格？"负责人终于被松下幸之助不屈不挠的精神打动了，他看着眼前这个又矮又瘦的小伙子，赞赏地说："哎，小伙子，像你这样有耐心的人我还是第一次遇上，好，你今天就可以上班了，以后有什么问题就来找我，我愿意尽全力帮助你。"

松下幸之助靠着自己坚持不懈的努力得到了自己想要的工作，他暗暗下决心一定要干出个样子来。在公司里他每天都第一个上班，最后一个下班。他渴望学到电器知识，总是虚心地向老师傅请教。平常的工资除了给家里的生活费之外，剩下的全都用来买电工方面的书，一有空就拿出来看。老师傅见这个新

松下幸之助坐在松下电器众多的产品中间。

来的小伙子这样勤奋，都喜欢将自己的经验传授给他。很快松下幸之助就掌握了全套的电工技术，三个月后他由一名普通的安装室内电线的练习工，被任用为电路检查员。此后，松下幸之助不断地学习，一年以后他在电灯公司已成为一名出色的技术师。

第一次世界大战期间，日本的民族工业迅速发展起来，国内的工商企业如雨后春笋般创办起来。松下幸之助也想自己创业。于是，他毅然辞去了电灯公司的工作，成立了"松下电器器具制作所"，这就是闻名世界的松下电器公司的前身。最初，"松下电器器具制作所"只有100日元的资金，所有员工加上他自己只有5个。为了支撑公司的发展，松下幸之助经常是将自己家里值钱的东西全都送进当铺抵押借钱。面对各种困境，松下幸之助没有退缩，他不断加强公司产品的竞争力，不停地为自己生产的东西寻找销路。由于生产的产品品质优良、价格低廉，"松下电器器具制作所"很快发展起来。后来公司不断扩大，接连推出了炮弹形电池灯、无故障收音机、电熨斗、电子管、真空管、晶体管等先进的产品。

经过多年的发展，松下电器在日本乃至全世界范围都赢得了极高的声誉。松下幸之助也通过自己不断的拼搏，由一个身无分文的穷少年，一跃成为世界电器制造业受人瞩目的成功人士。

成才启示

艰难困苦玉汝于成。
不要依赖命运，而要依靠行动。
谁不坐等机遇的馈赠，谁便能征服命运。

海明威，美国小说家，1954 年诺贝尔文学奖获得者。从小喜欢钓鱼、打猎、文学、音乐和绘画。第一次世界大战期间，曾加入红十字救护队，前往意大利前线。以后长期担任驻欧记者，并曾以记者身份参加第二次世界大战和西班牙内战。晚年患多种疾病，精神十分抑郁，经多次治疗无效，于 1961 年用猎枪自杀。代表作有《太阳照样升起》、《老人与海》、《丧钟为谁而鸣》等。

海明威

名人小档案	
■ 姓　　名：	海明威
■ 生 卒 年：	1899 年～ 1961 年
■ 出 生 地：	美国伊利诺伊州

——人生舞台上的硬汉

人生来不是为了被打败的，人能够被毁灭，但是不能够被打败。

——海明威

◆海明威像

1899 年 7 月 21 日，海明威出生于美国伊利诺伊州芝加哥城郊的橡胶园镇。家里共有兄弟姐妹 6 人，海明威排行第二。父亲是当地一名著名的医生，酷爱钓鱼和打猎，他经常带孩子们到野外活动，以培养孩子们勇敢坚强的性格。母亲出身望族，喜欢文学、音乐和绘画，她希望孩子们有和自己一样的兴趣爱好。在父母的影响下，海明威有了广泛的爱好。不过海明威更喜欢和父亲一起到大自然中去，他喜欢狩猎、垂钓、骑马，愿意做各种富于刺激的事。

海明威从小就表现出勇敢和坚韧的精神，他愿意把自己当成大人，常爱肩扛一支半新不旧的老式步枪，两眼直视前方，正步前进。他身上总有一股不服输的劲头。14岁那年，海明威个子已经很高了，他报名参加了学校的拳击训练班，他每天都去训练，身上总是青一块紫一块的，甚至有一次一只眼睛被打得肿了好长时间。但他从不在乎，他总是喜欢让自己接受这样残酷的考验。母亲见他总是受伤，便劝他不要再练了。海明威安慰母亲说："妈妈，这样的运动虽然经常叫我受伤，但更重要的是它教会在任何情况下，绝对不能躺下不动，要随时准备再冲锋。"海明威虽然喜欢各种运动，但他从来没有耽误过学习，他学习起来特别投入，他的成绩在学校总是名列前茅。他还很喜欢看书，每天运动完了回到家他便找书看。母亲

在现实生活中，海明威成功地塑造了自己硬汉的形象。

总是不断地往书架上放新书，每次新书一到，在几个兄弟姐妹中海明威总是最先把书看完。他尤其喜欢文学著作，每次看完书他都喜欢和爱好文学的母亲一起谈论书中的情节和作者的写作水平。

　　1914年爆发了第一次世界大战。战争的第3年，美国宣布参战。这一年海明威以优异的成绩从中学毕业，他立即报名入伍，但因为眼疾没有被接受。父母让他上大学，并为他选好了学校，但海明威不喜欢象牙塔的生活，他更愿意在生活中锻炼自己。父母说服不了这个从小就胆大而又有主见的儿子，只好任他自己选择。海明威去《堪萨斯城明星报》当了一名见习记者。海明威工作起来特别卖力，采访、写作成了他每天的全部生活。他从不知道累，为了得到一条好的新闻他总是四处奔波。采访回来后还要整理材料，每天都忙到很晚才能睡觉。记者的工作对海明威后来的创作影响很大。报社对文章风格有很严格的要求，在诸多的规定中，首要的一条就是"文章要简短明快，避免使用过多的华而不实的形容词"。在不断进行新闻、通讯的写作中，海明威逐渐形成了简洁明快的写作风格。

不过海明威始终想参加战争，他想让自己在战争中接受最残酷的磨炼。后来他虚报年龄，终于在 1918 年 5 月加入了美国红十字救护队，前往意大利前线。海

·············海明威代表作《老人与海》·············

《老人与海》发表于 1952 年，写的是老渔夫圣地亚哥在连续 84 天没捕到鱼的情况下，独自一人出海，在大海上与海浪和鲨鱼搏斗的故事。作品塑造了圣地亚哥这样一个性格刚毅的硬汉形象，并通过这个人物歌颂了人类永恒的精神价值。小说故事简单、篇幅不大，但含义却十分丰富，是世界文学史上一部十分有影响的作品。

明威在战场上十分英勇。有一次，他冒着枪林弹雨去抢救一位负伤的战士，自己也被子弹击中，但他还是背着伤员爬了回来。到了自己的战壕后，海明威便昏了过去，后来他被抬到战地医院治疗。他的膝盖已经被打碎，共取出 237 块碎片。医生说如果不注意疗养，以后会影响一生的健康，但不久海明威康复后却重返战场。第一次世界大战结束后，海明威于 1919 年回国，他带回了三枚荣誉很高的奖章：十字军功章、银质奖章和勇敢奖章。战争带给了海明威荣誉，但更重要的是使他逐渐成熟起来。

海明威从战场上回来后，仍然选择了写作为职业。后来，他担任了加拿大多伦多《星报周刊》特写作家，1921 年又以《星报周刊》旅欧记者的身份到了巴黎。在巴黎海明威结识了法国许多著名作家，他总是虚心向他们请教写作知识。海明威在巴黎待了 7 年，他的写作有了很大长进。在记者工作之余，他完成了自己的第一部小说集《在我们的时代里》的创作。这部小说集很受读者欢迎，海明威也很受鼓舞。他后来又创作了《太阳照样升起》、《永别了，武器》等许多优秀的作品，于 1954 年获得了诺贝尔文学奖。海明威写作时特别投入，为了完成一部作品他经常整夜不睡。医生曾多次告诫他，这对于他本来就伤病不断的身体十分不利，但他工作起来总是忘了。

海明威一生都喜欢具有挑战性的生活。他后来曾经旅居非洲，二战中他还作为战地记者，随军报道战争情况。他根据自己丰富的生活经历，写出了许多在世界文学史上十分有影响的作品，如《丧钟为谁而鸣》、《老人与海》等，他本人也以顽强的毅力和富于挑战的精神赢得了世人的尊重。

成才启示

拥有坚强的意志能使人最终走向成功。

成功永远属于那些有坚定信念的人。

一个人只要坚持不懈地追求，他就能达到目的。

迪士尼，有声动画片和彩色动画片的创制者。20世纪20年代初开始创作动画短片。1932年，因创作的米老鼠动画片而获奥斯卡特别奖。1938年制作世界第一部大型动画片《白雪公主和七个小矮人》。20世纪50年代创建迪士尼乐园。

迪士尼

名人小档案

■ 姓　　名：奥尔特·迪士尼
■ 生 卒 年：1901年～1966年
■ 出 生 地：美国芝加哥

——从乐观开朗的"报童"开始

照天性来说，人人都是艺术家。他无论在什么地方，总是希望把"美"带到他的生活中去。

——迪士尼

1901年，迪士尼出生于芝加哥城，他在家排行第四，有三个哥哥、一个妹妹。迪士尼的父亲是一名木匠，自己经营农场，还建造房屋出售，家里的生活还比较富裕。不过由于家里人多，生活压力比较大，父亲的脾气十分火暴。迪士尼的母亲是温柔善良、心灵手巧的人，她经常教孩子画画。

在母亲的影响下，迪士尼从小就对绘画比较感兴趣。小迪士尼画画非常有创意，经常突发奇想画一些东西，而且画出来的东西总是得到母亲的夸奖。6岁时，有一天，父母和三个哥哥都出门了，家里只剩下他和妹妹两个人。迪士尼带着妹妹在屋里瞎翻，后来找到了一大桶焦油，他经常听别人说起油画，便产生了用焦

◆迪士尼像

211

迪士尼乐园

美国迪士尼游乐园堪称"现代游乐场所的奇迹"。它建于 20 世纪 50 年代，整个游乐园共有 30 多个参观项目。游乐园里布满各种模型，有美国西部开垦时期的市镇，有中小型的欧洲中古城市，有风格独特的欧美古堡和盛行于 18 世纪的画舫，有藤萝交织的热带原始丛林和芦苇夹岸的河汊，有亭台、楼阁、溪流、瀑布、雪山等园林山水，有火箭、飞机、双层公共汽车、吊车、火车、马车等游乐交通工具。园中还有模拟中国天坛兴建的中国馆，馆中的祈年殿是个立体电影厅，厅中常年放映中美合拍的电影《中国奇观》。但在众多奇特的设计中，也有单纯寻求刺激的"闹鬼之屋"，鬼屋阴气袭人，鬼影憧憧，惨叫百出，令人毛骨悚然。

迪士尼游乐园以其丰富多彩的内容吸引了世界各地的游客前来参观，每天来此游玩的人达 4 万之多。

油画画的想法。于是他让妹妹给他当助手，在他们家房子的外面墙壁上画满了图案，有小猫、小狗、还有冒着浓烟的房子。迪士尼画得正起劲的时候，父亲回来了，看到好好的墙上涂满了这么多东西，十分生气，将迪士尼狠狠地训斥了一顿。迪士尼从此虽然不敢再往墙上乱画了，但画画的兴趣一点也没减。

7 岁的时候，迪士尼上小学了。他一点也不喜欢老师讲的内容，学习成绩很不好。不过他一直对绘画有浓厚的兴趣，这段时间迪士尼还喜欢上了音乐和电影。也是在这一年，父亲建造的房子赔了钱，农场又歉收，于是父亲便将农场卖了，带着全家来到堪萨斯市谋生。父亲在城里找了一份卖报纸的工作，为了更快地赚钱改变家里的情况，他一口气承揽了 700 份的投送差使。父亲让家里的孩子早晨上学之前都帮他送报纸，他这段时间的脾气尤其不好，动不动就训斥孩子们。因为难以忍受父亲的严厉和专制，三个哥哥都离家出走到外地谋生去了。哥哥们走后，送报纸的大部分工作到落在了迪士尼和妹妹身上。

7 岁的迪士尼，每天早上 3 点半就得起床，他先得走很远的路去领当天的报纸，然后得赶在上学前将报纸全部送出去。他每天都得走上几十里路，而且不管刮风下雨都必须坚持送报，有时候出了差错还要挨父亲的责骂。每天送完报纸还要去上学，小迪士尼整天累得筋疲力尽，终日哈欠连天。这样的日子过了 6 年，迪士尼不但没有被压垮，还在艰苦的生活中养成了坚强乐观的性格。在送报之余，他还保持着自己绘画的爱好。平常只要有一点空闲时间，迪士尼便找来杂志照着上面的图画画。他尤其喜欢漫画，他愿意将自己生活中的喜乐表现在漫画中。迪士尼在绘画上很有天赋，再加上他善于观察、勤于动笔，时间长了画技有了很大提高。迪士尼上中学的时候，因为画画得好，还做了校刊的绘画编辑，并兼搞摄影。他感觉自己越来越离不开绘画了，下决心以后一定要做个画家。

1919 年，迪士尼中学毕业，父亲让迪士尼去果冻厂工作，迪士尼不肯去，他想找一份和绘画有关的工作。后来经人介绍，他到当地一家广告公司当学徒。由于做事认真而且在工作中有许多创新，迪士尼得到了老板的赏识。后来老板便让他和一个摄影师学习动画制作。迪尼斯十分珍惜这样的学习机会，他总是虚心向师傅请教，有时为了学会一步程序经常很晚才回家。

◆迪士尼公司最著名的动画形象——唐老鸭和米老鼠
这两个动画形象早已深入人心，给无数人的童年带来欢笑。

经过不懈的努力，他很快学会了动画制作的全过程。他还不断地钻研，不断改进制作方法，使得自己的动画作品有了更真实的效果。但不久这家广告公司因经营不善而倒闭，迪士尼也失业了。

此后迪士尼的日子过得很艰辛，为了生活他四处奔波。但他却从没有放弃自己的绘画创作，1922 年，迪士尼创作了米老鼠系列卡通故事，后来他将自己的作品寄给了当时纽约动画片发行人温克勒小姐。他出色的作品立刻得到这位热情的女发行人的肯定。后来他又创作出白雪公主、高飞狗等一系列受人欢迎的卡通形象，创办了"迪士尼兄弟制片厂"和举世闻名的迪士尼乐园。迪士尼通过自己不懈的努力，实现了自己的人生价值，也为世界娱乐事业做出了巨大贡献。

成才启示

寻者获之。
能够忍耐苦难，才能为成功积累充分的力量。
天生的才干如同天生的植物一样，需要靠学习来修剪。

213

费米，现代著名物理学家。17岁进入比萨皇家师范学院学习物理。1922年获物理学博士学位。后进德国哥廷根大学深造。1924年回国后任佛罗伦萨大学物理学教授。1926年任罗马大学理论物理学教授。1938年，获物理学诺贝尔奖。同年移居美国。1942年，领导建成世界上第一座核反应堆；参加并领导研制原子弹的"曼哈顿工程"。

费米

名人小档案
- 姓　　名：恩里科·费米
- 生 卒 年：1901年～1954年
- 出 生 地：意大利罗马

——勤奋中成长起来的物理天才

◆正在做实验的费米

一次失败甚至比一系列成功给人的教益更多。

——费米

1901年9月29日，费米出生于意大利罗马一个普通家庭。父亲是个忠厚的铁路工人，母亲出身于军人之家，读过许多书，是个小学教师。费米是家中最小的孩子，他还有一个姐姐和一个哥哥。母亲很早就开始教孩子们认字。费米在三个孩子中记忆力和理解能力最好，他总是最快学会母亲教给的东西。

6岁的时候，费米和哥哥一起上小学。费米学习十分认真，他的成绩在班里总是名列前茅。他对数学尤为感兴趣，很早就表现出了非凡的数学才华。9岁的时候，有一天他有事到老师的办公室，无意中听到两位老师在谈论圆的

214

数学公式："X＋Y＝R"。他特别感兴趣，于是便站在旁边听了一会儿。费米非常想知道这个公式是怎么得来的，回到教室后，他便开始自己演算，他用了整整一天的时间，独自推导出了这个公式。

费米和哥哥感情融洽。他们都爱好读书，喜欢自然科学，放学后总是一起在家读书。很快，母亲的藏书都被他们读完了。于是他们就想办法找书、买书。他们家挨着罗马市著名的百花广场，广场上有个旧书市，每周的星期三都定期开放。兄弟两个一到周三就早早起床，拿上自己平常省吃俭用剩下的零用钱去买书。为了用有限的钱多买些书，小兄弟俩总是跟卖主讨价还价，直至磨到最便宜为止。他们对数学和物理方面的书格外关注。一次，他们买到了一本意大利物理学家卡拉法的《物理数学基础》。他们如获至宝，兄弟两个很快便利用课下时间将书读完了，这本书使他们学到了不少知识。后来随着知识的增多他们还自己做起了实验，测量出了地球的磁场引力、自由落体的重力加速度等。费米在这些实验中表现出非凡的能力，对此哥哥十分佩服他。

费米的学习成绩一直十分突出，他曾在罗马市数学、物理竞赛中获得一等奖。高中的时候，费米认识了父亲的一位同事阿米达工程师。阿米达叔叔对数学和物理很有研究。他特别喜欢聪明好学的费米，便将自己的所有藏书按知识难易程度，有计划地借给费米看。费米十分高兴，每次从阿米达叔叔那里拿到书，他都会用最快的速度看完。为了能尽快看到下一本，他每天一放学就扎在自己房间看书，周末也从来不出去玩。这段时间他积累了大量的物理和数学知识。

17岁的时候，费米以优异的成绩考上了著名的比萨皇家高等师范学院学习物理。入学考试时，费米的考试论文《声音的特性》引起了主考官的注意，这篇论文见解十分独到，而且还用到深奥的

◆核电站内景

　核电站内布满了反应所需的燃料棒。燃料棒每隔几年更换一次，从燃料棒除去可再次利用的铀以前，要把它们放在一个特殊的水池中进行冷却。用过的燃料棒将成为一种放射性的垃圾。

215

微分方程，已经达到了研究生论文水平。入学后，费米学习更加努力。他几乎读遍了学校图书馆里所有的物理、数学书籍。大学二年级的时候，费米通过自学已经

费米怎么成了美国人

20 世纪 30 年代后期，意大利法西斯势力猖獗。费米因他的夫人是犹太人而受到了法西斯的迫害，在意大利无法进行科学实验。1938 年，他只好利用到瑞典领取诺贝尔奖之机离开意大利，移居美国。到美国后，费米立即被哥伦比亚大学聘为物理学教授。

成了学校量子理论的权威。教授们在讲现代物理时，经常向费米请教爱因斯坦的相对论。21 岁大学毕业时，费米已经拿下了物理学博士学位。之后，他到德国的哥廷根大学深造，成为著名物理学家玻恩的学生。1924 年，费米回国后被佛罗伦萨大学聘请为物理学教授。两年后他又到罗马大学任教。

1934 年，居里夫人的女儿，法国物理学家伊莱娜和她的丈夫——物理学家弗雷里克约里奥宣布：他们用 α 粒子轰击铝原子，发现了人工放射性现象。这是科学界一个重大的发现。费米由此想到了用不带电的中子轰击原子核的研究课题。此后，他将研究方向转到了原子核物理上。他开始用中子轰击元素周期表中的每个元素，由氢开始按质量轻重依次进行，然而科学探索的道路十分艰难，费米的多次实验都失败了。一次次的失败使费米陷入了深深的思考，许多人都劝他不要在这个课题上浪费时间了。费米没有被暂时出现的困难吓倒，他坚持着自己的实验。他一做起实验来就忘了一切，为了做实验他甚至将卧室搬到了实验室。功夫不负有心人。当他用中子轰击到氟的时候，氟被激活了，放射现象出现了。此后费米的实验顺利多了，他将元素周期表中的元素全部进行了中子轰击实验，结果有重大的科学发现。1938 年，费米因利用中子辐射发现新的放射性元素及慢中子，获得了诺贝尔奖。

1942 年，费米领导建造了世界上第一个核反应堆，1945 年费米的研究小组成功地研制出了世界上第一颗原子弹。

成才启示

很多事情，只要你能坚持下去就能成功。
聪明出于勤奋，天才在于积累。
如果你富于天资，勤奋可以发挥它的作用；如果你智力平庸，勤奋可以弥补它的不足。

小林多喜二，日本无产阶级文学家。1924年，毕业于商业学校。1930年，到东京担任日本无产阶级作家同盟主席，同年加入日本共产党。1933年，在进行地下工作时被捕，后被杀害。代表作有《蟹工船》、《腊月》、《龙介和乞丐》、《地下党员》等。

小林多喜二

——从小勤奋好学的无产阶级文学家

> 如果我们要想过真正幸福的生活，那就必须尝尝更多的艰难与辛苦。只有这样，我们才知道幸福来之不易，才会分外珍惜它。
>
> ——小林多喜二

小林多喜二是日本杰出的现代作家。他只活了30岁，其短暂的一生给后人留下了许多故事。

1903年，小林多喜二出生于日本北秋田郡秋田县下川沿村一个贫困农民家庭。在小林多喜二4岁的时候，因生活所迫，一家人迁到北海道的港口小樽，投靠开面包作坊的伯父，勉强维持生活。

8岁的时候，小林多喜二上学了。由于家里帮手不够，小林多喜二每天放学回到家都要参加劳动。然而这并没有影响他的学习，他总在兜里放着一本书，干活空暇中便拿出来看。对于小林多喜二来说，每天晚上是最宝贵的时间。

◆小林多喜二像

217

他总是胡乱扒几口晚饭，便钻到自己的小房间里去读书。因为善于利用时间，小林多喜二的成绩总是班里最好的。

由于读书太投入，小林多喜二还闹出过不少笑话。一天早晨，小林多喜二起床要去上学，他一边穿衣服一边背诵文章。他脑子里只有学习，根本顾不上别的，结果他穿上了姐姐的一件上衣，而且裤子也穿反了。上学的路上，小林多喜二一边走还不时地拿出书来看，所以自己一点都没有察觉。小林多喜二一进教室，便引起了同学们的哄堂大笑："小林多喜二，你今天怎么穿成这个样子！赶时髦吗？"小林多喜二这才往自己身上看，一看也被自己穿出的"奇装异服"逗乐了。还有一次，妈妈让他去商店买米，结果他在大街上遇见了一个同学，这个同学手里拿着本《巴黎圣母院》，小林多喜二便和这个同学谈起了这本书，结果他们谈得太投入了，忘了时间。后来，弟弟来找他，他才想起母亲交给的"任务"，而这时米店早关门了。

小学毕业后，小林多喜二在伯父的资助下进了商业学校。商业学校的课程相对自由些，学校有一个很大的图书馆向学生们开放。喜欢读书的小林多喜二，每天除了上课便是扎在图书馆里。这段时间他对文学作品产生了浓厚的兴趣，读了高尔基、陀思妥耶夫斯基、巴尔扎克等人的著作。读的书多了，小林多喜二便开始自己学着写东西。当时教他们国文课的川岛老师是个思想

··········小林多喜二代表作《蟹工船》··········

《蟹工船》作于1929年。作品真实地描写了日本渔工们由分散到团结、由落后到觉悟、由不满和反抗到进行有组织罢工斗争的过程。通过这一过程的描写，揭露了日本帝国主义统治者对内残酷剥削和压迫、对外野蛮侵略和扩张的反动本性，也歌颂了日本人民在深重的阶级压迫下勇敢的反抗精神。《蟹工船》后来被译成多国文字，受到世界人民的喜爱。

进步的文学爱好者。小林多喜二写完文章后便拿去给他看。川岛老师非常喜欢聪明好学的小林多喜二，便将自己的写作经验毫无保留地传授给他。有了老师的指导，小林多喜二练习写作更加刻苦了。他随身带着笔和本子，一有感想便写下来。经过不懈的努力，小林多喜二的文章有了很大提高。他的诗作和短篇小说经常在校刊上发表，同学们都喊他"作家小林"。

从商业学校毕业后，小林多喜二被分配到北海道开发银行小樽分行工作。银行里的工作虽然烦琐些，但是薪水不低，而且在别人眼里算是比较体面。然而小林多喜二并没有满足于这份安稳的工作，他想成为一名作家。白天上班，

他便利用晚上时间进行创作。为了写出好的作品，小林多喜二不断深入到生活中。他到工地、工厂、洗衣房里去，和水泥匠、链条工人、洗衣妇攀谈；到集市上去看商贩们做买卖；到码头上去体验生活。他把现实生活中的所见所感都写入文章中。有一次，为了写一个乞

◆《蟹工船》内页及作者手稿

丐，他竟然大冷天跑到火车站连续蹲了几个晚上，结果自己被冻病了。朋友去看望他时，劝他："以后别这么傻了，你生病了，躺在床上还能写吗？"小林多喜二却高兴地说："正好，我现在也需要一个病人的材料，这样就体会更深了。"

就这样，小林多喜二写出了《腊月》、《地下党员》等大量优秀的作品。这些作品深刻地揭露了当时社会的阴暗面，具有强烈的反抗意识，是日本无产阶级文学中的典范之作。

成才启示

知识是产生杰作的基础。

知识的奇特就在于：谁真正渴望它，往往谁就能够得到它。

不懈的努力能使一个平凡的人变得伟大。

奥本海默，美国物理学家。1925年毕业于哈佛大学，后获德国哥廷根大学博士学位。1941年，当选为美国科学院院士。1942年，担任"曼哈顿工程"的总工程师。1947年，任普林斯顿高级研究院院长。

奥本海默

名人小档案

■ 姓　　名: 罗伯特·奥本海默
■ 生 卒 年: 1904年～1967年
■ 出 生 地: 美国纽约

——"原子弹之父"源于原子情结

◆奥本海默像

1904年4月22日，奥本海默出生于美国纽约一个犹太后裔的家庭。父亲是当时纽约市一位十分有名气的纺织品进口商。母亲是一名出色的油画家。

奥本海默从小对周围的事物充满了好奇。5岁的时候，他跟着父母到德国故乡旅行。祖父送给他一些矿物标本，看着一块块五颜六色的岩石，奥本海默高兴极了。他将这些岩石按照形状大小进行分类，一边分类还一边思考，那样子还真像在搞科学研究。后来父母就十分注意培养他这方面的兴趣。11岁时，奥本海默成为纽约矿物俱乐部最小的会员。小奥本海默在这里遇到了许多收

220

藏家、矿物专家和一些喜欢
奇石收藏的自然科学家。这
些人大多数都喜欢自然科学，
他们经常在探讨矿物的过程
中，将话题引向更广阔的自
然科学领域。奥本海默经常
和他们一起探讨问题，时间
长了便对自然科学产生了浓
厚的兴趣。

二战后奥本海默对于原子弹的态度

原子弹投放日本并爆炸后，奥本海默意识到原子弹对人类安全造成的重大危害。战后，他对美国继续研制威力更大的氢弹态度冷漠。1949年，奥本海默与热心这一工作的贝特等人发生了冲突。此后，他遭到了恶毒的诽谤与攻击。1953年，美国军事情报机关控告他是"苏联的原子弹间谍"，奥本海默受到了审查。后来，在许多正义科学家的作证下，美国政府不得不承认奥本海默是一个"忠诚的美国公民"，没有犯叛国罪。不过，因奥本海默在氢弹制造上的反对态度，他仍然被解除了原子能委员会中的职务，直到1963年，才被恢复了名誉。

随着年龄的增长，奥本
海默开始自己找有关自然科学方面的书籍看。他的阅读内容十分广泛，数学、物理、
化学、天文、地理……他看书特别投入，还曾因此闹出过笑话。有一天下午，他
到离家不远的图书馆去看书，拿了书后他便在一个角落看了起来。他看得太认真了，
到了关门的时间也不知道。图书管理员锁门的时候，也没有注意到他，把门锁上便
离开了。等奥本海默反应过来时已经晚了。幸亏图书馆的墙上有一部电话，他给家
里打了电话后，母亲才找图书馆的熟人将他"救"了出来。广泛的阅读使奥本海默
积累了大量的科学知识，也使他在书中结识了牛顿、伽利略、诺贝尔等在科学领域
有过杰出贡献的人，他暗暗下决心长大后一定要像这些人一样做一名伟大的科学家。

1921年，21岁的奥本海默以优异成绩考入哈佛大学学习化学。他立志要做世
界上最优秀的化学家，于是便拼命学习。每天上完课，除了在图书馆看书，就是在
实验室做实验。奥本海默一学习起来便什么都忘了，经常是肚子饿得咕噜直叫，才
想起该吃饭了。在他看来学习是生活中最大的快乐。就这样，聪明好学的奥本海默
在大学三年级的时候，便学完了四年的课程，拿下了化学学士学位。

然而科学的道路往往是越走越艰难。到了大四的时候，奥本海默对化学专业以
后的研究方向产生了迷惑。这一年，他选修物理学家布里奇曼的物理课程，并产生
了浓厚兴趣。经过冷静的分析，奥本海默放弃了化学专业，开始在布里奇曼的指导
下学习实验物理学。为了弥补自己落下的物理学知识，奥本海默学习更加努力了。
布里奇曼教授很欣赏这位勤奋好学、才华出众的学生，十分注意培养他。

为了继续深造，奥本海默到了世界一流的实验室——英国剑桥大学卡文迪什实
验室。但当信心十足的奥本海默进入实际研究过程时，问题又出现了。由于他原先

学的是化学，与物理学紧密相关的数学基础不太扎实，他开始感到有些吃力。尤其令奥本海默感到懊恼的是，他感觉自己好像做不好实验工作。一到做实验时，他的两手就不听使唤。这使奥本海默十分痛苦，有一段时间他甚至怀疑自己是否还能继续科学研究。但整天烦恼也解决不了根本问题，一段时间后，奥本海默让自己平静了下来。他再次冷静地对自己进行了分析，后来他终于为自己找到了方向：既然以实验为基础的物理学研究不是强项，那么何不试着向理论物理学发展呢？研究方向确定了，奥本海默再次有了干劲。此后，他便将全部精力都投入到理论物理学的研究上，并很快在这个领域崭露头角。

1926 年，奥本海默因为发表了两篇重要的论文获得了进德国哥廷根大学攻读博士学位的奖学金。进入德国哥廷根大学后，他跟随老师玻恩——著名的理论物理学家进行了量子物理研究。这一年，师生合作发明了"玻恩－奥本海默近似法"，为世界量子理论的研究开辟了新道路。1941 年，因为在理论物理学领域的许多重大的贡献，奥本海默当选为美国科学院院士。

第二次世界大战爆发后，传出了德国法西斯可能正在利用核裂变制造原子弹的可怕消息，为了抢在法西斯分子之前完成原子弹的研究，美国开始了一项研制原子弹的"曼哈顿工程"。1942 年，在物理界享有很高声誉的奥本海默，被任命为"曼哈顿工程"的总工程师，开始了原子弹研究的历程。在他的领导下，4000 多名世界一流的科学家集中在美国洛斯阿拉莫斯实验室进行艰苦的研究，1945 年 7 月 16日世界第一颗原子弹试爆成功。这个消息震惊了世界，奥本海默也从此被誉为"原子弹之父"。

但原子弹毕竟造成了众多无辜平民的伤亡，这使得奥本海默心灵上有了阴影。晚年的奥本海默对美国发展氢弹持反对态度，并为和平利用原子弹做出了很大贡献。

成才启示

学会果断地放弃，能使人少走许多弯路。
广泛的兴趣，能够使一个人的思维变得开阔。

奥斯特洛夫斯基，苏联作家。出身于普通工人家庭，14岁参加工农红军。1924年，加入苏联共产党。同年，因病全身瘫痪，双目失明后开始写作。代表作有《钢铁是怎样炼成的》、《暴风雨所诞生的》等。

奥斯特洛夫斯基

——钢铁是这样炼成的

　　1904年，奥斯特洛夫斯基出生于乌克兰维利亚河畔的一个小村庄。父亲是个酿酒工人，母亲是一个善良而温和的家庭主妇。奥斯特洛夫斯基是家里最小的孩子，他还有三个姐姐。由于父亲的工资微薄，孩子又多，一家人生活得十分艰难。

　　奥斯特洛夫斯基从小就很爱学习。4岁的时候，他便跟着姐姐们去上学。得到老师允许后，他就坐在姐姐们旁边，十分安静地听老师的讲解。聪明的小奥斯

◆奥斯特洛夫斯基像

特洛夫斯基很快能认字了。他总是跟在姐姐们的旁边，和她们一起看书、写字。9岁的时候，奥斯特洛夫斯基上了一所教会小学，他学习十分用心，一有时间便捧着书看。可他真正的上学时间只有3年，由于他在课堂上对地球上生命的出

现提出问题，反驳了"上帝创造说"，受到神学教师的强烈指责，并被学校开除。此后家里的境况也越来越差，父母再也没有能力供他读书。

为了减轻父母的负担，小奥斯特洛夫斯基只好到处去做工。他先是在火车站的食堂做伙计，在那里他每天要承担10个多小时的繁重劳动，而且动不动就被老板打骂。然而在这样艰难的生活中，奥斯特洛夫斯基并没有放弃学习。为了读书，他经常省下自己的午饭，去和车站的报贩换杂志和报纸看。然而随着年龄和知识的增长，报纸杂志已经远远不能满足奥斯特洛夫斯基强烈的求知欲。怎么才能有书看呢？一次，奥斯特洛夫斯基看到车站停着几辆军车，一些士兵将自己不要的报刊书籍随手丢下了车。奥斯特洛夫斯基高兴极了，他将这些书捡了起来。从那以后，只要有军车停下来，奥斯特洛夫斯基便到车上，穿梭于这些开往前线的士兵之间，收集他们不要的书刊。就这样，奥斯特洛夫斯基收集了大约200本各种各样的书籍和杂志，他视为珍宝，把它们整整齐齐地保存在自己的小屋里。

电视剧《钢铁是怎样炼成的》中保尔·柯察金形象。

后来，奥斯特洛夫斯基做过面包房学徒、锅炉工、材料厂工人。艰辛的生活磨炼了奥斯特洛夫斯基的意志，使他逐渐成熟起来。

十月革命胜利后，建立了苏维埃国家。奥斯特洛夫斯基以极大的热情参加了保卫新政权的斗争。由于表现出色，他得到了革命委员会的信任。1918年，14岁的奥斯特洛夫斯基加入了红军，然后随一支由共青团组成的队伍上了前线。

奥斯特洛夫斯基作战十分英勇。1920年，在一次战斗中，奥斯特洛夫斯基被一颗炮弹的碎片击中，头部和脊椎骨受了重伤，被送到医院。当从昏迷中醒来时，奥斯特洛夫斯基发现自己的右眼失明了。上级命令他立即退伍回家养伤，奥斯特洛夫斯基便回到了母亲身边调养身体。在母亲的精心照料下，他的身体一天天好了起来。

1923年冬天，身体有所好转的奥斯特洛夫斯基接到了新的任务，他被任命为军事训练第二营的政委，进行共青团组织工作。奥斯特洛夫斯基立即接受任务，来到了别列兹多夫开展工作。他工作起来从来不知道辛苦，在他的不懈努力下，几个月后，别列兹多夫地区的共青团工作有了很大进展。由于工作成绩显著，1924年8

《钢铁是怎样炼成的》真实而深刻地描绘了十月革命前后乌克兰地区广阔的生活画卷，塑造了保尔·柯察金这一执着于信念，不断与苦难和厄运抗争的青年无产阶级革命者。小说故事情节曲折、人物形象丰满。作品中主人公保尔成了为人们钦佩的英雄人物，激励了许多国家青年人的成长。《钢铁是怎样炼成的》产生了世界性的影响，是 20 世纪 30 年代苏联文学中最优秀的作品之一。

月，经舍佩托夫卡俄共州委员会批准，20 岁的奥斯特洛夫斯基成为共产党员。之后，担任了共青团区委书记。

加入共产党后，奥斯特洛夫斯基工作更加努力，他经常一天只休息三四个小时。长期的劳累使他的身体状况再次恶化，他开始头疼，脊椎骨也总是隐隐作痛。在这种情况下，他还是坚持工作。1924 年 11 月，在一次抢救浮运木材中，奥斯特洛夫斯基旧病复发，最后全身瘫痪。

然而，躺在床上的奥斯特洛夫斯基并没有消沉。他让人找来锻炼用的绳子和器材，每天坚持锻炼。他一边锻炼一边看书，不断地从书中汲取生活的力量。时间一长，奥斯特洛夫斯基便萌发了创作的念头。但由于长时间看书，奥斯特洛夫斯基的视力逐渐减弱。他开始《钢铁是怎样炼成的》写作时，双目已经失明。奥斯特洛夫斯基便摸索着在纸上写字。由于他看不见纸，他的字经常叠在一起，妻子每天下班后便将他的文章再重新整理一遍。为了让妻子整理时能看得清楚，他让人给他找来厚纸板，然后在纸板上划一道道的深槽，这样他便可以根据这些深槽来控制行距了。

这样写了一段时间后，奥斯特洛夫斯基双手的关节疼痛难忍，后来连笔也握不住了。他只好每天等妻子下班后，由他口述，妻子笔录。经过奥斯特洛夫斯基几年不懈的努力，《钢铁是怎样炼成的》终于完成了。《钢铁是怎样炼成的》一出版立即在苏联引起了轰动。这本书后来还被译成多国文字，受到世界各国读者的喜爱。

成才启示

有了坚强的意志，人便可以创造出奇迹。

坚强者能永远处于不败之地。

坚强的意志似一把利剑，可以斩断前进路上的荆棘。

布劳恩，世界著名的火箭专家。1930年考入夏洛腾堡工学院。1934年获柏林大学物理学博士学位。1942年领导研制出世界第一枚弹道式导弹"V-2"。1945年到美国。1961年，担任"阿波罗登月计划"的总设计师。1969年，领导众多科学家成功地完成了登月的伟大工程。

布劳恩

——从小痴迷于火箭的登月工程总设计师

今天是新颖奇特的事情，明天就会变得习以为常。人类要有点想象力。

——布劳恩

1912年3月23日，布劳恩出生于德国的维尔锡茨市。父亲做过魏玛共和国教育部和农业部部长，母亲是一位天文学爱好者。布劳恩从小喜欢思考，他总爱自己搞一些小制作，家里的东西总是被他拆了装，装了拆。

6岁的时候，布劳恩上小学了，他不喜欢听老师课堂上讲得枯燥的内容，常常是眼睛盯着黑板，手上摆弄着自己从家带来的钟表、玩具等东西。他把心思都花在进行小发明、小制作上，因此成绩一塌糊涂。

当时的孩子们喜欢赛车。小布劳恩已经有一辆很快的滑坡车，但他想让自己的车子更快。后来，他听说柏林的发明家法利尔，在竞赛用

◆布劳恩像

226

的汽车上绑上了特大号的焰火，使得赛车创造了惊人的纪录。于是，他便决定在自己的车上也试验一下。他从商店买了几个特大号的焰火，装在自己的滑坡车上。他坐上车子，然后用火柴点燃了焰火。这些特大号的焰火给了滑坡车动力，车子一下子冲了出去，并失去了控制，大街上的人们吓得四处躲闪，后来火焰熄灭了，车子才停了下来。父亲知道这件事后狠狠地训斥了布劳恩一顿。不过这次冒险"事件"非但没有吓倒布劳恩，却使他从此迷上了火箭。上初中后，布劳恩胆子更大了。他从杂志上看到有关火箭的知识，便自己用焰火学着制造"火箭"。结果他的"火箭"总是惹祸，不是落在别人的蔬菜摊上，就是落在面包铺里。布劳恩的学习成绩一天不如一天，父母特别着急，想了很多办法也无济于事。不过后来发生了一件事，改变了布劳恩的学习态度。

1969 年 7 月 20 日，阿姆斯特朗踏上月球，首次实现了人类登月的梦想。

一天，布劳恩在一份天文学杂志上看到了一则图书广告。广告上介绍了一本有关火箭的书，书名为《通向星际空间之路》，是德国著名火箭专家赫尔曼·奥伯特写的。对火箭一直着迷的布劳恩立刻向出版商定购了一本。书很快邮到了他的手里，但当布劳恩带着激动的心情打开这本书时，却发现自己什么也看不懂。书上都是一些数学、物理公式。布劳恩便拿着书去向老师请教，面对这个头脑聪明却不爱学习的孩子，老师语重心长地说："走上太空是人类的梦想，这条路很不好走。要想研究航天，数学和物理是基础。你很聪明，但要想以后研究这些，不学好科学文化知识，只能算是空想。"

老师的话对布劳恩触动很大，他下决心要把学习赶上去。从那以后，他上课开始认真了，课下也不四处疯跑了，总是一个人趴在课桌上默默地学习。一个学期下来，布劳恩的成绩有了很大提高，数学和物理还考了全校的第一名。老师们都为他的成绩高兴，还奖励了他一套专门介绍航空知识的书籍。布劳恩很受鼓舞，从此学习更加用心。

1930 年，布劳恩以优异的成绩考上了夏洛腾堡工学院航空工程系。他学习自己的专业知识时十分刻苦。后来他又加入了由德国宇航专家奥伯特组织的宇航

协会，在火箭研究上得到奥
伯特的亲自指导。1932 年，
20 岁的布劳恩拿下了航空工
程学士学位。之后，他又到
柏林大学深造，他在自己学
习的领域刻苦钻研，两年以
后获得了博士学位。他在博

阿波罗计划中的航天器

阿波罗计划采用月球轨道交会法，土星五号运载火
箭把 50 吨重的航天器送入月球轨道。航天器本身装有
较小的火箭发动机，当它接近月球时，发动机自动减速，
航天器进入绕月轨道。而且，航天器的一部分——装有
火箭发动机的登月舱能脱离航天器，载着宇航员登上月
球，后返回绕月轨道与阿波罗航天器结合。航天器是登
月设备中的关键，由布劳恩领导研制。

士论文中，分析和解决了液体火箭发动机的喷射、雾化、燃烧、气态平衡和反冲
作用等问题，曾引起德国航空界的轰动。到 1934 年毕业的时候，布劳恩已经是
一名小有名气的宇航专家了。

毕业后，布劳恩将全部心思用在了火箭研究上。他领导的试验小组在"柏林
火箭飞行场"的实验中有了很大的进展。但这时德国法西斯部队却派人介入了他
们的研究，逼迫他们为法西斯部队服务。为了继续进行科学研究，布劳恩他们只
好答应。1942 年，他的试验小组成功地研制出了"A 系列"火箭，后几经改进，
成为世界上第一枚弹道式导弹——"V-2"导弹。但布劳恩十分清楚，如果"V-2"
导弹被法西斯势力控制，会给世界带来不可想象的后果。为了将人类这份宝贵的
知识财富保存下来，1945 年布劳恩带着他的试验小组和"V-2"导弹来到了美国，
从此在美国开始了他新的科学研究。

1961 年，布劳恩被任命为"阿波罗登月计划"的总设计师。"阿波罗计划"
中共集中了 15 万名科学家，有 8000 多家工厂为这个伟大的工程服务。为了早日
实现人类登上太空的梦想，布劳恩夜以继日地工作。科学探索的道路太艰辛了，
布劳恩为了工作费尽了心血，几年下来，他的头发全白了。不过他的不懈努力，
也赢来了巨大的成功。1969 年 7 月 20 日，"土星 5 号"运载火箭，成功地将第
一艘载人飞船"阿波罗 11 号"送上月球，人类终于实现了登月的愿望。"阿波罗"
计划的总设计师布劳恩也被人们誉为"现代航天之父"。

成才启示

埋头苦干是实现理想的第一步。
理想只有付诸脚踏实地的行动，才能最终实现。
巨大的建筑，总是由一木一石叠起来的；伟大的成功，总是来自于慢慢地积累。